Harrass
Roman

«Harrass»
© 2020 Thomas Pfann
Herstellung und Verlag:
BoD – Books on Demand, Norderstedt
ISBN: 9-783-750-413-672
Cover: Thomas Pfann
Layout: www.journipool.ch, Dietikon

Harrass

Roman

Thomas Pfann

Prolog

So etwas Grausiges hatte Harrass noch nie gesehen. Vorsichtig schlich er am Türrahmen vorbei, drehte sich um und lugte um die Ecke. Doch, da hinten sass die Kreatur. Etwas Unheimliches, Bedrohendes, etwas Schlimmes. Harrass standen alle Haare zu Berge. Er, der sonst so sicher auf seinen vier Beinen stand. Er, der sich zwischen Teppich und Türschwelle keilte, wenn ein Sturm im Anzug war. Aber jetzt zitterte er von der Pfote bis zur Ohrspitze und fühlte sich gar nicht mehr wie der Harrass, der er vor wenigen Minuten noch war. Sich fürchten - das gab es bei ihm nicht.

Gut, eines Morgens lag da dieses rot-weisse Ding neben seinem Bett. Kein angenehmer Anblick, zugegeben.

Harrass fasste sich damals ein Herz und beschnupperte das kleine Figürchen. Es war kleiner als er und roch nach nichts. Was nicht riecht, ist auch nicht gefährlich, schloss er daraus und biss herzhaft zu.

War das ein Genuss! Nicht, dass es ihm besonders schmeckte, da war er andere Delikatessen gewohnt. Aber wie sich seine Eckzähne tief in den Schaumstoff gruben! Herrlich! Harrass rüttelte und schüttelte wie besessen. Schon nach kurzer Zeit löste sich bei der roten Mütze, die die Beute auf dem Kopf trug, ein weisses Bällchen und flog in hohem Bogen über den Teppich. Harrass schleuderte den Kerl haarscharf an seinem Korb vorbei und bereitete den nächsten Angriff vor. Das Opfer hatte keine Chance. Es wehrte sich auch nicht. Wahrscheinlich steht der Rot-Weisse unter Schock, dachte Harrass. Oder er traut sich nicht, mit mir zu kämpfen und stellt sich tot.

Harrass packte ihn von Neuem und schlenzte ihn hin und her, so dass ihm Hören und Sehen verging. Schon konnte der Kerl nichts mehr sehen, weil seine Augen aus dem Kopf heraussprangen, auf dem Parkett auf und ab hüpften und sich unter dem Sofa verloren. Sein roter Mantel hing zerschlissen über den dicken, weissen Bauch und einen Schuh konnte Harrass auch Tage später nicht finden. Vermutlich wurde er irgendwann vom langen Rüssel des Staubsaugers verschluckt.

Auch trug der Kerl zu Beginn des Kampfes einen weissen Bart, der plötzlich an Harrass' Nase klebte. Das kitzelte und er musste heftig niesen. War das der Gegenangriff? Mit perfider Methode? Von ehrlichem Kampf keine Spur. Sand in die Augen streuen - oder Watte in die Nase - das war des Kerls Strategie! Aber nicht mit Harrass. Seine Zunge reichte ja bis weit über die Nasenspitze heraus und nach ein paar Schlenzern war der Wattebart weg.

Endlich lag der Kerl leblos vor ihm, im rot-weissen Kostüm, ohne Augen und Bart. Harrass fühlte kein Mitleid. Zufrieden und stolz legte er sich nach erkämpftem Sieg in seinen Korb. So schnell erschütterte ihn nichts, dachte Harrass, als er langsam einnickte, da halfen weder rote Kleider noch Zipfelmütze. Er erwachte kurz, als er Bettina sagen hörte, es sei jammerschade, dass er dem Stoff-Samichlaus den Garaus gemacht habe. Doch Harrass schlief weiter, dieser «Chlaus» interessierte ihn nicht mehr.

Daran dachte er, als er in diesem Augenblick schlotternd neben seinem Korb stand und sich hundeelend fühlte. Der grosse Harrass hatte grosse Angst. Er, der mit der Schnauze die eine oder andere Leckerei vom Esstisch klauben konnte, wenn er sich ganz lang machte und sich zum Tisch hinaufstreckte. Lag das Wursträdchen am Tischrand, war es seins. Schnell wie ein Geschoss schnappte er sich den Happen und verschlang ihn sofort, ohne zu kauen. Das war Harrass. Unerschrocken und mutig.

Einmal gelang es ihm sogar, ein Stück Speck direkt aus dem Teller zu stibitzen. Keiner beobachtete den cleveren Harrass und er schritt - oder besser schnappte - zur Tat. Speck war eine ganz besondere Köstlichkeit, so dass er gleich den ganzen Teller leer frass. Dumm nur, dass der blöde Teller an seiner Schnauze kleben blieb und sich mit lautem Klirren auf dem Boden verteilte.

Zum Glück fiel der restliche Speck neben den Scherbenhaufen. Harrass nutzte die günstige Gelegenheit und verschlang die feinen Speckscheiben mit einem Biss. Bettina wetterte und nannte ihn einen frechen Hund. Das konnte er schon verstehen. Trotzdem - er war eben Harrass. Und so einer braucht Speck - auch wenn er ihn sich selber holen muss.

Der grosse Harrass stand nun zitternd neben dem Korb und fühlte sich ganz klein. Erstarrt spähte er durch den Türrahmen ins Zimmer, als hätte er einen Geist gesehen - oder noch schlimmer.

Eine fürchterliche Kreatur, ein Monster. Dort hinten stand kein «Chlaus» mit roter Zipfelmütze, sondern ein grausig schwar-zes Wesen und verwandelte den grossen, starken Harrass in einen Hasenfuss.

Bebend verharrte er neben seinem Korb und traute sich weder vor noch zurück. Am liebsten hätte er sich unter dem Sofa verkrochen, aber dazu war er nicht schlank genug. Also blieb er mucksmäuschenstill und bewegte sich nicht. Harrass wusste: Solche Monster verstehen keinen Spass!

Kapitel 2

«Ja, was glauben Sie denn, meine liebe Frau... Wie?»

«Zurückgeben? Den Vorh...» Bettina Breitenmoser konnte nicht weitersprechen, die Frau am anderen Ende kam so richtig in Fahrt.

«Aber verstehen Sie doch! Wir können doch gebrauchte Vorh...»

Keine Chance, Bettina hörte sich den Sermon an und wartete geduldig, bis die Frau am Telefon einmal Luft holte. «Gebrauchte Unterwäsche können Sie auch nirgends zurückbringen, dass müssen Sie doch verstehen... Aber natürlich kann man das vergleichen. Einen Duschvorhang wählt man einmal aus und wenn Sie einmal geduscht haben, dann gehört er nur noch Ihnen. Was heisst das, Sie ziehen den Duschvorhang ja nicht an? Natürlich nicht, trotzdem ist so ein Vorhang etwas Intimes.»

Bettina schaute hilflos über ihren Bürotisch und verdrehte die Augen. «Gefällt er Ihnen nicht? Ja, dann hätten Sie halt das Sujet mit den blauen Delfinen wählen müssen. Nein, blaue Schildkröten haben wir nicht!»

Die Frau lamentierte weiter und erläuterte bis ins letzte Detail, wieso die Delfine nicht in Frage kamen. Es war wegen ihres Gatten. Dieser habe als elfjähriger Bub während eines Schulausflugs in ein Delphinarium einen derartigen Harndrang verspürt, dass er es nicht mehr bis zur rettenden Toilette schaffte - nur noch bis zum Fischbecken.

Die Meerestiere reagierten zwar nicht darauf, wohl aber seine Klassenlehrerin. Sie tadelte den Schüler und jammerte, das sei eine Sauerei gegenüber den Tieren und was ihre Kolleginnen im

Lehrerzimmer jetzt wieder zu spotten hätten. Das war dem armen Bub damals äusserst peinlich und heute sei ihr Mann traumatisiert deswegen. Darum könne sie keine dieser Meeressäuger im Badezimmer aufhängen - aus verständlichen Gründen.

Bettina sagte schon lange nichts mehr, es hatte keinen Sinn. Sven sass ihr gegenüber und schmunzelte. Bettina versuchte, die Kundin zur Räson zu bringen: «Meine geschätzte Frau, das können wir nun wirklich nicht machen, extra für Sie einen Vorhang mit blauen Schildkröten... Nein, der Geschäftsführer ist in einer Sitzung, ich kann ihn nicht stören. Ja, nehmen Sie sich einen Anwalt! Oder am besten einen anderen Mann, der keine Probleme hat mit Delfinen.»

Das war dann offensichtlich zu viel. Die Frau legte auf und Bettina Breitenmoser atmete tief durch. Heute war wieder so ein Tag. Schon am frühen Morgen kamen die unmöglichsten Anrufe.

Sven sass immer noch da und schaute sie lächelnd an. «Kompliment Frau Breitenmoser, der haben Sie aber eine Breitseite gegeben», sagte er bewundernd.

Bettina Breitenmoser und Sven Tirebeg arbeiteten bei der Courtena AG; sie als Sachbearbeiterin, er als Duschvorhang-Designer. Seine Spezialität waren Meereslandschaften jeglichen Couleurs. Blaue Schildkröten hatte Sven tatsächlich noch nie als Design vorgeschlagen.

«Wissen Sie, Frau Breitenmoser, die Idee mit den blauen Schildkröten ist vielleicht gar nicht so schlecht. So was gibt's noch nicht auf Duschvorhängen», bemerkte er beiläufig.

Ein Lächeln auf den Stockzähnen konnte er sich dennoch nicht verkneifen. Breitenmoser starrte ihn ungläubig an: «Meinen

Sie das im Ernst?» Sie wusste bei diesem Sven nie recht, ob er scherzte oder nicht. Grundsätzlich waren Humor und Spontanität nicht seine Stärken.

Aufgewachsen war Sven in der Nähe von Andelfingen. Seine Eltern zogen in den 60ern aus Schweden in die Kleinstadt im Zürcher Weinland. Svens Vater, Ingwar Tirebeg, fand Arbeit in einem Betrieb für Filteranlagen, die dank eines Bundesauftrags den Angestellten eine sichere Stelle bot.

Die Mutter besetzte eine Teilzeitstelle als Administratorin bei einem Weinhändler und besorgte den Haushalt. Während Svens Jugendzeit gab es selten Anlass, sich Sorgen um den heranwachsenden Jüngling zu machen.

Die Primar- und Sekundarschule durchlief er problemlos. Auffällig war höchstens sein Name. Und er war irgendwie langweilig. Dafür umso sportlicher in gewissen Bereichen. Beim Geräteturnen - ausgerechnet da war der Lehrer besonders beschlagen - konnte Sven überhaupt nicht mithalten.

Hiess es, beim Reckturnen eine Welle zu drehen, brachte der schmächtige Bub mit Müh und Not einen Felgaufzug zu Stande. An den Ringen hing er wie ein Sack. Nach ein paar Turnstunden verbot ihm der Lehrer den Aufenthalt in der Nähe des Barrens, nachdem er mehrmals von den hölzernen Holmen gerutscht war. Für Spiele konnte sich Sven genauso wenig begeistern. Fussball empfand er schon beim Zuschauen als zu hektisch, und wenn er trotzdem einmal den Rasen betrat, knallte ihm das Leder garantiert nach wenigen Minuten an den Kopf.

Ging es aber nach draussen zum Konditionstraining, blühte der junge Sven auf. Keiner konnte ihm im Dauerlauf das Wasser reichen. Beim Velofahren fuhr er Mitschüler und die gesamte Lehrerschaft in Grund und Boden. Kein Wunder sagte man ihm eine Profikarriere als Velorennfahrer voraus.

Ein Gedanke, mit dem Sven tatsächlich liebäugelte. Aus mehreren Gründen. Ein Velofahrer fährt und sonst nichts, dachte er immer. Das gefiel ihm. Da war zum Beispiel keine kreative Spielgestaltung gefragt. Auch musste man sich nicht jede Sekunde eine andere Strategie ausdenken. Einen vorgegebenen Weg zu beschreiten lag ihm näher, als ständig neue Ideen zu entwickeln.

Schliesslich war es dann sein Vater, der Svens berufliche Zukunft massgeblich beeinflusste - allerdings nicht so, wie er das für seinen Sohn geplant hatte.

Es begann damit, dass er sich schon früh nach einer Lehrstelle für seinen Schützling umsah. Immerzu schwärmte Ingwar Tirebeg von der spannenden Montagearbeit, vom nahtlosen Zusammenfügen, Stahlrohr an Stahlrohr. Er referierte darüber, wie schlechte Luft nach draussen und frische ins Innere eines Raums gelangt, und verglich seine Arbeit gerne mit dem täglichen Leben.

Oft wurde er dabei philosophisch: «Die Filter zwischen den Rohren spielen eine wichtige Rolle. Es ist wie in unserer Gesellschaft, wo es doch auch darum geht, störende und schmutzige Elemente zu sammeln und zu eliminieren. Ein engmaschiges Sieb, ein feinster Filter, hat noch immer die Spreu vom Weizen getrennt.»

Sven war zwar nicht derselben Meinung wie sein Vater, spielte aber durchaus mit dem Gedanken, eine Lehre als Klimatechniker mit Fachrichtung Filter zu absolvieren. Immerhin wäre dann seine Zukunft schon in der 2. Sekundarschule geregelt gewesen.

Die lästige Lehrstellensuche überliess er lieber seinen Schulkollegen.

Was ihm beim Klimatechniker aber fehlte, waren die Farben. Konnte er doch zu Hause stundenlang ins Aquarium schauen und die farbigen Fische beim Nichtstun beobachten. Metallene Abluftrohre und bleifarbene Spritzgussfilter faszinierten ihn dagegen viel weniger.

Auch liebte er Fische, ihrer klaren Formen wegen. Wie sich ihre messerscharfen Konturen in der künstlichen Meereswelt des Aquariums abzeichneten. Die Tiere animierten ihn schliesslich zum Malen und Zeichnen. Bald hegte er eine kleine Sammlung farbiger Fische in seiner Zeichenmappe. Sven malte ausschliesslich Exemplare, die er im hauseigenen nautischen Kleinzoo beobachtete. Eigene Kreationen mit Fantasiefarben und erfundenen Formen hatten in der Mappe nichts zu suchen.

Definitiv für eine Lehre als Maler entschied sich Sven, als dem Papa seine Zeichnungen in die Hände fiel. Die Fische aus dem Aquarium erkannte er sofort, sein Urteil über die Zeichnungen gab Sven dann den Rest: «Das sind ja unsere Fische, Sven. Die erkennt man sofort. Nicht schlecht, ja, ja ... Aber ich hätte alles mit Bleistift gemalt. Bleistiftzeichnungen haben diesen glitzern-den, metallischen Charakter. Sie erinnern mich immer an verzinkte Halbzollrohre oder sandgestrahlte Muffen.«

Papa machte eine Pause und schaute sich ein weiteres Bild an. «Zudem würden bei mir alle Fische in die gleiche Richtung schauen. Dann wäre das Bild noch viel schöner.»

Sven hatte genug gehört. «Mit Bleistift! Und wo sind die Farben?», rief er laut und entschied sich in diesem Augenblick. Maler war sein Beruf. Eine Wand malen oder ein Treppengeländer einfärben verlangte zwar nicht so viel Kreativität, trotzdem ging es meistens bunt zu und her.

Kurze Zeit später offenbarte er den Eltern seine Pläne. Die Mutter war sofort einverstanden. Sie wünschte sich schon lange, die Küche neu streichen zu lassen o ihr Mann hatte dafür aber kein offenes Ohr. Nun nahm sich der Sohn der Sache an. Der Vater schwieg vorerst und Sven wusste nicht, was jetzt auf ihn zukam. «Ja, mein Sohn, Maler braucht es auch, da hast du recht. Wir müssen auch ab und zu ein Rohr übermalen mit Silberfarbe, da-mit es natürlich und metallisch aussieht.»

Sven freute sich, bald ins Berufsleben einzusteigen und fand schon nach kurzer Zeit eine Lehrstelle. Seine Freude an den Farben stieg von Monat zu Monat. Der Lehrmeister lobte ihn über seine gekonnte Pinselführung und war von seiner geschmackvollen Farbabstimmung ganz begeistert.

Insbesondere für anspruchsvolle Kundinnen mit speziell hohen Ansprüchen bei den Farbnuancen im Badezimmer entwickelte sich Sven zum Fachmann. Im letzten Lehrjahr übernahm er alle heiklen Aufträge und bei einem solchen hatte er dann sein Schlüsselerlebnis.

Eines Tages wünschte eine Kundin, ihr riesiges Badezimmer mit Fischen schmücken zu lassen. Gemalt in allen Farben. Svens Chef runzelte die Stirn und schaute zweifelnd auf seinen Lehrling. Ob er sich denn vorstellen könne, anstatt Flächen einen Fisch zu malen.

Sven war ganz aufgeregt, und beteuerte, dass Fische malen insgeheim seine Spezialität war. Er erzählte von seinen Malereien daheim beim Aquarium und versprach, die Kunstwerke am nächsten Tag mitzubringen. Dem Chef genügte ein Blick und er wusste, Sven würde sich von nun an auf Fisch-Malerei spezialisieren. Und er hatte per Zufall eine Marktlücke in der Malerbranche entdeckt.

Schade nur, dass Sven kurz vor dem Lehrende stand und er ihm schon bald den vollen Lohn bezahlen musste.

Fische bildeten nun Svens Lebensinhalt. Die Anfragen für gemalte Aquarien in den Badezimmern nahmen täglich zu. Sogar bei der Abschlussprüfung konnte er seinen Trumpf ausspielen. Sein Ruf als Fischmaler eilte ihm längst voraus und so nahm ihn der Prüfungsexperte während einer Pause diskret zur Seite.

Er wolle seiner Frau ein Geschenk machen und ob denn so eine kleine Meerlandschaft im Badezimmer nicht zu malen wäre. Nach Feierabend, gegen einen hübschen Betrag. Selbstverständlich steuerfrei. Sven sagte zu und wusste, dass einem Lehrabschluss mit Höchstnoten nichts mehr im Weg stand.

Eine erfolgreiche berufliche Zukunft war ihm gewiss. Zwar versuchten sich Konkurrenten nun auch in der Fischmalerei, ihre farbigen Kreaturen an den Badezimmerwänden erinnerten aber nur entfernt an Fische.

Viele der Meerlandschaften präsentierten sich als wildes Durcheinander von skurrilen Lebewesen und tintenfisch-ähnlichen Geschöpfen mit schwabbeligen Tentakeln, die den Aufenthalt in der Nasszelle zur Tortur machten. Svens Fische dagegen hatten klare Konturen, waren bunt und freundlich. Sein Chef wusste schnell, welche Perle in seinem Malerteam arbeitete und machte tüchtig Reibach.

Wahrscheinlich wäre Sven als Fischmaler in Pension gegangen, hätte es da nicht diese folgenschwere Begegnung gegeben. Eines Morgens, er färbte gerade einem Schwertfisch den Rücken rot ein, sprach ihn ein Herr an.

Im feinen Anzug, mit Krawatte und glänzenden Lackschuhen. Sie befanden sich im Badezimmer eines Neubaus mit Stockwerkeigentum, die Wohnungsinhaberin wollte ihre Dusche mit Fischmalerei verziert haben.

«Herr Tirebeg. Das ist kein Zufall, dass wir uns hier treffen, glauben Sie mir. Sie können sich gar nicht vorstellen, wie oft ich Ihre Malereien schon bewundert habe. Ich verbringe viele Stunden in Badezimmern, von Berufs wegen», sagte der Mann.

Soweit Sven beurteilen konnte, stand der Herr im Zwirn nicht nur von Berufs wegen lange im Badezimmer. So wie er aus-sah, investierte er für die tägliche Hautpflege und Frisur Stunden, da war Sven sicher. Aalglatt stand er da. Unmöglich, auch nur einen einzigen Makel zu entdecken. Von der Schuhsohle bis zur Haarspitze bildete der Mann eine polierte Einheit.

«Darf ich Ihnen meine Visitenkarte überreichen und Sie bitten, sich umgehend bei mir melden zu wollen, höflichst», sagte der Mann geschwollen. Sven bemerkte den seltsamen Akzent in seiner Sprache und nickte verwundert. Er konnte nicht einmal antworten, der Schönling hatte sich bereits aus dem halbfertigen Badezimmer entfernt.

«Courtena AG, Duschvorhänge, Frantisek Hrdina, Geschäftsführer», stand auf der eleganten Visitenkarte, das Papier duftete süss nach Parfüm.

Am nächsten Tag dachte Sven weder an den Besucher im Neubau, noch an die Karte. Erst als er seinen Maler-Overall in die

Waschmaschine stopfte, fiel sie ihm wieder in die Hände. Schon wollte er sie in den Abfalleimer werfen, da überlegte er es sich doch anders. Er beschloss, am nächsten Tag anzurufen. Die Neugier, was der rausgeputzte Mann von ihm wollte, war zu gross.

«Arbeiten Sie für uns», sagte Hrdina mit viel Überzeugungskraft. «Sie sind der Beste in ihrem Metier, Herr Tirebeg.» Sven liess sich die Sache erklären.

Die Courtena AG, ihres Zeichens Marktführerin in der Duschvorhangbranche, wollte neue Wege beschreiten. Neues Design, neue Ideen. Weg von den geometrischen Mustern und den ewiggestrigen Blumensujets. Etwas Kreatives musste her. Schön, aber nicht zu forsch oder gar zu modern.

«Unsere Kundschaft braucht Zeit, um sich an ein neues Design zu gewöhnen. Duschvorhänge lösen Gefühle aus, wissen Sie. Sensible Menschen reagieren da schnell einmal irritiert.»

Sven verstand. Hrdina wollte Fische auf den Vorhängen und Sven sollte sie malen. Er überlegte nicht lange. Ob er jetzt Fische für Duschvorhänge oder Badezimmerwände entwarf, war ihm einerlei.

Für die Duschvorhänge und die Courtena AG sprachen zudem weitere Vorteile: Der Lohn war beträchtlich höher als in seinem Malerbetrieb. Zudem erklärte sich die Firma mit einer besonderen Bedingung von Sven einverstanden.

Er wollte von seinem Wohnort - eine kleine Gemeinde im Süden von Zürich - mit dem Velo zur Arbeit fahren. Bei jedem Wetter und wenn möglich bei Tageslicht. Das bedeutete, dass sich Svens Arbeitszeiten im Winter eher kurz gestalteten und dass er zu unterschiedlichen Zeiten im Geschäft eintraf.

Velofahren betrieb Sven als Hobby. Eine Profikarriere hatte er nach langen Überlegungen nicht weiterverfolgt, dennoch betrieb Sven den Velosport äusserst gewissenhaft und mit Akribie. Wann immer es eine Möglichkeit gab, trainierte er.

Beim Material liess er absolut nichts anbrennen. Keines seiner Fahrräder wies auch nur den Hauch eines Mangels auf. Dementsprechend teuer waren die Räder. «O.k., ich nehme das Jobangebot an», sagte er dem nervös wartenden Hrdina am Telefon.

Frantisek Hrdina hatte ein feine Nase, nicht nur was Parfüm anbelangte. Mit Sven landete er einen Glückstreffer und die stagnierenden Verkaufszahlen der Courtena AG gehörten der Vergangenheit an. Die Vorhänge mit den Fischen gingen weg wie warme Semmeln.

Sven entwarf immer wieder neue Meerlandschaften. Seine einfachen Fische und die schönen Farben passten perfekt zur Kundschaft. Dass ihn Hrdina zum Chefdesigner er-nannte, war nur eine Frage der Zeit.

Das Unternehmen konnte nicht zuletzt wegen ihm die Spitzenposition im Markt halten, die Konkurrenz lag weit zurück. Sven entwarf einen Kassenschlager nach dem anderen, seine Fische wollten einfach alle haben. Die Courtena AG befand sich auf der Erfolgsstrasse, bis eines Tages ein aussergewöhnlicher Auftrag bei der Firma einging. Dieser brachte einen Teil der Belegschaft ganz ordentlich durcheinander.

Der Auftrag kam aus dem Rotlichtmilieu, wie sich bald herausstellte. Vorerst schien alles ganz einfach. Das Material der gewünschten Vorhänge konnte man wie üblich fabrizieren, die Masse entsprachen den durchschnittlichen Normen. Die Stückzahl hielt sich zwar in Grenzen, die Produktion lohnte sich trotzdem. Arg ins Grübeln kam die Geschäftsleitung aber bei den Sujets. Die Duschvorhänge sollten ein erotisches Flair haben. So wünschte es die Auftraggeberin, eine Clubbesitzerin aus Interlaken.

Am Anfang schien auch dieses Problem lösbar. Solche Motive wären bei der Produktion zwischen den Fischen und Meerlandschaften kaum aufgefallen.

Im Verlauf der Verhandlungen zeigte sich aber die unterschiedliche Auffassung von Erotik, die zwischen der Auftraggeberin und der Courtena AG bestanden. Die Clubchefin wünschte auf den Duschvorhängen eindeutige Darstellungen.

Die Vorhänge sollten sämtliche Tabus brechen und die männlichen Gäste des Etablissements schon bei der Dusche auf Touren bringen.

Die Chefin versprach sich davon schnellere Abfertigungszeiten und folglich eine höhere Kundenfrequenz. Frantisek Hrdina war ratlos. Wie und wo konnte er solche Vorhänge produzieren, ohne den seriösen Ruf der Courtena AG zu gefährden? Schliesslich ritt man mit den farbigen Fischen auf einer Erfolgs-welle. Die Frau aus Interlaken drängte, eine Lösung musste her.

«Ja, klar, meine ich das ernst», lachte Sven.

«Vielleicht gibt es ja blaue Schildkröten. Und wenn nicht - etwas Fantasie kann nie schaden.»

Bettina Breitenmoser überlegte und antwortete dann provokativ: «Also, wenn Sie bereit sind, blaue Schildkröten zu entwerfen - können Sie dann auch andere Tiere zeichnen? Einen Hund zum Beispiel.»

Sven winkte ab. Malen könne er einen Hund schon, aber was hätte dieser im Badezimmer zu suchen.

«Und Sie kennen ja den Chef. Die Fische gefallen ihm und bringen einen Haufen Geld. Ob er da gewillt ist, plötzlich auf den Hund zu kommen?»

Bettina wollte von Ausflüchten nichts wissen und blieb hartnäckig. «Der Chef bekommt den Hund nie unter die Augen.»

Sven blieb eisern. Ein Hund zeichnen - das fehlte gerade noch! Er war sicher, dass er das nicht konnte.

Bettina gab nicht auf. Sie vermutete, dass Sven vermutlich tausend Fische im Schlaf malen konnte, jedoch keinen Hund. Sie wollte es genauer wissen.

«Bitte, zeichnen Sie doch ein kleines Hündchen. Gleich jetzt, und nur ganz einfach. Für mich, Herr Tirebeg», bat sie mit süsser Stimme.

Sven stand vor einem grossen Problem. Zeitlebens hatte er noch nie einen Hund gemalt. Auch keine Kuh, kein Pferd und kein Schwein. Die waren für Duschvorhänge nicht vorgesehen und er selbst hatte ja ausschliesslich Fische im Aquarium studiert.

«Würde ich gerne machen für Sie, Frau Breitenmoser, aber jetzt muss ich die neue Fisch-Kollektion ‹Kabeljau› vorbereiten. Morgen ist Präsentation.»

Bettina kannte kein Pardon. «Ach kommen Sie, ich helfe Ihnen nachher. Sie sind Profi, so ein Hündchen schütteln Sie doch aus dem Ärmel», versuchte sie ihn zu überzeugen.

«Und es ist ja für mich, ich werde die Skizze gerne behalten."

Svens Dilemma präsentierte sich vielfältig. Einen anständigen Hund brachte er spontan nicht aufs Papier, das wusste er.

Versuchte er, sich aber rauszureden, gab es von Breitenmosers Seite keine Ruhe. Wenn sie etwas unbedingt wollte, war sie besonders hartnäckig. Dazu kam aber noch eine andere Sache. Seit Bettina bei der Courtena AG arbeitete - rund ein Dreivierteljahr - hatte Sven ein Auge auf die attraktive Frau geworfen.

Nur war er viel zu schüchtern, um der selbstbewussten Dame den Hof zu machen. Die wenigen Erfahrungen im Umgang mit Frauen halfen ihm auch nicht weiter.

Einen Campagnolo-Kettenwechsel am Rennrad reparierte er mit wenigen Handgriffen auch bei Kerzenlicht. Wie man aber das Interesse einer Frau auf sich lenkte, das wusste Sven nicht genau. Folglich gab es nur selten die Möglichkeit, dass er dazu kam, einer Frau - und dazu einer, die ihm gefiel - einen Dienst zu erweisen.

«Also, geben Sie mir Papier. Malen wir den Hund», sagte er forsch.

Sven war selber überrascht über seinen Mut und reichlich nervös, denn er wusste genau: Kam kein Hund heraus beim Zeichnen, sah er seine sowieso schon kleinen Chancen bei Bettina dahinschmelzen wie die Butter im Backofen.

Seine ersten Linien definierten weder Hund noch sonst einen Vierbeiner. Am ehesten glichen die Umrisse einem Fisch.

Sven war nicht wohl. Hätte er wenigstens über Nacht etwas üben können! Die Trainingsfahrt mit seinen Velo-Kollegen nach Feierabend über die Sattelegg hätte er dazu mit Vergnügen abgesagt. Grundsätzlich wusste er ja einen Stift zu führen und bei der Farbenwahl war er stark.

Aber jetzt war ein Hund gefragt. Ausgerechnet mit Bleistift! Er erinnerte sich an seinen Vater. Hätte er doch damals wenigstens einmal einen Fisch mit Bleistift gemalt! Oder Klimatechniker gelernt, Rohre zusammengeschraubt, Filter eingesetzt und Kreativität denen überlassen, die tatsächlich welche besassen.

Sven schwitzte und der Bleistift lag rutschig in den Fingern. Nach einer Weile zeichnete sich auf dem Blatt endlich etwas mit vier Beinen ab. Sven schöpfte Hoffnung.

Wenn nur die Breitenmoser nicht gewesen wäre. Anstatt für eine Zigarette auf die Terrasse zu verschwinden - was sie sonst oft tat während des Tages - blieb sie ausgerechnet jetzt im Büro. Dazu beobachtete sie jede Bewegung von Svens Hand. Zuerst vom gegenüberliegenden Bürotisch aus, dann kam sie näher und beugte sich ganz dicht über Svens Schultern.

Er konnte ihre Nähe spüren, was ihn noch nervöser machte. Bettina sah nicht nur gut aus, sie trat auch selbstsicher auf und scherte sich keinen Deut um zufälligen Körperkontakt. Sven war das pur Gegenteil von ihr, zumindest was sein Selbstbewusstsein betraf. Ansonsten war er aber durchaus attraktiv und sportlich gebaut. Das intensive Velofahren tat seine Dienste.

Im Moment wäre er aber lieber mit dem ältesten Drahtesel über einen Pass gefahren - als einen Hund zu zeichnen und die attraktive Frau neben ihm zu wissen. Leider waren die beiden schicksalhaft miteinander verbunden, sowohl Frau als auch Hund.

Es war eine Sau, die schliesslich auf dem Blatt verklärt in Richtung Fenster schaute. Sven wusste es, Bettina sah es.

Die Proportionen konnte man noch gelten lassen, Hunde sind ja in ihrer Statur auch verschieden. Aber die Beine waren die eines Paarhufers. Die Schnauze schmeichelte jedem Schwein und die Ohren des Fabelwesens entsprangen einem Mutanten, den die Welt noch gar nicht kannte.

Bettina fragte höflich, ob dies jetzt der Hund sei, oder ob es sich dabei erst um konstruktive Hilfslinien handelte. Sven murmelte etwas von spezieller Gattung und ungewöhnlicher Perspektive. Er wusste aber, dass das Spiel aus war.

«Ha, ha, ha, Herr Tirebeg, Sie haben einen ‹Schwund› gezeichnet. Eine ganz seltene Mischung von Schwein und Hund, eben einen Schwund. Grossartig! Sie sind wirklich ein Spassvogel!»

Sven wäre am liebsten in eines der Filterrohre gekrochen, von denen sein Vater immer schwärmte. Und augenblicklich gefiltert und entsorgt, so peinlich war ihm das alles.

«Äh, ich geh jetzt. Die ‹Kabeljau›-Kollektion sammeln. Schönen Tag noch», sagte Sven zerknirscht und ging schnell zur Tür. «Herr Tirebeg, danke für die lustige Skizze. Ich komme ihnen gleich helfen bei der Kollektion.»

Vor wenigen Minuten hätte Sven noch Freudensprünge gemacht, um mit der hübschen Kollegin zusammenzuarbeiten. Nun wollte er nur noch weg und sich dem spöttischen Blick ihrer Augen entziehen. Zwar konnte er bei Bettina keinen Spott ausfindig machen, aber es war klar, dass sie sich über ihn lustig machte.

«Danke, aber ich schaff das allein», antwortete er hastig.

«O.k, dann ein anderes Mal. Aber kommen Sie morgen in mein Büro, ich habe eine Überraschung für Sie», rief sie hinterher.

Sven sass in Gedanken schon im Velosattel Richtung Sattelegg. Ohne Hund, ohne Breitenmoser, und auch ohne Überraschung. Nur noch die Strasse und er - das war ehrlich und das war gut so.

Kapitel 3

Bettina Breitenmoser war froh, als nach einem ruhigen Tag im Büro endlich Feierabend war. Bereits zeigte der warme Juni seine Wirkung. Alles strömte nach draussen, an die Sonne, an die frische Luft. Sie dachte an die Geschichte mit Sven und dem Hund - oder besser, dem «Schwund» - während sie in der Tiefgarage ihr Auto suchte. Sie hatte es doch gewusst. Sven konnte Fische in Perfektion zeichnen und sonst nichts. Bettina musste lachen. Dieser «Schwund» war echt ein Knüller. Die Skizze hatte sie sorgfältig in eine Mappe gesteckt und in ihrer Tasche verschwinden lassen.

Es ging ihr nicht darum, den Arbeitskollegen schlecht zu machen. Die Zeichnung war einfach lustig anzuschauen. Schadenfreude war nicht ihr Ding, im Gegenteil.

Schon an ihrem ersten Arbeitstag bei der Courtena AG fiel ihr der Chefdesigner auf. Abgesehen von seiner sportlichen Erscheinung beeindruckte sie Svens Eigenschaft, durch nichts aufzufallen. Er war weder ganz humorlos noch besonders witzig, zeigte Initiative bei der Arbeit, war aber kein Eiferer. Und vor allem: er schwieg, wenn andere sprachen, ob aus Desinteresse oder weil er zuhörte - das wusste Bettina noch nicht genau. Auf jeden Fall hatte sie das Gefühl, Svens unauffällige Art passte eigentlich ganz gut zu ihr.

Im Prinzip war Sven tatsächlich nicht der Typ für eine Frau wie Bettina. Im Gegensatz zu ihm, wusste sie sich gut in Szene zu setzen. Sie ging gegen die Dreissig zu, war schlank und attraktiv. Früher glich ihre Frisur einer blonden Löwenmähne. Jetzt aber hatte Bettina halblange, brünette Haare, elegant und schon fast etwas streng geschnitten. Das passte zu ihr, denn sie trat stets selbstbewusst und unabhängig auf. Letzteres nicht ganz freiwillig, in gewissem Sinne.

Bis vor rund einem Jahr wohnte sie noch zusammen mit ihrem Freund in einem St. Galler Vorort. Gemeinsam pflügten sie sich durch den Sumpf einer untergehenden Partnerschaft. Zu Beginn verursachten Unentschlossenheit und Karrieresucht bei beiden erste Überschwemmungen der Gefühle.

Auf der einen Seite verfügten sie über zu wenig Antrieb, in der Partnerschaft weiterzukommen, auf der anderen Seite stand der Eifer, überall der oder die Beste zu sein. So standen sie schon bald hüfthoch in den Beziehungsproblemen.

Bettinas Partner arbeitete als Verkaufsleiter bei einem Inseratmonopolisten für die Schweizer Medien. Um bei diesem Geschäft ganz vorne dabei zu sein, war mehr als hundertprozentiger Einsatz gefordert. Das hiess für ihn, bei jedem kleinsten Anlass dabei zu sein, um allfällige Kunden gleich für Inserate und Aufträge gewinnen zu können. Irgendwann würde er dann vom Schreibtisch aus die Geschäfte machen können - soweit war er aber noch nicht.

Daraus ergab sich die Konsequenz, dass Bettina oft allein zu Hause sass, weil sich ihr Partner an irgendeiner Autoshow oder Gewerbemesse auf Kundenfang befand. Ihr Partner arbeitete viel und er hatte Perspektiven - aber die lagen in ferner Zukunft. Irgendwann wollte er einmal eine ruhigere Kugel schieben und mit wenig Aufwand viel Geld verdienen. Dann würden sie auch zusammen mehr Zeit verbringen, sagte er immer und forderte von seiner Partnerin Geduld.

Bettina trug genauso ihren Anteil für das Scheitern der Beziehung bei. Fragte man sie, wie sie sich ihre Zukunft vorstelle, wusste sie nichts Genaues zu antworten. Glücklich sein, zufrieden leben, vielleicht mal Familie haben - oder auch nicht. Für sie war vieles möglich, konkrete Pläne hatte sie keine.

Nach rund fünf Jahren stand ihnen das Wasser schliesslich bis zum Hals und es gab nur noch eine Lösung. Jeder ging seine eigenen Wege. Ein Funken Liebe war zwar noch im Spiel - oder wenigstens der gegenseitige Respekt und das Wissen, dass beide für die Trennung verantwortlich waren.

In dieser Hinsicht hatten sie anderen Paaren in der gleichen Situation einiges voraus, welche vor lauter Vorwürfen und Anschuldigungen vergassen, dass sie früher wenigstens in einigen Punkten derselben Meinung waren.

Bettina erinnerte sich mit gemischten Gefühlen an diese Zeit. Am ehesten dann, wenn sie im Auto sass. Den kleinen schwarzen Wagen hatten sie und ihr Freund noch gemeinsam gekauft. Er blieb nach der Trennung in Bettinas Besitz.

Die Courtena AG befand sich im südlichen Teil Zürichs am Fusse des Üetlibergs, Bettinas Wohnung lag auf der anderen Seeseite im Seefeldquartier. Mit dem Tram zur Arbeit fahren, wäre durchaus möglich gewesen.

Für Bettina kam dies aber nicht in Frage, sie fühlte sich zu stark gebunden an Fahrpläne, und das ständige Achten aufs Wetter war ihr zu mühsam. Schien morgens noch die Sonne, kleidete sie sich sportlich elegant. Klatschten am Feierabend dicke Regentropfen auf den Asphalt, ärgerte sie sich über fehlende Regenjacke oder den Schirm.

Das Auto bedeute ihr darum viel. Es war eine Art der Selbstbestimmung, wenigstens bis zum Arbeitsplatz. Da hatte ihr Chef, Frantisek Hrdina, das Sagen.

Die Ausfahrt aus der Tiefgarage bereitete ihr zu Beginn der Anstellung bei der Courtena AG einige Probleme. Normalerweise durchaus geübt im hektischen Strassenverkehr, mühte sie sich täglich ab mit der Garagenausfahrt. Die Ausfahrspur war derart eng berechnet, dass schon am ersten Arbeitstag der rechte Seitenspiegel knirschend mit einer Betonsäule Bekanntschaft machte und sich mit einem kurzen Knacken vom Auto verabschiedete. Bettina stieg schnell aus, las den Spiegel vom ölverschmierten Betonboden auf und warf ihn verärgert auf den Beifahrersitz.

Zum Glück hatte niemand ihr Missgeschick bemerkt. Ein paar Tage später jedoch gingen gerade einige Mitarbeiter der Firma an ihrem Wagen vorbei, als sich der neue Spiegel mit lautem Jaulen zur Seitenscheibe hin krümmte und dann scheppernd vors nahende Hinterrad fiel.

Dieses gab dem Spiegel den Rest, übrig blieb ein Haufen Glassplitter und Plastik. «Ho, ho, Frau Breitenmoser! Fahre rechts und die Strasse wird breiter, gell! Das müssen Sie aber nicht allzu wörtlich nehmen», kicherten die Kollegen verschämt.

An diesem Junitag gelang Bettina die Ausfahrt problemlos. Ihre Gedanken waren noch immer beim «Schwund», der verstohlen in ihrer Tasche schlummerte. Sie dachte an den armen Sven, dem die Schweissperlen auf der Stirn standen, als er den Hund zu zeichnen versuchte. Ein bisschen tat er ihr sogar leid. Schliesslich war er ihr gegenüber immer fair und hilfsbereit.

Und auch sonst: Sein durchtrainierter Körper beeindruckte sie von Anfang an – auf dem Velo machte Sven bestimmt eine gute Figur. Für einen Moment erwischte sie sich bei der Vorstellung, wie ihr Arbeitskollege im hautengen Velodress an ihr vorbeifuhr und sie in Gedanken seine kräftigen Beine und den strammen Hintern bewunderte.

Lautes Hupen weckte sie aus ihren Träumen und ein wild fuchtelnder Autofahrer hinter ihr drängte zur Weiterfahrt.

Ja, es war ruhig geworden bei Bettina in Sachen Freundschaft und Beziehung. Viel Zerstreuung gab es zurzeit nicht in ihrem Leben, ausser der Arbeit und einem gelegentlichen Schwatz mit der Kollegin. Sie war deswegen nicht einmal besonders betrübt. Es war einfach ungewöhnlich für sie.

Früher blieb sie selten einen Abend zu Hause. Wenn sich die Möglichkeit für einen unterhaltsamen Abend bot, überlegte sie keine Sekunde. Als dann die Schwierigkeiten in der Beziehung begannen, war sie umso mehr bis spät in die Nacht in den Zürcher In-Lokalen anzutreffen.

Zeit dazu hatte sie ja genug. Jetzt wohnte sie allein und konnte sich täglich für ein neues Happening in den Clubs entscheiden. Aber ihr fehlte die Energie dazu. Das Lebenstheater ging offensichtlich zum nächsten Akt über. Welche Rolle in welchem Stück sie dabei spielte, wusste Bettina nicht.

Ganz unvorbereitet betrat sie diese Bühne ja auch wieder nicht. Verschwanden einige gewohnte Menschen und Dinge aus ihrem alten Leben, so kamen neue dazu. Die neue Arbeit, die neue Wohnung – und beides mitten in Zürich. Da, wo sie früher durchs Nachtleben streifte, ging nun das alltägliche Leben vonstatten. Ein Abonnement fürs Fitnessstudio gehörte eigentlich auch zum Aufbruch in Bettinas neuen Lebensabschnitt.

Es spielte aber eine Nebenrolle. Richtig auf Trab hielt sie der Hauptprotagonist in ihrem Leben, eine ganz spezielle Figur: Jung, mit glänzendem schwarzgelocktem Haar, unternehmungslustig und spontan, gesund und kräftig und mit einem kräftigen Schwanz, der sofort in die Höhe schnellte, wenn sie nur schon in seine Nähe kam: Harrass.

Der knapp einjährige Terrier schaute ihr während einer Fernsehsendung vor ein paar Wochen ganz tief in die Augen. Durch die Linse der Kamera, digitalisiert über das Kabelnetz und schliesslich auf Bettinas neuem Flachbildschirm bettelte der kleine Harrass um ein neues Zuhause und wedelte dazu ganz wild.

Nie trug sie sich vorher mit dem Gedanken, ein Haustier zu halten. Die Idee traf sie wie ein Blitz aus heiterem Himmel. Sie beschloss spontan, sich bei der eingeblendeten Nummer zu melden und den jungen Harrass zu sich zu nehmen. Es war eine Art Liebe auf den ersten Blick.

Einzig der Name machte sie etwas stutzig, verstand sie doch unter dem Begriff «Harrass» viel eher eine Kiste Bier als ein putziges Hündchen. Den Namen würde sie wohl ändern, dachte sie. Nicht aber ihren Entschluss, fortan einen vierbeinigen Mitbewohner zu haben.

Im Mietvertrag stand nichts von einem Haustierverbot, die Sache war geritzt. Und schon zwei Tage später zog der quirlige Harrass bei ihr ein.

Für die ersten Tage mit Hund nahm Bettina ein paar Tage frei, Ferienpläne hatte sie sowieso keine konkreten. Zum Glück hatte der kleine Wirbelwind schon die grundlegenden Regeln des Zusammenlebens mit Menschen gelernt und bereitete ihr erstaunlich wenig Umtriebe. Zwei ausgiebige Spaziergänge tagsüber genügten ihm, und am Abend genoss er einen weiteren Rundgang am See. Bettina hatte weiteres Glück, indem eine Nachbarin im selben Haus ebenfalls an Harrass einen Narren gefressen hatte und sich sofort bereit erklärte, mit ihm zwei-mal am Tag eine Runde zu drehen, während Bettina arbeitete.

Ansonsten verbrachte er die Stunden allein zu Hause und entdeckte die grosse Welt der kleinen Wohnung. Tagsüber durfte er auf den Balkon, um frische Luft zu schnappen, gegen Abend lag er meist zufrieden in seinem Korb und wartete, bis Bettina von der Arbeit zurückkehrte. Die Nachbarin gab ihm am Mittag etwas zu fressen und verwöhnte ihn ab und zu mit kleinen Überraschungen.

Einmal brachte die liebe Nachbarin Harrass ein Geschenk, eingewickelt in farbiges Papier, und legte es neben seinen Korb. Bettina bemerkte das Paket erst am Abend und dankte ihr für die Aufmerksamkeit.

Harrass interessierte sich aber keinen Deut für das bunte Ding und liess es links liegen. Bettina wartete während des ganzen Abends darauf, dass er doch wenigstens einmal an seinem Geschenk schnupperte. Daraus wurde nichts. Harrass rollte sich nach dem Spaziergang in seinem Korb ein und schlief bald, ohne sich um die Überraschung zu kümmern.

Bettina wollte nun wissen, was die Nachbarin wohl eingepackt hatte und entfernte das Papier. Zum Vorschein kam ein «Samichlaus» mit roter Mütze und weissem Bart. Sie musste lachen: Ein Restposten aus der vergangenen Weihnachtszeit...

Trotzdem empfand sie das Geschenk als eine nette Geste ihrer Nachbarin und war gespannt, ob Harrass den Stoff-Samichlaus als neuen Freund gewinnen würde.

In diesen Gedanken versunken, parkte Bettina das Auto neben dem klotzigen Geländewagen ihres Nachbarn. Der Parkplatz kostete zwar ein Heidengeld, war aber praktisch. So konnte es sich Bettina leisten, auch mit hohen Absätzen zur Arbeit zu gehen - keine nassen Strassen und unebene Trottoirs lagen jeweils zwischen Haustür und Lenkrad.

Im Treppenhaus kramte sie ihren Schlüssel hervor und wartete gespannt auf das aufgeregte Bellen von Harrass. Normalerweise ging das freudige Begrüssungsritual los, kaum liess sie das Parterre hinter sich.

Von da bis hinauf zum dritten Stock dauerte das Konzert von Jaulen und Winseln ununterbrochen an, bis die Tür nach dem Aufsperren wieder ins Schloss fiel. Dann gab es einen wilden Willkommenstanz, der Bettina es kaum erlaubte, ihre Handtasche und ihre Jacke aufzuhängen.

Aber heute war es ruhig. Verdächtig ruhig. Weder im Treppenhaus, noch beim Drehen des Schlüssels und beim Öffnen der Tür gab es irgendeinen Laut zu hören. Bettina war erstaunt und beunruhigt. Was war los mit Harrass? Etwas Schlimmes konnte es nicht sein, die Nachbarin hätte sich längst gemeldet.

Bettina betrat die Wohnung. Keine Spur von euphorischem Wedeln und Betteln. Sie eilte am halb offenen Schlafzimmer vorbei durch den kurzen Korridor und stürzte in die Stube.

Dort sah sie den verstörten Harrass, der wie angewurzelt neben seinem Korb stand und zitternd zu ihr und dann wieder Richtung Korridor schaute. Es verging eine ganze Weile, bis er wenigstens ein bisschen wedelte. Bettina hatte keine Ahnung, was mit ihrem Kleinen passiert war. Sie machte einen Kontrollgang durch die Wohnung, entdeckte aber nichts Aussergewöhnliches.

Auch die Nachbarin zeigte sich am Telefon erstaunt über das Verhalten des Hundes und versicherte, am Nachmittag sei er so lebendig wie immer gewesen. Bettina schüttelte den Kopf.

Es schien, als hätte Harrass einen Geist gesehen. «Er ist halt noch jung - oder etwas launisch», dachte sie sich. Und tatsächlich. Als sie aus dem Schlafzimmer in den Korridor trat und die Tür hinter sich schloss, kam Harrass voller Begeisterung auf sie zugerannt. Als wäre nichts geschehen.

Kapitel 4

Sven fackelte nicht lange mit der neuen Kollektion. Die Fische schimmerten bunt über dem blaufarbigen Meereshintergrund und schauten lustig in alle Richtungen.

Zugegeben, die neuen Varianten für die Duschvorhänge glichen sich in Stil und Design recht stark, besonders virtuos hatte Sven die Sammlung nicht gestaltet. Sie entsprachen aber dem Geschmack der Kundschaft und hingen ja später auch in verschiedenen Badezimmern.

Am Schluss nickte Hrdina wie immer zufrieden und bezeichnete die Kollektion als gelungen, das wusste Sven schon jetzt. Darum hielt ihn nichts mehr in der Firma.

Endlich durfte er sich seinem Hobby widmen, dem Velofahren. Auf dem Programm stand eine Rundfahrt über die Sattelegg. Sven musste sich sputen. Seine Velokumpels und er trafen sich in Pfäffikon, von wo sie dann die Tour richtig lancieren wollten. Bis dahin hatte Sven das ganze linke Zürichseeufer vor sich - eine Strecke, die er direkt von seinem Arbeitsplatz unter die Rä-der nahm und normalerweise in gut einer Stunde hinter sich brachte.

Schnell streifte er im Büro die Velomontur über und legte Hemd und Hose in die unterste Schublade seines Pults. So machte er das immer, wenn er eine harte Feierabend-Velotour unternahm. Nach der Runde fuhr er dann jeweils direkt nach Hause und ging am nächsten Tag mit neuen Kleidern und per Zug zur Arbeit. Dieses Konzept gab Sven viel Freiheit.

Sven wollte gerade Portemonnaie, Mobiltelefon und Hausschlüssel in der kleinen Velotasche verstauen, als das Telefon läutete. Noch liefen die letzten Minuten der Arbeitszeit, darum hob Sven widerwillig den Hörer ab. «Grüezi, ist Frau Breitenmoser da», fragte eine Frauenstimme am Apparat.

Sven verneinte. Frau Breitenmoser sei schon gegangen, um was es denn ginge und ob er etwas ausrichten solle, fragte er zurück.

Es gehe um diesen Vorhang mit den Delfinen, erwiderte die Anruferin enerviert. Ob er denn nicht informiert sei über ihren Anruf vom Nachmittag.

Ihr Mann habe ein Problem mit Delfinen, sie selbst habe blaue Schildkröten gewollt - und überhaupt sei die Courtena AG ein ganz schlechter Laden.

Sven fackelte nicht lange und riet ihr, die Sache am nächsten Tag mit Frau Breitenmoser zu besprechen. Das Gespräch machte ihn nervös. Die Frau mit ihren blauen Schildkröten brachte ihn ganz aus dem Konzept.

Nun war aber genug Zeit vergeudet. Sven wollte endlich los. Sein Fahrrad stand ebenfalls im Büro, fein säuberlich geputzt. Selbstverständlich war das Gefährt von bester Machart, nur die edelsten Komponenten waren Sven gut genug. Etwas Billiges kam nie und nimmer in Frage, zumal seine Kumpels ebenfalls nur mit Hightech-Rädern unterwegs waren.

Schliesslich betrieben sie den Velosport ambitioniert, mit einem alten Stahlesel hatte man in der Gruppe keine Chancen.

Überstürzt verliess Sven das Büro und eilte zum Treppenhaus - es waren doch noch einige Kilometer Fahrt bis Pfäffikon. Portemonnaie, Mobiltelefon und Schlüssel lagen noch immer auf dem Bürotisch.

Bereits im Lift zog er die feinen Handschuhe über die Finger und schloss die Klettverschlüsse seiner Schuhe.

Die Metallfixierungen an den Veloschuhen hallten auf den Fliesen und man hätte eher eine kräftig gebaute Dame auf hochhackigen Stöckelschuhen im Treppenhaus vermutet als einen Velofahrer.

Bei der Eingangstür kam Sven ein gestresster Frantisek Hrdina entgegen. «Herr Tirebeg, gehen Sie schon? Eben wollte ich Sie sprechen, wegen der neuen Kollektion, wissen Sie. Nicht die mit den Fischen... Die für die Damen, also wegen den Frauen, also, ich meine, wegen den Nackten. Ach, Sie wissen schon, das delikate Projekt ...»

Sven winkte ab und schwang sich auf den Sattel. «Tut mir leid, Herr Hrdina, ich bin verabredet und muss mich beeilen. Besprechen wir die Sache doch morgen. Sorry», sagte er beim Wegfahren und nestelte nervös an seiner Helmschnalle herum.

Jetzt war Feierabend. Vom Auftrag mit den wilden Liebesszenen auf Duschvorhängen hatte er zwar schon gehört, doch diese Sache wollte er sich wenn möglich vom Leibe halten.

Am besten, Hrdina suchte sich für dieses Projekt einen anderen, dachte er und trat vehement in die Pedalen.

Galt Sven im normalen Leben fast schon als überkorrekt und neigte gar zu Biederkeit - beim Velofahren war alles anders. Kaum erreichte er da seine Betriebstemperatur, zählten für ihn nur noch zurückgelegte Kilometer, Geschwindigkeit und Kadenz.

Sein Blick war stets auf das kleine Display des Velocomputers gerichtet und schweifte nur in Ausnahmefällen ab. Wenn es zum Beispiel auf der Strasse eine heikle Situation gab oder wenn er sich neben der Autokolonne vorbeischlängelte. Rotlichter, Fussgängerstreifen und Verkehrsregeln existierten nicht für ihn.

Im Velosattel fühlte Sven sich sofort als Teilnehmer eines bekannten Radklassikers wie Paris-Roubaix oder der Flandernrundfahrt. Das ging so weit, dass er einem aufdringlichen Autolenker rigoros den Stinkefinger zeigte oder ein Grossmütterchen anschnauzte, wenn dieses versuchte, die Strasse zu queren und ihn dabei aus dem Tritt brachte.

Durch Horgen fuhr Sven mit Höchstgeschwindigkeit. Er fühlte sich das erste Mal an diesem Tag so richtig entspannt. Da, wo andere bereits ihre Zunge zum Kühlen auf den Lenker hängten liessen, begann es, Sven Spass zu machen.

Die Kilometer schmolzen dahin, der Treffpunkt in Pfäffikon rückte näher. Bis Wädenswil rollte er unbeschwert dahin und genoss das Zusammenspiel von Muskeln und Rädern. Die Sattelegg, ein beliebter Pass für Velofahrer zwischen dem Wägital und dem Sihlsee war heute kein Problem, sagte sich Sven. Die Strecke hatte er schon mehrmals bewältigt und schon oft mit der groben Steigung gekämpft.

Bis zum Weiler «Bödeli» stieg die Strasse gemächlich, doch kurz nach der Brücke über die Wägitaler Aa musste man aus dem Sattel und einige strenge Kilometer bis zum Restaurant bei der Passhöhe hinaufwuchten. Auch schon beobachtete er Velofahrer, die auf der Schlusssteigung ihr Rad neben sich herschoben und mit ihren unbequemen Veloschuhen wie Enten dem Ziel entgegenwackelten. Als er einmal einen Feierabend-Veloprofi überholte und regelrecht stehen liess, schleuderte dieser seine Veloschuhe voller Wut die frisch gemähte Wiese hinunter und lief in Socken fluchend hinter ihm her.

Sven dachte schmunzelnd an diese Geschichten und liess sich die erfolgreichen Episoden auf dem Velo wohlig durch den Kopf gehen.

Der Tag eignete sich hervorragend für die Rundfahrt, einer nächtlichen Heimfahrt mit dem Velo vom Sihlsee bis nach Hause stand nichts im Weg. Für die Dämmerung hatte er stets ein federleichtes Beleuchtungssystem dabei, dazu eine kleine Windschutzjacke, für den Fall, dass es kühl wurde.

Zwei Energieriegel ersetzten bei solchen Unternehmen das Nachtessen, und zu trinken gab es ausschliesslich isotonisches Kraftgetränk.

Kurz nach Wädenswil warf Sven einen Blick auf den tiefblauen Zürichsee und genoss die sommerliche Abendstimmung. Am Ufer fläzten sich Sonnenhungrige und Badelustige. Einige turtelten ungezwungen, andere schlenderten gemächlich die Uferwege entlang. Junge Mütter schoben Kinderwagen vor sich her, ein Mädchen warf wahrscheinlich zum hundertsten Mal einen Stecken über die Strandwiese, damit ihm ein zotteliger Hund hinterherjagte und ihn brav zurückbrachte.

Und genau dieser Vierbeiner löste Svens Idylle augenblicklich in Luft auf. In Gedanken sah er plötzlich den «Schwund», mit einer Schnauze wie ein Schwein und dermassen unförmig, dass er kaum stehen konnte. Wie eine Kettenreaktion kam Sven die ganze Geschichte in den Sinn. Er sah die schallend lachende Bettina vor sich - und seine Schweissperlen auf der Stirn.

Sven konnte sich nicht wehren. Der heutige Nachmittag lief wie ein tragischer Film vor seinen Augen ab - und er fand keine Möglichkeit, das Programm zu wechseln. Bettina spielte im Trauerspiel in seinem Kopf die Hauptrolle.

Sven sah sie vor sich, in ihrer schicken Bluse und dem frechen Jupes. Immer wenn er ihr gegenüber sass, wurde er nervös und spürte dieses Kribbeln überall im Körper. Das prickelnde Gefühl spürte er zwar oft, wenn er einer Frau begegnete, die ihm gefiel.

Meist stand er aber in der zweiten Reihe und liess anderen Bewerbern den Vortritt. War keiner da ausser Sven, fiel ihm nichts anderes ein, als zu schweigen und zu hoffen, dass die Dame das Zepter übernahm. Meist ging die Sache schief und sie wandten sich gesprächigeren Männern zu.

Bei Bettina hingegen sah sich Sven im Vorteil. Um sie herum gab es in der Firma nur wenig männliche Mitarbeiter, die sich für sie interessierten - oder interessieren durften - weil zu Hause eine Ehefrau oder Freundin wartete. Sven hatte fast täglich eine Chance, mit der hübschen Mitarbeiterin ins Gespräch zu kommen - ohne dass er sich besonders hervortun musste. Allerdings tat er sich auch hier schwer und konnte bis auf ein paar gemeinsame Kaffeepausen noch keine richtigen Erfolge verbuchen. Darum war die Sache mit der Zeichnung ein Wink des Schicksals, hätte die verflixte Bettina nur einen Fisch gewünscht.

«Herrgott, wieso wollte sie unbedingt diesen blöden Hund», fluchte Sven und versuchte, das Geschehene zu vergessen. Aber es half nichts, das Lachen seiner Bürokollegin hallte in seinen Ohren. Gleichzeitig trat der «Schwund» vor seine Augen. Dieses abartige Wesen. Jedes Kleinkind hätte einen Hund besser hinge-kriegt.

«Herr Tirebeg, Sie haben einen ‹Schwund› gezeichnet», klang ihre Stimme in Svens Kopf und war so nahe, als würde die Frau auf seinem Hinterrad sitzen und ihm in den Helm hineinlachen.

Zum Glück sah Sven in diesem Augenblick seine Kollegen vor sich auftauchen. Alle waren schon da und warteten.

«Hallo Sven! Wie läufts, was machen die Beine?», rief der lange Herbert. Sven schaltete die Gänge runter und bremste präzise vor den Rädern der Sportsfreunde. «Du siehst etwas gestresst aus, mein Lieber. Zu hohe Übersetzung gefahren?», fragte Solex, der Übername für Alex.

In den Bergen war er einfach unschlagbar und nahm jede Steigung, als hätte er einen Zusatzmotor auf dem Velo montiert. So wie früher dieses Motorfahrrad mit dem Motor an der Lenkstange - ein Solex eben.

Auch Bernd fiel auf, dass Sven etwas ausser Atem war.

«Was ist mit der Kadenz? Hast du es wieder einmal übertrieben», sagte er in seinem glasklaren Norddeutsch.

Sven schüttelte nur den Kopf und forderte die Kollegen auf, das Unternehmen «Sattelegg» in Angriff zu nehmen. Die Hatz auf den Rennrädern konnte beginnen.

Zuerst stand ihnen die kurze Ebene der March bevor, bis es dann in Siebnen zur Sache ging. Sven vermochte sich nach den turbulenten Erinnerungen an den peinlichen Nachmittag im Geschäft nur mit Mühe zu konzentrieren.

Vor allem der «Schwund» belästigte ihn und präsentierte sich allmählich in den unmöglichsten Positionen. Kaum hatte Sven das Hinterrad von Solex fixiert, verwandelte sich das Gefährt seines Vordermanns in ein schwundähnliches Wesen.

Die Fantasie verhalf seinen Gedanken noch zu absurderen Formen und machte aus dem glänzenden Campagnolo-Kettenwechsel am Hinterrad ein lustig wackelndes Sauschwänzchen.

Sven versuchte, sich abzulenken und lancierte einen Zwischenspurt. Solex parierte auf Anhieb, Bernd und Herbert liessen für einen Moment abreissen. Nun trat Sven wuchtig in die Pedalen und stieg aus dem Sattel.

Nicht umsonst gehts hier zur Sattelegg hinauf, dachte er sich und schöpfte Kraft. Nach einer engen Kehre konnte er die zwei zurückgefallenen Kollegen hinter sich sehen, wie sie mühsam den Anschluss suchten.

Solex hingegen folgte ihm dicht und jagte ihn förmlich Richtung Passhöhe. Schon war von weitem das Restaurant zu sehen.

Sven war nun ganz aufs Fahren konzentriert und überzeugt: dieses Rennen könnte er gewinnen. Wäre da nicht dieser Transporter gewesen. «Schweinezucht Bürcher, Willerzell» prangte mit grossen Buchstaben auf dem Wagen, der die Bergfahrer-Spitzengruppe überholte.

Der Lastwagen brachte den Leader brutal auf den Boden der Tatsachen zurück. Beim Zürichsee war es der Zottelhund, hier tat die Schweinezucht das ihre: Sven sah wieder den «Schwund» vor seinen Augen und hörte das Lachen der schönen Bettina.

Überflüssig zu erwähnen, dass ihn Solex auf den letzten Metern stehen liess und Sven sich nur knapp vor Herbert und Bernd auf die Passhöhe rettete. Immerhin, das Tempo hielt er hoch, die Kollegen zollten ihm dafür Respekt. «Nicht schlecht Sven. Am Berg bist du unterwegs, als würdest du verfolgt», sagte Bernd anerkennend.

Sven gab keine Antwort. Doch der Kollege aus Norddeutschland hatte Recht, der «Schwund» und das Trauerspiel um Bettina verfolgten ihn tatsächlich pausenlos.

Nach einer kurzen Pause sattelten die Velofahrer ihre Sportgäule und machten sich auf zum wilden Ritt hinunter zum Sihlsee und weiter nach Schindellegi. Bei der Abfahrt spürte Sven einen kühlen Wind und dachte beruhigt an seine Windschutzjacke. Schliesslich hatte er noch einen langen Weg vor sich, bis nach Hause.

Die Kollegen wohnten alle am linken Zürichseeufer und hatten einen etwas kürzeren Heimweg.

Bei Wollerau verabschiedeten sie sich und verabredeten sich gleich für die nächste Feierabendtour. Jetzt war die Zeit gekommen für Sven, wo er mit gedrosseltem Motor heimwärts fuhr. Trotz der vielen strengen Kilometer in den Beinen fühlte er sich erholt und genoss die Fahrt in der fortgeschrittenen Abenddämmerung. Als Sven die letzte Steigung hinauf zur Zürcher Waldegg unter die Räder nahm, lagen schon die Schatten der Nacht auf dem Asphalt. Kurz danach folgte eine kleine Abfahrt und bald stand er vor dem Block, wo sich seine Wohnung befand.

Das Haus mit den sechs Wohnungen stand dunkel da, umgeben von einem gespenstisch wirkenden Baugerüst, das die Fassade wie ein Skelett umschloss.

Die Wohnungen wurden zurzeit komplett renoviert. Das war auch der Grund, dass nur zwei von ihnen vermietet waren. Sven hatte sich entschlossen, während der Umbauarbeiten in der Wohnung zu bleiben und profitierte so von einer attraktiven Mietzinsreduktion. Alle anderen Mitbewohner zogen es vor, eine neue Wohnung derselben Verwaltung zu beziehen und hatten das Haus verlassen. Einzig einer entschied sich für den Verbleib in seiner Wohnung. Er war geschäftlich viel unterwegs und spürte die Renovationsarbeiten kaum.

An diesem Abend war es in und um Svens Haus stockdunkel. Der Kellereingang befand sich auf der Rückseite des Hauses und war normalerweise beleuchtet. Weil aber der Malerlehrling kürzlich die Leiter auf die Treppenbeleuchtung fallen liess und diese in die Brüche ging, war es hinter dem Haus tiefe Nacht. Sven war heilfroh, hatte er seine Velobeleuchtung griffbereit. Auf dem Helm montiert, leuchtete ihm die Lampe den Weg zur Kellertreppe und zeichnete einen schwachen Schimmer auf die Betonplatten.

Plötzlich verspürte Sven einen Schlag am Kopf, augenblicklich war es stockdunkel. Er griff an den Helm und spürte, wie das kleine Velolicht am dünnen Kabel neben dem Helm baumelte. Dicht an seinem Kopf fühlte er das kalte Eisen einer Gerüststange. Sven fluchte laut und wünschte die ganze Baumannschaft ins Pfefferland. Mühsam tastete er sich weiter.

Endlich erreichte er die Treppe. Es war dunkel wie in einer Kuh. Sven durchwühlte seine Velotasche, von einer Ecke in die andere - und konnte den Schlüssel nicht finden.

Ausser ein paar Papiertaschentüchern und einem Stück Energietraubenzucker gab es da nichts. Sven starrte in die Dunkelheit hinaus und dachte nach. Wo waren all seine Sachen?

Da dämmerte es Sven, obwohl rundherum tiefe Nacht war: Die Schlüssel lagen im Büro auf dem Pult! Er sah sie vor sich liegen, zusammen mit dem Portemonnaie und dem Mobiltelefon.

Sven hätte schreien können. Was war das für ein Tag! Nach einem ordentlichen Morgen passierte ihm die Peinlichkeit mit dem «Schwund», der ihn die ganze Fahrt hinauf zur Sattelegg gnadenlos verfolgte.

Gleichzeitig kam Sven in den Sinn, dass Bettina die Zeichnung ja mit nach Hause genommen hatte. Super! Nun verfügte sie über ein perfektes Beispiel, um jederzeit zu beweisen, dass er,

Sven, zu den dümmsten Menschen auf diesem Planeten gehörte. Als Volldepp stand er nun vor der verschlossenen Kellertür und hatte nicht den Hauch einer Chance, auf irgendeine Weise in die Wohnung zu gelangen. Jemanden anrufen konnte er auch nicht, und Nachbarn waren keine im Haus. Gewissenhaft wie Sven war, hatte er am Morgen noch sämtliche Fenster geschlossen, damit nicht einer der Bauarbeiter sich in seiner Wohnung verirrte.

Es blieb ihm nichts anderes übrig, als die Nacht hinter dem Haus zu verbringen. Zum Glück hatte er seine Windschutzjacke dabei, und kalt war es auch nicht. Zudem befand sich neben dem Haus eine kleine Baubaracke, wo die Arbeiter jeweils ihren Pausenkaffee tranken.

Die Tür stand offen und Sven fand in einer Ecke sogar noch ein Bier. Er machte es sich auf einer Bank bequem und versuchte, ein wenig zu schlafen. Wilde Gedanken tanzten ihm durch den Kopf. «Schwund», Bettina, unzüchtige Duschvorhänge, Hrdina, wieder Bettina, der «Schwund» und dann nochmals Bettina.

Auch stellte sich Sven vor, wie er am Morgen im Renndress ins Büro ging. Hoffentlich ohne Begegnung im Treppenhaus und auf den Korridoren! Im Prinzip fuhr er ja oft mit dem Velo zur Arbeit, immer in der typischen Rennfahrerkluft. Nur hatte er da stets den eigenen Schlüssel dabei und betrat die Firma lange vor seinen Mitarbeitern.

War Sven einmal spät unterwegs, fuhr er mit dem Citybike und arbeitstauglich gekleidet ins Geschäft. Bei der morgendlichen Arbeitsweg-Prozedur überliess er generell nichts dem Zufall.

Im Moment war sein Lebensrhythmus jedoch aus dem Takt geraten. Um wieder richtig Tritt zu fassen, wollte er am nächsten Morgen so früh als möglich im Büro sein. Wenn ihm nur keiner der Kontrolleure Probleme im Zug machte! Und vor allem eines musste ihm gelingen: Bettina durfte ihm keinesfalls über den Weg laufen, solange er in diesem engen Velodress unterwegs war. Das wäre dann der Peinlichkeit zu viel.

Kapitel 5

Bettina dachte bei der Schminkprozedur vor dem Badezimmerspiegel nicht mehr an Harrass' sonderbares Verhalten vom Vortag.

Sie sah im Spiegel zwei müde Augen, die um mehr Konturen bettelten. Morgenstund hatte für Bettina alles andere als Gold im Mund. Ginge es nach ihr, durfte der Arbeitstag erst kurz nach 10 Uhr beginnen, damit der Mensch genügend Schlaf hat.

Neben ihrer verschlafenen Silhouette im Spiegel entdeckte sie einen rotleuchtenden Fisch im Hintergrund. Selbstverständlich hatte auch Bettina einen Duschvorhang der Marke Courtena.

Der rote Seeteufel schien ihr etwas ins Ohr zu flüstern - oder er hatte telepathische Fähigkeiten, um Bettina an den gestrigen Tag zu erinnern:

Die mühsame Kundin am Telefon und ihr Mann mit dem Delfintrauma. Aber auch Bettinas geschickter Schachzug, Sven aus der Reserve zu locken. Das darauf folgende Lustspiel mit der Hunde-Skizze, wo schliesslich der «Schwund» geboren wurde, war doch unglaublich komisch.

Bettina kicherte beim Gedanken an das seltsame Urvieh, dass Sven aufs Papier gezaubert hatte.

Auch erinnerte sie sich an ihr Versprechen, Sven am nächsten Tag eine Überraschung zu bereiten. Ihr Plan war, Harrass mit ins Geschäft zu nehmen und ihren Arbeitskolleginnen und Kollegen vorzustellen.

Vor allem Sven wollte sie mit dem schwarzen Energiebündel auf vier Beinen bekannt machen - und zeigen, wie ein Hund sich von einem Schwein unterscheidet. Vielleicht konnte sie ihn ja dazu überreden, nochmals einen Versuch mit der Hundezeichnung zu wagen.

Bettina ertappte sich dabei, wie sich ihr Spass zur kleinen Bosheit entwickelte. Sie hoffte dennoch, dass sich Sven die Geschichte mit dem Schwund nicht allzu sehr zu Herzen nahm.

Seine Bemühungen um die gemeinsamen Kaffeepausen, damit sie für ein paar Minuten miteinander plaudern konnten, waren ihr nämlich immer sehr willkommen. Eigentlich hoffte sie sogar darauf, dass Sven sie endlich auf einen Drink nach Feierabend einlud...

Aber, wie es schien, konnte sie da lange warten. Sven traute sich offenbar nicht - was hiess, sie würde die Initiative ergreifen und die Sache einfädeln müssen. Darum fand sie, dass der Spass mit dem «Schwund» durchaus in Ordnung ginge und vielleicht half, mit Sven etwas lockerer ins Gespräch zu kommen.

Während sie die letzten Retuschen an Wimpern und Lippen anbrachte, überlegte sie sich, wie sie Harrass mit dem Auto mitnehmen konnte. Im Auto befand sich kein spezielles Hunde-Abteil, aber Harrass war zwar ein mutiger und doch folgsamer Hund.

Obwohl - als sie gestern nach Hause kam, schien er ihr alles andere als mutig. Was hatte ihn bloss derart in Aufruhr gebracht? Im Schlafzimmer gab es nichts, was den jungen Hund erschrecken konnte. Das grosse Bett, eine Stehlampe, ein Sessel mit einem Haufen Kleider obendrauf und gegenüber der Zimmertür der Kleiderschrank mit Spiegelfront.

Bettina schaute auf die Uhr und bemerkte, dass die vielen Gedanken bereits einen grossen Teil des Morgenzeitbudgets weggefressen hatten. Sie eilte durch den Korridor, ging in die Stube, um ihre Tasche bereitzumachen, nahm den «Schwund» heraus und legte ihn auf die Kommode neben dem Fernseher. Schliesslich stand sie im Schlafzimmer und kramte unter dem Haufen Wäsche auf dem Sessel ihre Kleider hervor.

Harrass spürte, dass der heutige Tag ein besonderer war und folgte Bettina auf Schritt und Tritt. Die Rundtour durch die Wohnung war lustig. Er machte sich einen Spass daraus, Bettina stets einen Schritt voraus zu sein.

In seiner Spielfreude vergass Harrass aber das Schlafzimmer. Gerade konnte er ihren rechten Fuss mit einem eleganten Schwung überholen und so als Gewinner auf die Zielgerade Richtung Bett einschwenken, als er das Monster wieder vor sich sah!

Er versuchte, seinen Lauf zu bremsen, rutschte aber auf dem glatten Parkett unaufhaltsam weiter. Verzweifelt schlitterte Harrass seinem Schicksal entgegen. Und das Monster vor ihm schien sich nicht zu fürchten, im Gegenteil: Es stürzte sich geradewegs auf ihn zu, streckte seine schwarzen Beine weit voneinander und schaute ihn mit starren Augen an. Die beiden trennten nur noch ein paar Zentimeter und schon krachten sie mit einem lauten Knall aufeinander.

Harrass erwartete einen lähmenden Biss und spürte in Gedanken schon, wie sich scharfe Zähne in seinen Hals bohrten. Unter den leuchtenden Monsteraugen sah er einen feurig roten Schlund, umringt von einem Band aus messerscharfen, fleischfressenden Reissern, bereit, ihm das Leben auszuhauchen.

Harrass versuchte sich dem Schicksal mit allen Mitteln entgegenzustellen. Er machte ein paar Sprünge zurück. Seine Pfoten fanden wieder Griff und mit zwei, drei Sprüngen gelang es ihm, mit einer scharfen Drehung um den Türrahmen des Schlafzimmers zu kurven. Er schaute zurück und sah zum Glück nur noch das Hinterteil des schwarzen Ungetüms.

Das war knapp! Verwundert sah er, wie Bettina kopfschüttelnd aus dem Schlafzimmer kam. Sie fürchtete sich offensichtlich überhaupt nicht vor der Kreatur - oder sie hatte sie gar nicht gesehen. Harrass war überzeugt, dass er ihr in der Wahrnehmung von Monstern weit überlegen war.

Bettina nervte sich. Immer wenn sie es eilig hatte, spielte Harrass den Clown. Der Hund hatte doch täglich dreimal die Möglichkeit, mit sich und anderen Hunden um die Wette zu rennen. Warum musste er frühmorgens wie irre um sämtliche Ecken hetzen, um womöglich noch etwas kaputtzuschlagen.

Der grosse Spiegel beim Kleiderschrank wäre beinahe zu Bruch gegangen. Zum Glück hatte Harrass die Gefahr eines Glasbruchs mit anschliessender Moralpredigt inklusive Hausarrest vorausgeahnt und sich unverzüglich aus dem Staub gemacht.

Bettina wunderte sich über den Stress ihres Hundes im Schlafzimmer. Auch kam ihr die sonderbare Begrüssung tags zuvor in den Sinn.

Harrass selbst war erst zufrieden, als sie die Schlafzimmertür geschlossen hatte. Gab es da etwas, was den jungen Hund erschreckte? Bettina kramte gedankenverloren die Hundeleine aus der Tasche und knipste den Verschluss an Harrass' Halsband.

Der konnte es kaum erwarten, von der Wohnung ins Treppenhaus zu stürmen. Zusammen eilten sie die Treppen hinunter und stiegen in den Wagen. Bettina setzte ihn auf den Rücksitz und mahnte ihn mit erhobenem Zeigefinger, artig sitzen zu bleiben. Trotz des kabarettreifen Theaters mit Harrass in der Hauptrolle war Bettina ein paar Minuten früher unterwegs als sonst. Heute war sie vielleicht vor allen anderen im Geschäft.

Beim Bellevue, auf halbem Weg zur Courtena AG, gab es Stau. Bettina musste anhalten und warten, bis sich der Knäuel von Autos, Trams und Fussgängern langsam auflöste. Der Junimorgen war aussergewöhnlich warm.

Bettina träumte von einem Sonnenbad am Seeufer oder noch besser am Meer. Bunte Szenen spielten vor ihren Augen, wie sie sich in der Sonne räkelte und das süsse Nichtstun genoss. Am Abend vielleicht noch eine flotte Party, wo ordentlich die Post abging.

Der Stau war hartnäckig. Noch immer standen die Fahr-zeuge Richtung Bürkliplatz in der Kolonne, im Wageninnern wurde es heiss. Bettina liess die Fensterscheiben herunter und genoss die frische Seebrise, die durch das Auto zog.

Die Ruhe vor dem Arbeitssturm tat gut. Bettina stellte sogar das Radio ab, wo der Moderator verzweifelt versuchte, die Zuhörer vom lustigen Programm zu überzeugen.

Entlang der Quaibrücke bummelten Fussgänger. Einige schoben Kinderwagen vor sich her, andere liessen ihre Hunde an der Leine spazieren. Im Hintergrund stand das Grossmünster in der Morgensonne und spiegelte sich dezent in der glitzernden Limmat. Eine morgendliche Idylle, mitten in der Stadt.

Harrass sass auf dem Rücksitz und schaute aus dem Fenster. Erst einmal war er mit dem Auto gefahren. An spannende Momente während jener Fahrt konnte er sich nicht erinnern.
Jetzt allerdings lagen die Dinge ganz anders. In seiner Nase sammelten sich Geruchsfetzen, die sich kontinuierlich miteinander verbanden und zusammen einen höchst interessanten Dufttep-

pich ergaben. Insbesondere roch es nach Hund, genauer nach Fräulein Hund.

Harrass spähte zwischen den Vordersitzen hindurch und reckte seine Schnauze.

Noch war der Empfang unregelmässig, der Duftsender lag noch auf derselben Frequenz wie die des Cervelat- und Bratwurststands nebenan.

Dieses Programm entsprach eigentlich auch dem Gusto von Harrass - aber die Sendung mit der Hündin war ganz klar attraktiver.

Bettina hoppelte im ersten Gang ein paar Meter weiter und jetzt empfing Harrass' Nase das Signal des Hundefräuleins klar und deutlich: Einige Meter hinter dem Auto tippelte auf dem Trottoir eine zierliche Dackeldame über das Pflaster und blieb alle zwei Meter stehen.

Eine dünne Schnur verband sie mit einer Dame auf hohen Stöckelschuhen. Sie gingen langsam über die Brücke und kamen gleich schnell vorwärts, wie die Autos in der Kolonne. Immer wieder blieb die Dame stehen und stützte sich auf das Brückengeländer. Fräulein Dackel schaute gelangweilt um sich oder schnupperte am einen oder anderen Bein, das an ihr vorbeieilte.

Die Duftnote stach nun scharf in die Terriernase. Harrass war auch scharf - auf eine sofortige Begegnung mit Frau Dackel.

Jetzt konnte er nicht mehr anders. Wie von tausend Bienen gestochen sprang er ganz verrückt auf dem Rücksitz hin und her und bellte, was das Zeug hielt.

Bettina erschrak sich fast zu Tode und trat aus Versehen kräftig aufs Gaspedal. Der Wagen machte einen Satz und küsste mit seiner Stossstange das vordere Auto.

Ein knackendes Geräusch bestätigte den Kontakt der beiden

Fahrzeuge, fuchtelnde Hände und lautes Fluchen kündigten den baldigen Kontakt zwischen den beiden Fahrzeugführern an.

Für Harrass kam der abrupte Stopp genau zum richtigen Zeitpunkt. Er hechtete mit einem Sprung nach vorn auf den Beifahrersitz und stürzte jaulend zum Fenster hinaus.

Das heisst, er versuchte es zumindest, blieb aber mit dem Bauch zwischen Fensterrahmen und Glasscheibe hängen und verklemmte sich ordentlich.

Die Dackeldame nahm Harrass' Annäherungsversuch nicht sonderlich interessiert zur Kenntnis. Sie tippelte näher zu den Stöckelschuhen hin und schaute mit leerem Blick auf die schwarze Gestalt, welche mit halbem Körper aus dem Wagen lehnte und unaufhörlich kläffte wie am Spiess.

Harrass kam weder vor, noch zurück. Ein paar Zentimeter fehlten ihm und er hätte die Eroberung gemacht. Fräulein Dackel hätte sich dann schon für ihn begeistert, davon war er überzeugt.

Der Auffahrunfall vergrösserte den Stau auf der Quaibrücke. Die Autos hinter Bettinas Wagen mussten auf die Nachbarspur ausweichen.

Sie schaltete den Warnblinker ein, stieg aus und musterte den entstandenen Schaden. Er war nicht schlimm und liess sich in jeder beliebigen Garage ambulant beheben. Die Stossstange an Bettinas Wagen war ein wenig zerkratzt, beim Vordermann ging lediglich das Lämpchen der Nummernbeleuchtung zu Bruch.

Der Lenker des geschädigten Fahrzeugs schimpfte heftig und Ausdrücke wie «Anfängerin» oder «Führerschein beim Lotto gewonnen» überschwemmten Bettina wie eine Flutwelle.

Ihre Entschuldigung ging unter wie eine Nussschale im tosenden Meer, denn neben dem Lamento des Autofahrers kläffte

Harrass wie am Spiess. Bettina stürzte in den Wagen und zog ihn mit einem Ruck aus der Fensteröffnung.

Jetzt wars aber vorbei mit Bellen! Sie verfrachtete den Übeltäter auf den Rücksitz und drohte ihm bei einem weiteren Vorfall mit der unverzüglichen Versenkung im Zürcher Seebecken.

Selbstverständlich hätte sie das nie gemacht, ihrem Ärger musste sie aber Luft verschaffen. Aus dem Handschuhfach kramte sie einen Zettel heraus und schrieb ihre Adresse samt Telefonnummer darauf. Der Lenker mit der kaputten Nummernleuchte war einverstanden mit dem Vorschlag, die Sache untereinander zu regeln.

Kurze Zeit später zückte Bettina den Garagenschlüssel und rollte in den dunklen Untergrund der Tiefgarage.

Harrass hatte schlechte Laune. Eben war er noch auf Eroberungskurs und nun sass er wieder auf dem Rücksitz. Bettina sprach kein Wort mit ihm, als sie ihn aus dem Wagen dirigierte. Der muffige Geruch in dem grossen Zimmer mit all den Autos fand er widerlich.

Missmutig trottete er neben Bettina zum Lift. Welch seltsamer Tag! Zuerst das Monster im Schlafzimmer und dann das gescheiterte Date mit Frau Dackel. Dann Bettinas Moralpredigt und nun diese fahrende Kiste mit den Knöpfen an der Wand!

Am liebsten hätte er seinen Missmut kundgetan und irgendetwas gebissen. Zu Hause müsste dieser Typ mit der roten Mütze dran glauben oder einer von Bettinas Pantoffeln. Aber hier gab es nichts als polierte Fliesen, welche nach Putzmittel rochen.

Sven tat alles weh. Die Nacht in der Baubaracke wollte kein Ende nehmen und er war den lauten Arbeitern dankbar, dass sie um halb sechs lärmend die kleine Bude stürmten. Zuerst verdächtigten sie ihn des Landstreichertums und wollten den Clochard unverzüglich aus dem Baugelände werfen.

Allein die seltsame Kleidung und Svens Beteuerung, aus Not in der Baracke genächtigt zu haben, beruhigte die Situation, und so kam er sogar noch zu einer wärmenden Tasse Kaffee.

Dann machte er sich auf zum Bahnhof. Der Morgen war frisch, aber nicht kalt. Mit der umgehängten Regenjacke näherte er sich dem Perron. Dutzende warteten auf den Zug Richtung Zürich. Sie beachteten Sven kaum. Einige lösten ihre Augen für einen Moment von der Gratiszeitung und musterten ihn.

Etwas seltsam sah er schon aus. Morgens um sieben im engen Velodress gekleidet mit den sperrigen Spezialschuhen an den Füssen. Sie waren auch schuld für seinen unnatürlichen Gang.

Sven war dies egal. Zeitig bestieg er die S-Bahn und hoffte, dass es der Kondukteur entweder nicht bis zu ihm schaffte oder besser schon gar nicht zur Kontrolle erschien. Weder Portemonnaie noch Ausweis führte er mit sich - eine peinliche Szene war ihm also garantiert.

Es blieb beim frommen Wunsch. Beim «Billette bitte» zuckte Sven zusammen und plante bereits die Flucht nach hinten. Da versperrte aber bereits eine zweite Uniform den Durchgang - und bei dieser Dame gab es kein Durchkommen. Sie bat ihn schroff um das Billett.

Sven erklärte die Sachlage und es war genauso peinlich, wie erwartet. Rundum schauten die Passagiere schadenfreudig auf das ungleiche Paar.

«Da wird man schon am Morgen von den Frauen um seine Adresse gebeten», witzelte einer nebenan.

Sven konnte die Kontrolleurin wenigstens dazu überreden, bis in die Stadt fahren zu dürfen, auch ohne Fahrschein.

«Wissen Sie, warum diese roten Taschen der Kontrolleure so tief hängen?», fragte der Witzbold wieder. Sven hörte nicht richtig zu und sagte abwesend nein. «Weil die Bändel zu lang sind», kam die Antwort, begleitet von einem breiten Lachen.

Sven verzog verlegen die Mundwinkel. Er überlegte sich, wie er unerkannt ins Büro kam. Dort lagen seine Sachen bereit. Die Schlüssel, Mobiltelefon und natürlich die Kleider.

Kurz vor acht erreichte er die Courtena AG. Sven war zufrieden, es gab keine weiteren Zwischenfälle auf der Fahrt. Er ging davon aus, dass er der Erste im Büro war und dass niemand von seinem Missgeschick etwas erfuhr.

Die Eingangstüren standen offen, die Putzequipe schrubbte die Böden auf allen Stockwerken. Somit dürfte auch der Zugang zu den Büroräumlichkeiten kein Problem sein, dachte er.

Der Lift war leer. Auf der Etage angekommen, stiess Sven die Glastür schwungvoll auf und schritt eilig durch den Korridor zu seinem Büro.

Am Empfang sass kein Mensch, Hrdinas Bürotür war geschlossen, und bei der Buchhaltung verrieten die herabgelassenen Jalousien, dass sich noch keine Seele um die Geschäftsangelegenheiten kümmerte.

Es fehlte nur noch das Büro von Bettina. Ein kleiner Lichtspalt am Boden wies zwar auf eine geöffnete Tür hin, es war aber alles ruhig. Sven zog mit grossen Schritten am Zimmer vorbei.

In Gedanken war er schon am Türrahmen vorbei, da geschah das Unglück: Eine schwarze Bestie überfiel ihn und rang ihn zu Boden. Es ging blitzschnell. Sven schrie vor Schreck und versuchte, den Hund von sich zu stossen. Aber Harrass verbiss sich mit aller Kraft in den Veloschuh.

Sven fuchtelte herum und kam nur mit viel Mühe wieder auf die Beine. Währenddessen hatte der Köter die verstärkte Schuhspitze bereits zernagt zerrte den Schuh vollends vom Fuss. Harrass bellte triumphierend und rannte wild mit dem Kopf schüttelnd hin und her.

Nach kurzer Zeit lag der Veloschuh in mehrere Teile zerlegt auf dem Boden. Nebenbei schlug Harrass noch einen Blumentopf um, die Erde verteilte sich gleichmässig über den Teppich.

Sven fluchte laut und stand wackelig im Gang. Im Türrahmen erschien entsetzt Bettina.

«Meine Güte, Herr Tirebeg, also bitte entschuldigen Sie. So was hat er noch nie gemacht. Normalerweise will er doch nur spielen. Ist alles o.k.? Sie sehen so erschreckt aus! Und Sie sind ja immer noch im Veloanzug!»

Sven hatte in diesem Moment keine Augen für Bettina. Die Peinlichkeiten setzten sich fort: Am Vortag der dämliche «Schwund», der ihn nicht mehr losliess den ganzen Tag lang. Dann die Nacht in der Baubaracke und die anschliessende Odyssee mit dem Zug, inklusive nerviger Kontrolleurin und dämlichem Witzbold.

Zum Schluss überfiel ihn ein tollwütiger Beisser und der teure Veloschuh war kaputt. Er brachte kaum einen Ton über die Lippen und sagte nur was von «schnell umziehen» und «den Hund anknüpfen» oder so ähnlich. Vielleicht sagte er auch «aufknüpfen». Jedenfalls verschwand Sven in seinem Büro und schloss die Tür hinter sich.

Bettina konnte es nicht fassen. Ausgerechnet Sven lief dem schlecht gelaunten Harrass über den Weg.

Dieser schlich an ihr vorbei, ohne sie zu berühren und verdrückte sich unter dem Pult. Jetzt hing der Haussegen aber definitiv schief, das wusste er. Ein kurzes Klicken am Hals und vorbei war es mit der Freiheit.

Bettina musste sich zuerst sammeln. Das war wirklich Pech. Eigentlich hatte sie Harrass mitgenommen, um ihn Sven vorzustellen. Vielleicht hätte sich daraus ein kurzer Spaziergang über Mittag ergeben und man wäre ins Gespräch gekommen.

Zudem hätte Harrass Modell stehen können und Sven vielleicht dazu ermuntert, einen richtigen Hund zu zeichnen.

Nun gestalteten sich die Dinge komplizierter. So schnell konnte sie sich mit Harrass nicht mehr beim Duschvorhang-Designer blicken lassen. Wenn ein einigermassen normales Arbeitsverhältnis überhaupt noch möglich war.

Im dümmsten Fall musste sie sich sogar bei Frantisek Hrdina für den Vorfall verantworten. In Gedanken versunken vergass sie, dass die Überreste von Svens Veloschuh und der umgestürzte Blumentopf noch immer von den wilden Kampfszenen im Korridor zeugten.

Kapitel 6

Sven hockte auf seinem Sessel und starrte in eine Ecke. Das war der absolute Hammer! Verbiss sich doch dieser Köter in seinen neuen Veloschuh!

Verletzt war er zwar nicht, doch der Biss in sein Herz war Schaden genug. Was hatte er eigentlich Böses getan, dass ihn Pech und Peinlichkeiten derart verfolgten?

«Er macht nichts, er will nur spielen», äffte er Bettina nach und warf kokett die nicht vorhandenen Fransen aus dem Gesicht. Eines war klar: Mit Bettina war es nichts. Klar, sie zeigte sich bestürzt, nachdem ihr Hund dem friedlichen Mitarbeiter nach dem Leben trachtete. Absicht war keine dahinter, das wusste Sven.

Trotzdem, das Mass war übervoll. Gestern der «Schwund», heute die Hundeattacke - jetzt brauchte es Ruhe und Besonnenheit - und keine weiteren Initiativen.

Überhaupt, es war doch Donnerstagmorgen. Noch zwei Tage arbeiten und dann ging es endlich los in die Berge. Mit dem Velo hinauf auf den Gotthard, dort übernachten.

Am Sonntag über die Pässe Furka, Grimsel und Brünig. Sven war ausnahmsweise allein unterwegs, die Velokumpels hatten alle familiäre Verpflichtungen. Erst im Sommer planten sie dann eine längere Ausfahrt zusammen - eine Woche voller schönster Velokilometer auf Korsika.

«Das Wochenende wird mich wieder zur Ruhe bringen», sagte sich Sven t und war bald wieder besserer Laune.

Als er das Hemd zuknöpfte, vernahm er ein Poltern im Korridor. Hastig öffnete Sven die Tür und ein erdverschmiertes Gesicht sah ihn an, aus dem deftiges Fluchen drangen. Es gehörte Frantisek Hrdina.

«Wer zum Geier lässt hier einen angefressenen Fussball herumliegen? Und wieso liegt hier überall Erde?», fauchte er.

Der Geschäftsführer war wie immer gestresst in sein Büro gestürmt, stolperte über Svens kaputten Veloschuh und küsste mit einem tollen Hechtsprung den Boden - nicht ohne ein Stück von der herumliegenden Blumenerde zu kosten.

Sven entschuldigte sich für die Unordnung, für die er gar nicht verantwortlich war. Hrdina rappelte sich auf, rückte kniend seine Brille zurecht, und schaute geradeaus an zwei schlanke Frauenbeine.

«Ach, Herr Hrdina, es ist mir schrecklich peinlich! Das ist alles meine Schuld! Es war Harrass. Er hat sich gehen lassen ...», stammelte sie.

Hrdina überschlug es die Stimme: «Was, welchen Harrass haben Sie gehen lassen?», keuchte er und fragte nach einer Verschnaufpause entrüstet: «Und überhaupt! Warum schleppen Sie einen eigenen Harrass ins Büro? Genügen ihnen die Wasserflaschen aus der Cafeteria nicht? Und muss man dazu noch einen Lederfussball zerfetzen und auf dem Boden verteilen?»

Hrdina rang nach Luft. «Und der Blumenstock? Wollten sie den erschlagen mit ihrem Harrass?»

Bettina war es peinlich und sie schaute verlegen auf Sven, der noch immer im Türrahmen stand. Er sagte nichts, das versteckte Lächeln auf seinen Lippen verriet aber seine Schadenfreude.

«Nein, Sie verstehen nicht. Harrass heisst mein Hund. Und der ist heute über Herr Tirebeg hergefallen. Der Fussball ist in Tat und Wahrheit Herrn Tirebegs Veloschuh. Und weil sich Harrass so wild aufgeführt hat, ist der Blumenstock auch noch umgefallen. Jetzt hab ich ihn aber angebunden am Bürotisch.»

Hrdina brachte seine Krawatte in Ordnung und beruhigte sich etwas.

«Ja, gut, lassen wir das jetzt. Heute haben wir eine wichtige Entscheidung wegen des Auftrags zu treffen – Sie wissen schon, der mit den Frauen. Kommen Sie um elf Uhr in mein Büro.»

Bettina nickte kurz und setzte sich an ihr Pult. Harrass schaute sie reumütig an und wusste genau, dass er Schuld war am ganzen Radau. Aber eigentlich fühlte er sich gar nicht schuldig. Die Pudeldame auf der Quaibrücke hatte ihn so nervös gemacht. Alles andere danach war nur eine logische Folge seines lebhaften Charakters.

Hrdina trat in Svens Büro. «Also zeigen Sie mal die ‹Kabeljau›-Kollektion. Ah, sehr gut! Ja und die Fische haben auch eine gute Grösse. Und hier... mit Algen und Seegras hinterlegt. Perfekt, Herr Tirebeg, genauso habe ich mir die Kollektion vorgestellt. Wenn es nur immer so einfach wäre. Fische, Tirebeg, Fische und Duschvorhänge, das ist unsere Spezialität.»

Hrdina schaute zum Fenster hinaus und fuhr dann fort.

«Aber was machen wir bloss mit der Rotlicht-Dame? Gestern hat sie wieder angerufen und gedrängt. Sie will Porno-Duschvorhänge – ja, richtig gehört, Herr Tirebeg – Porno-Duschvorhänge. Und sie will sie von uns, von der Courtena AG.»

Hrdina seufzte und erklärte weiter, dass das Treffen mit der Geschäftsfrau schwierig sei. «Schliesslich befindet sich das Etablissement nicht in Zürich, sondern in Interlaken, also nicht gleich um die Hausecke. Regelmässige Besuche können sich negativ auf die Seriosität der Firma auswirken, falls man von jemandem erkannt wird. Und umgekehrt, wenn die Dame hier in der Firma auftaucht, hat das ganze Bürohaus Gesprächsstoff für ein Jahr.

Zu guter Letzt macht mir meine Frau die Hölle heiss, wenn sie erfährt, dass ich in solchen Kreisen verkehre.»

Hrdina ging langsam zur Tür, drehte sich um und schaute fragend zu Sven hinüber.

«Ja, wenn Sie denken, ich würde für Sie in diesen Klub gehen, liegen Sie aber komplett falsch», rief Sven energisch. «Ich geh da nicht hin! Ich hab diese Woche schon genug den Clown gespielt. Und sowieso habe ich zu tun, viel zu tun!»

Hrdina wusste, im Moment war bei Sven nichts zu machen. Eine andere Lösung musste her.

Inzwischen packte Sven die «Kabeljau» in den Karton und fragte ganz nebenbei: «Wieso führt nicht eine Frau die Verhandlungen mit der Auftraggeberin? Frauen haben doch mehr Fingerspitzengefühl für diese besondere Art von Duschvorhangsujets...»

Hrdina kratzte sich an seiner Gel-Frisur und überlegte.

«Gar nicht so dumm, Tirebeg. Keine schlechte Idee! Mal schauen, ob da nicht jemand aus unseren Reihen in Frage käme ... Sie hören von mir. Schönen Tag noch.»

Eilig verliess er den Raum und Sven machte sich wieder an die Arbeit. Auf dem Programm stand eine Sonderanfertigung für einen Mega-Duschvorhang. Eine Bestellung von der Zürcher Goldküste für ein spezielles Badezimmer mit Übergrösse. Satte vier Meter hoch sollte er werden und bot Platz für einen grossen Tintenfisch. Dieser Gigantismus passte zum Besteller, einem Geschäftsmann, der auch überall die Finger drin habe, wie eine Krake, sagte man in der Administrationsabteilung.

Sven kümmerte sich nicht darum. Sein Auftrag war es, einen riesigen Oktopus zu zeichnen und sich geistig auf die Pässetour vom Wochenende vorzubereiten.

Punkt elf Uhr stand Bettina in Hrdinas Büro. Sie fürchtete Konsequenzen wegen des Vorfalls am Morgen und war auf vieles gefasst. Nicht aber auf das, was Hrdina für sie bereit hielt.

«Frau Breitenmoser, Sie haben ja sicher schon von diesem... Auftrag gehört. Den mit den erotischen Sujets auf den Duschvorhängen. Ja, genau, der mit den Szenen... Ja, Sie wissen schon... Heikel, für die Courtena AG, sehr heikel. Trotzdem lukrativ, sehr lukrativ. Und so viel Potenzial. Überall gibts doch diese Salons. Und duschen muss man ja dort auch - also, so viel ich weiss. Also, genau weiss ich es natürlich nicht. Und um es genau zu wissen, müsste man hingehen.»

Hrdina machte ein kurze Pause und spielte mit dem Kugelschreiber auf dem Tisch. «Für diesen Auftrag braucht es mehrere Besuche, bis die Sache richtig läuft. Aber verstehen Sie, meine Frau,... Sie versteht keinen Spass - es ist ja kein Spass - und wenn man mich immer wieder sieht in diesem Club..., eine Katastrophe, schlimm. Ganz heikel, die Sache, ganz heikel. Also, ich kanns nicht machen, Sie verstehen. Den Auftrag könnten wir aber trotzdem gut gebrauchen ...»

Er schaute auf den Fussboden und schwieg für einen Augenblick. Bettina ahnte nun, was folgen würde.

«Nun, Sie wissen ja, Frau Breitenmoser: Hunde sind in unseren Büros verboten. Stellen Sie sich vor, die Hygienevorschriften! Duschvorhänge mit Hundehaaren! Natürlich, gelagert und eingepackt werden sie unten in der Spedition, aber trotzdem. Man weiss nie, ob nicht doch so ein Haar auf einen Duschvorhang gelangen kann. Und dann, die Reklamationen, Anzeigen vielleicht - und schon ist die Firma ruiniert. Nein, Frau Breitenmoser, Sie hätten das wissen müssen.»

Hrdina senkte die Stimme. «Und dann der Schuh von Herrn Tirebeg. Tja, also was soll ich sagen ...»

Hrdina unterbrach seine Moralpredigt und setzte sich hinter seinen Schreibtisch.

«Also, ich drück da mal ein Auge zu. Dafür kommen Sie mir sicher auch ein wenig entgegen, oder? Ich habe mich nämlich entschieden, Ihnen die Verantwortung in der Erotik-Duschvorhang-Sache zu übertragen. Sie sind die richtige Person dafür. Nicht verheiratet. Niemand da, der auf Hintergedanken kommt. Und wenn eine Frau in diesem Etablissement auftaucht, ist das ja nichts ....Aussergewöhnliches... hö, hö, hö ... kleiner Scherz, Sie verstehen. Natürlich kümmern Sie sich hauptsächlich um Administration, Preise und solches Zeug. Bei der Sujetwahl können Sie durchaus mitreden, wenn Sie wollen. Für das Gestalterische halten Sie sich dann an Tirebeg, der wird eine Lösung finden. Die erste Kontaktaufnahme übernehme ich noch persönlich vor Ort, danach nehmen Sie die Zügel in die Hand, o.k.?»

«Darf ich mich auf Sie verlassen, Frau Breitenmoser?»

Die Antwort wartete er gar nicht ab, Bettina war sprachlos. «Sehr gut Frau Breitenmoser, dann sind wir uns ja einig. Noch einen schönen Tag. Und passen Sie auf ihren Hund auf.»

Hrdina lächelte und begleitete Bettina zur Tür.

Die schleimige Art ihres Chefs machte sie wütend. War schon ein aalglatter Typ, dieser Frantisek Hrdina. Dazu noch diese schlüpfrige Anspielung wegen des «kleinen Scherzes».

Weder verspürte sie Lust, das Rotlichtmilieu näher kennen zu lernen, noch hegte sie den Wunsch, bei diesem Geschäft die Leitung zu übernehmen. Zu gut kannte sie Hrdina. Lief es gut, heimste er die Lorbeeren ein. Ging es aber bachab, waren alle anderen für das Malheur verantwortlich. Und zu Hause stand er natürlich als Saubermann da, der mit den frivolen Vorhängen nichts am Hut hat.

Was Bettina auch noch auf dem Magen lag, war die Geschichte mit Sven und seiner unglücklichen Begegnung mit Harrass. Ihr ursprünglicher Plan war ja, über Mittag gemeinsam mit Sven und Harrass einen Spaziergang zu machen. Vielleicht konnte sie die Wogen etwas glätten. Allerdings hatte Harrass dazu keine gute Vorarbeit geliefert.

Noch blieb bis zur Mittagspause eine halbe Stunde, Bettina musste einen Plan aushecken. Während dem wälzte sich Harrass gerade auf die andere Seite und schlief mit gutem Gewissen weiter. Ein solcher Tag im Büro konnte doch noch recht gemütlich sein.

Sven fuhr in Gedanken bereits die steilen Kehren Richtung Gotthard hinauf. Das Wetter für das Wochenende liess nichts zu wünschen übrig. Er war fit, und Zeit hatte er auch. Er brauchte nur noch die eineinhalb Tage im Geschäft durchzubringen, alles bereitzumachen und los gings.

Der Kraken nahm ebenfalls Konturen an. So grossflächig malen war gar nicht so einfach. Immer wieder dachte er an den Vorfall am Morgen. Schon schade, dass sich die Situation zwischen ihm und Bettina so entwickelt hatte. Eigentlich konnte sie ja wirklich nichts dafür, dass dieser Harrass sich so impulsiv festbiss.

Sven erinnerte sich auch an das Gespräch mit Hrdina. Ob sein Vorschlag vermessen war, eine Frau zu den «Damen» zu schicken?

In Gedanken versunken akzentuierte er die Innenseite eines Tentakels, als es an der Tür klopfte und Bettina fragte, ob sie reinkommen könne. Sven war überrascht und vergass im ersten Augenblick sowohl Tentakel als auch den beissenden Harrass.

Bettina, sonst stets forsch und zielstrebig, drückte sich ein wenig herum und machte erst einmal ein Kompliment für den gelungenen Tintenfisch.

Sven legte den Zeichenstift weg und putzte sich die Hände.

«Nun, äh, Herr Tirebeg, ich wollte mich nochmals entschuldigen. Wegen heute Morgen. Dass der Hund auch so ein Theater machen muss! Und die Kosten für neue Veloschuhe übernehme ich selbstverständlich. Ich hoffe, Sie sind einverstanden.»

Sven stand verlegen da. «Ach wissen Sie, das ist ja nicht so tragisch. Ich bin einfach erschrocken, wie diese schwarze Bestie mich zu Boden gerissen hat.» Mit Bestie übertrieb er absichtlich und beobachtete Bettina genau.

«Kann ich verstehen. Trotzdem, eine Bestie ist Harrass nicht, er ist ja noch jung und muss noch viel lernen. Zudem hat er manchmal auch Angst."

Bettina schaute auf die Uhr. «Es ist kurz vor zwölf. Kommen Sie mit auf einen Mittagsspaziergang? Es ist so schön draussen und ein Stück weiter vorne gibt es ein kleines Gartenrestaurant. Dahin lade ich Sie ein, als Wiedergutmachung. O.k.?»

Das ging für Sven zwar alles ein bisschen schnell, trotzdem kam ihm ein leises ‹Ja, gerne› über die Lippen.

«Gut, dann warte ich unten beim Eingang auf Sie, in etwa zehn Minuten.» Und schon war sie aus dem Büro verschwunden.

Sven stand verdutzt in seinem Büro und wusste nicht, sollte er sich freuen oder nicht. Er machte sich bereit und lies vor dem Spiegel den Kamm durch die Haare gleiten. Zuviel Euphorie liess er nicht zu. Noch immer schwebte der «Schwund» wie ein tonnenschwerer Stein über ihm. Und so ganz traute er Bettina nicht. Wer weiss, was sie noch im Schilde führte. Trotzdem ging er ganz aufgeregt zum Lift.

Vor der Tür erwartete ihn ein lautes Gekläffe. Harrass riss an der Leine und wäre am liebsten auf Sven losgestürmt. Bettina hatte ihre liebe Mühe, ihn zurückzuhalten.

Verwirrt schaute Sven zuerst auf Harrass, dann auf Bettina. Den Vierbeiner hatte er seltsamerweise ganz vergessen, zu sehr war er noch von Bettinas Einladung überrumpelt.

«Kommt der auch mit», entwich es ihm kühl. «Ach ich bitte Sie, der macht Ihnen doch nichts», antwortete Bettina mit leicht ironischem Unterton.

«Es geht nun mal nicht anders. Allein darf ich ihn nicht im Büro lassen. Hrdina hat sich schon beschwert. Aber gehen wir doch ein Stück, dann erzähl ich es Ihnen.»

Sie hielt die Leine kurz. Für Harrass war das eine ganz neue Situation. Normalerweise hatte er Bettina ganz allein für sich. Aber jetzt ging da noch ein Mann neben ihr, das passte ihm nicht.

«Sind Sie heute direkt mit dem Velo zur Arbeit gefahren?», fragte Bettina, um das Gespräch in Gang zu bringen.

Sven überlegte. Sollte er ihr die Wahrheit sagen? Dann stand er wieder als Depp da, der nicht einmal auf seine Sachen aufpassen konnte. Auf der anderen Seite: Was hatte er zu verlieren?

Nach einigem Zögern erzählte er von der abendlichen Velotour und der nächtlichen Tortur.

«Über hundert Kilometer nach Feierabend? Das ist ja verrückt», reagierte Bettina erstaunt.

Für sie war eine lange Velofahrt nach höchstens zwanzig Kilometern vorbei.

«Und da können Sie sich am nächsten Tag bewegen, wie wenn nichts geschehen wäre?»

«Normalerweise schon, wenn nicht ein wildgewordenes Tier nach meinem Leben trachtet», gab Sven sarkastisch zur Antwort.

Bettina bemerkte den Wink mit dem Zaunpfahl und entschuldigte sich nochmals. Harrass hatte indessen eine leere Plastikflasche gefunden und sich in sie verbissen. Es ging ihr nicht besser, als dem Veloschuh am Morgen.

Das Gartenrestaurant lag nur noch wenige Meter von ihnen entfernt. Sven erspähte einen freien Tisch. Beide bestellten ein leichtes Menü, für Harrass gab es eine Schale Wasser und ein paar Biskuits.

Sven erzählte noch mehr von seiner Leidenschaft fürs Velofahren. Er schilderte seine Vorliebe für lange Strecken und steile Anstiege. «Wissen Sie, es gibt nichts Besseres zum Ent-spannen, als über einen Pass zu fahren und sich auf jede Kurve zu konzentrieren. Das macht mir den Kopf so richtig frei.»

Bettina konnte sich beim besten Willen nicht vorstellen, dass eine Passfahrt mit dem Velo Freude bereitete. Wurden steile Strassen nicht ausschliesslich für Autos und Motorräder gebaut?

Trotzdem faszinierte sie der Gedanke und war beeindruckt von Svens Durchhaltewille. Beinahe entschuldigend erzählte sie, dass ihr Hobby im Moment eben dieser Harrass war. Dass sie früher nicht im Traum daran gedacht hatte, einen Hund zu besitzen und dass dies jedoch auch eine schöne Erfahrung sei.

Während des Essens schlief das Gespräch ein wenig ein und kam erst beim Kaffee wieder in die Gänge. Bettina wollte unbedingt loswerden, was ihr am Morgen widerfahren war und erzählte, wie Hrdina den Unfall mit Harrass auszunützen versuchte.

«Er hat lange um den heissen Brei herumgeredet und immer wieder neue Argumente vorgebracht, wieso man den Auftrag mit den Erotik-Duschvorhängen unbedingt brauche, er als Geschäftsführer aber nicht ständig vor Ort sein könne. Als Finale teilte er dann seinen Entschluss mit, ich solle den Deal abwickeln. Für Frauen sei ein solches Studio ja sowieso nichts Aussergewöhnliches.»

Bettina kam in Fahrt. «Und wissen Sie was? Sie sollen mir bei der Sache helfen!» Sie schaute ihn mit grossen Augen an.

Sven hätte sich ohrfeigen können. Schliesslich hatte er ja Hrdina geraten, eine Frau für die Porno-Vorhang-Geschichte zu wählen. Dass es Bettina treffen würde, damit hatte er nicht gerechnet. Oder etwa doch? Schliesslich hatte sie ihn ja mit dem «Schwund» und der Harrass-Aktion zum Kaspar gemacht.

Spielte beim morgendlichen Gespräch mit Hrdina etwa Lust auf Rache mit? Auf jeden Fall hatte Sven die Rechnung ohne seinen Chef gemacht. Gemäss Bettina sass er nun im selben Boot wie sie und musste sich mit ihr um die delikaten Vorhänge kümmern.

«Was denken Sie darüber, Herr Tirebeg?»

«Kann ich gut verstehen, dass Sie da nicht mitmachen wollen», antwortete Sven.

«Man muss den Chef dazu bewegen, die Sache doch selbst an die Hand zu nehmen.»

Dies sagte er nicht ohne Eigennutz. Sven wollte mit dem Business nichts zu tun haben - aus designtechnischen Gründen.

Schliesslich gab es bei diesen Vorhängen keine Fische zu malen. «Nächste Woche gibt er weitere Details bekannt, sagen Sie. Da kann man sich ja mal Gedanken machen», schlug Sven vor und bemerkte bei Bettina eine Spur der Erleichterung.

Nach einer Pause erzählte sie wieder von Harrass. Von seinen Geschichten, auch die von der Autofahrt, der Pudeldame und dem Blechschaden. Oder wie er kürzlich dem «Samichlaus» den Garaus machte. Und sie erinnerte sich an die seltsame Begebenheit, als sie nach Hause kam und Harrass völlig verängstigt vorfand.

«Kaum hatte ich die Schlafzimmertür geschlossen, war er wieder der Alte. Am Morgen wieder dasselbe Theater. Im Schlafzimmer sieht der arme Hund Geister.»

Eigentlich waren Sven die Flausen eines Hundes egal. Doch hier lag die Sache anders. Längst hatte er bemerkt, dass der Weg zu Bettina gar nicht so verbaut war, wie befürchtet. Nur wurde dieser bewacht von einem schwarzen Beisser Namens Harrass. Mit dem musste er sich wohl oder übel arrangieren, wollte er in der «Causa Bettina» einen Schritt weiter kommen.

«Ja, und da steht nichts Furchterregendes in ihrem Schlaf-zimmer? Eine Figur, ein Bild, irgendetwas Schlimmes», fragte Sven.

«Nein, nichts. Ein Bett, ein Teppich, ein Spiegelschrank und eine Kommode. Und meine Wenigkeit, ab und zu.»

Sven überlegte. Bettina gehörte definitiv nicht zu den schrecklichen Erscheinungen, schon gar nicht in einem Schlafzimmer. Er erwischte sich bei ein paar freizügigen Gedanken, fand aber sofort wieder zurück zu Disziplin.

«Ich weiss auch nicht, was den armen Harrass so erschrecken könnte», resümierte er. ‹Den Armen› betonte er speziell.

«Vielleicht ist es der Spiegel, wo er sich drin sieht. Ich erschrecke manchmal auch, wenn ich mich morgens im Spiegel anschaue.» Bettina wusste keine Antwort darauf.

Die Uhr zeigte eins. Der Rückweg war unterhaltsam. Sven sprach von der Pässefahrt am kommenden Wochenende, Bettina von ihrem geplanten Ausflug, um eine Kollegin zu besuchen.

Vor dem Geschäftshaus der Courtena AG nahm sie Harrass wieder an die Leine und gemeinsam betraten sie den Lift. Bei den Büros angekommen, gingen beide wieder an ihre Arbeit.

Sven war guter Laune. Das kurze Intermezzo mit Bettina hatte gut getan. Im Moment vergass er sogar den «Schwund». So sah die Lage besser aus! Auch Bettina war froh, dass sich die Situation beruhigt hatte. Harrass schnarchte nach wenigen Minuten.

Kapitel 7

Sven kontrollierte nochmals die Pneus seines Velos. Im Rucksack befanden sich nur die nötigsten Dinge: Ersatzwäsche, Zahnbürste, der Regenschutz und etwas Kraftnahrung, so genannte «Powerriegel».

Die Trinkflasche war gefüllt mit isotonischem Getränk, das übel roch und zuweilen Blähungen verursachte. Trotzdem schwor Sven auf die Mischung, sie verlieh im richtigen Moment die nötige Energie.

Portemonnaie, Hausschlüssel und Mobiltelefon verstaute er an diesem Samstagmorgen ganz bewusst in der kleinen Rahmentasche - auf ein gleiches Malheur wie nach der Sattelegg wollte er tunlich verzichten.

Eine Strassenkarte brauchte er nicht, genauso wenig wie ein Navigationsgerät. Er wusste genau, wohin ihn der Weg führte. Zuerst durch das Reppischtal am Türlersee vorbei, dann am Zugersee entlang bis Arth Goldau. Dort wollte er sich eine kleine Pause gönnen, um dann mit Schwung über die «Berner Höhe» weiter nach Brunnen zu gelangen. Hier war auch der Verzehr eines «Powerriegels» eingeplant, damit er die Axenstrasse und die schöne Aussicht auf den Urnersee geniessen konnte.

Die Ebene zwischen Flüelen und Amsteg galt als Erholungsteil, danach folgte für eine Weile kaum mehr eine flache Passage. In Andermatt wieder Rast, vielleicht ein Sandwich verdrücken und dann stand als Dessert der Gotthardpass auf dem Programm.

Dort oben befand sich das erklärte Ziel, vorher würde Sven nicht rasten und ruhen. In Gedanken fuhr er jede einzelne Teilstrecke schon mal durch und schwang sich freudig aufs Velo.

Ein laues Lüftchen wehte ihm entgegen, als er die kleine Steigung vor dem Türlersee hinauffuhr. Am Seeufer entlang schlenderten Liebespärchen, händchenhaltend und mit verklärten Blicken auf das glitzernde Wasser. Dazwischen sassen überall kleine Grüppchen beisammen und machten sich bereit für den Mittagsgrill. Kinder spielten Fussball, einige von ihnen trauten sich ins kühle Wasser.

Es war gegen zehn Uhr morgens. Sven wunderte sich, dass die Grillplätze schon alle belegt waren, wusste aber, dass der kleine See viermal so gross hätte sein müssen, um allen Grillwütigen im Raum Zürich genügend Platz zu bieten.

Im flotten Tempo näherte er sich dem Campingplatz am Ende des Sees. Und da kam es zum Zwischenfall.

Kurz bevor Sven auf den Fussgängerstreifen traf, liess ein kleiner Junge, der mit seinen Eltern die Strasse überqueren wollte, den Schwimmring fallen. Der Ring bewegte sich, getrieben von einer Bö, hinaus auf die Strasse, der Bub hinterher. Sven machte eine Vollbremsung und fluchte laut, was den Jungen noch mehr erschreckte. Er heulte los und rannte zu Mama.

Sven versuchte verzweifelt dem Ring auszuweichen, doch das Ding verhedderte sich am vorderen Zahnkranz und platzte mit lautem Knall. Der Junge schrie, Mama fuchtelte herum und Sven fluchte noch lauter, während er auf die Seite kippte und samt Velo in die Campingplatzeinfahrt rutschte.

Zum Glück konnte er den Stoss mit den ledernen Handschuhen abfangen. Ausser einer kleinen Schürfung passierte nichts. Auch das Velo blieb heil, ganz im Gegenteil zur Laune von Frau Mama, die ihren Sohn Mores lehrte. Ihr Mann half Sven wieder auf die Beine und entschuldigte sich in aller Form. Des Jungen kleine Schwester stand noch immer nahe der Strasse und rief plötzlich: «Mami, der Mann hat die Flasche verloren. Schau, da rollt sie über den Fussgängerstreifen!»

Sven sah, welchem Schicksal seine Flasche mit Kraftdrink entgegensteuerte. Sie wurde überrollt vom Niederquerschnittreifen eines Sportwagens, der Kabriofahrer machte keine Anstalten, dem Hindernis auszuweichen.

Der Deckel schoss weg wie eine Kanonenkugel und traf das Mädchen direkt an der Stirn. Dicht gefolgt von einem Schwall isotonischem Kraftgetränk, das ihr hübsches Sommerkleidchen mit einer gelblichen Sauce überzog. Jetzt weinten beide Kinder und klammerten sich heulend an ihre Eltern.

Svens Flasche schlitterte flach wie eine Flunder direkt vor seine Füsse. Die Familie sagte keinen Ton mehr, sammelte ihre Sachen ein und nahm die jammernden Kinder bei der Hand.

Sven befreite den Zahnkranz von den Schwimmringresten. Seine gute Stimmung erlitt zwar einen Dämpfer, er hielt sich dennoch bei Laune. Einzig eine neue Trinkflasche musste her.

Zum Glück gab es beim Campingplatz einen Kiosk. Er kaufte sich Mineralwasser und gab diesem die nötige Menge Kraftpulver dazu. Nebenan im Restaurant sassen alteingesessene Camper bereits beim Bier und waren schon vor dem Mittag in Festlaune. Aus den Lautsprechern drang Volksmusik und die Festbrüder sangen kräftig mit:

«Vo Lozärn gäge Wäggis zue», johlten sie lauthals und übertönten dabei die Musik.

«Wohin gehts denn, Herr Velofahrer? Etwa auch nach Luzern?», interessierte sich ein dicker Mann, während er zum tüchtigen Schluck aus der Bierflasche ansetzte.

«Was, auf den Gotthard! Ja, wäre das mit dem Auto nicht einfacher?»

Die Runde lachte lauthals und stimmte gleich den nächsten Gassenhauer an: «Über dä Gotthard flüget d'Bräme».

Sven fuhr weiter. Bis nach Zug schaffte er es ohne Zwischenfälle, auf der Seestrasse bis nach Arth Goldau machte er sogar Zeit gut, die der Zwischenfall am Türlersee verursacht hatte. Nach einer kurzen Pause ging die Tour weiter und führte über die kleine Steigung hinauf zur «Berner Höhe», dem kleinen Pass zwischen dem Zuger- und dem Lauerzersee.

Sven spürte, dass er für die Pässefahrt bereit war und wuchtete mit grosser Übersetzung die Anhöhe hinauf. Oben angekommen hatte sich die Atemfrequenz nur ein bisschen erhöht. Allerdings genug, um einige tiefe Züge einzuatmen vom grausigen Gestank der Schweinezucht gleich neben der Strasse.

Der muffige Geruch der Sauen rief bei Sven unangenehme Gedanken in Erinnerung. Er dachte an den «Schwund». Mit den störenden Gasen in der Nase erinnerte er sich an die peinliche Zeichnung, die vergessenen Schlüssel, Hrdinas Porno-Projekt und natürlich Bettina, zusammen mit ihrer schwarzen Bestie, dem Harrass. Sven gelang es nur mit Mühe, die störenden Erinnerungen auszublenden.

Das Phänomen war ihm nicht neu, während dem Ausdauersport auf die absurdesten Ideen oder Gedanken zu kommen. Es war ganz unterschiedlich.

Manchmal dachte er konstruktiv über eine Sache nach, entwarf neue Designs für die Duschvorhänge, überlegte sich, wohin er in die Ferien fahren könnte oder plante ganz einfach das bevorstehende Nachtessen.

Es kam aber auch vor, dass er sich gedanklich in ein kompliziertes Thema verbiss oder krampfhaft die Lösung für ein Problem suchte. Oder er liess seinem Hirn freien Lauf. Dann verknüpften sich Erinnerungsfetzen, aufgeschnappte Sätze und chaotische Handlungsstränge miteinander und ergaben meist eine absurde Geschichte.

All dies geschah fast immer, wenn er auf einer langen Velotour war. Insbesondere, wenn es steil und lang den Berg hinaufging und die Strecke alle Kraft in Anspruch nahm. Oft erinnerte er sich im Nachhinein gar nicht mehr an alle Streckenabschnitte und wusste selbst bei langsamer Fahrt nicht immer, welche Ortschaft er gerade durchfuhr.

Die Momente der Abwesenheit waren ein Teil der Entspannung, die Sven beim Radsport so schätzte. Sie halfen ihm, besonders strenge Passagen gut zu überwinden. Es gab nichts Schlimmeres, als mit einer mentalen Schwäche nicht enden wollende Serpentinen vor sich zu wissen und sich von einer Kurve zur anderen zu schleppen - mit einem Kampf im Kopf und wüsten Wörtern auf den Lippen.

Die Reihenfolge der Gedankenspiele wechselte von Tour zu Tour. Normalerweise durchlief Sven zuerst die konstruktive Pha-se, darauf folgte der Teil, wo ihn eine Frage nicht mehr losliess. Zum Schluss trat meist der chaotische Part in den Vordergrund, wenn sich erste Erschöpfungssignale meldeten. Dann galt es, vorsichtig zu sein und möglichst schnell eine Pause inklusive Nahrungsnachschub einzulegen.

Wurde dieser Zeitpunkt überschritten, konnte es passieren, dass die Absurdität im Kopf zu einem aggressiven Verhalten mutierte. Dies bekamen dann alle knapp überholende Autofahrer, wegversperrende Spaziergänger oder blöd kommentierende Picknicker am Strassenrand verbal zu spüren.

Sven passierte die Ortstafel von Brunnen und fühlte sich gut. Hier am Vierwaldstättersee gönnte er sich nochmals eine Pause, füllte die Mineralwasserflasche mit Wasser auf und versetzte das Wasser wieder mit Kraftstoff. Vor ihm lagen ein paar anspruchsvolle und schöne Kilometer. Er freute sich darauf, zumal er gut im Zeitplan war, für Stress gab es keinen Grund.

Die Axenstrasse bot eine willkommene Abwechslung auf der Strecke. Ohne grosse Steigungen oder Abfahrten führte sie nach Flüelen, von wo sich der Talboden flach wie ein Teller bis an den Fuss des imposanten Bristen erstreckte. In Amsteg angekommen, liess Sven beim Dorfbrunnen für einen Augenblick die Beine baumeln.

«Von hier gehts nur noch bergauf», sagte er sich. Endlich war es soweit, das Filetstück der Tour stand unweigerlich bevor.

Während er einen weiteren Powerriegel hinunterwürgte, beobachtete er, wie eine Gruppe Velofahrer dorfeinwärts fuhr. Die fünf Radler trugen alle das gleiche Trikot und schienen schnell unterwegs zu sein.

Sven entschied sich für die Verfolgervariante. Mit nur kleinem Abstand würde er ihnen folgen und die Distanz nicht grösser werden lassen. Damit machte er die Velofahrer zu persönlichen Schrittmachern und schuf sich so einen psychologischen Anreiz zur ambitionierten Bergfahrt.

Schnell zog er die Handschuhe an und tat so, als überprüfe er die Gangschaltung seines Velos. Die Gruppe zog an ihm vorbei. Man grüsste, schenkte sich aber keine grosse Aufmerksamkeit. Kaum hatten die Velofahrer die Reuss-Brücke passiert, schwang sich Sven aufs Rad. Die Strasse schlängelte sich mässig steil an der Felswand entlang. Verkehr gab es wenig auf der Kantonsstrasse, fast alle Autos fuhren auf der Autobahn Richtung Süden.

Sven hörte nur das monotone Zirpen der Antriebskette, welche über den Wechsel floss. Unterbrochen wurde die Ruhe nur durch das Klicken der Schaltung und vereinzelte Muhen der Kühe am Strassenrand. Er rollte in flüssigem Tempo den Berg hinauf und liess die Gruppe vor ihm nicht aus den Augen.

Der Abstand betrug etwa einen halben Kilometer und blieb konstant. Sein Plan schien aufzugehen.

Bereits gingen ihm wieder verschiedene Gedanken durch den Kopf. Die Ferien im Sommer. In Korsika waren er und seine Freunde schon mehrmals. Die Mittelmeerinsel war ein echtes Radfahrerparadies. Eines für Anspruchsvolle. Aber herrlich!

Sven sah das Fischerdorf St. Florent im Norden der Insel vor sich, mit seinem idyllischen Hafen und den Gartenrestaurants direkt am Meer. Seine Augen sahen die Strasse, die sich kühn durch schroffe Küstenlandschaften und verträumte Buchten schlängelte. Oft ging es forsch zur Sache, es war eine eigentliche Berg- und Tal-fahrt. Dann die Ankunft in Calvi, wo ein grosses, kühles Bier auf sie wartete.

Heute Abend gab es auch ein Bier, im Hospiz St. Gotthard! Mit müden Beinen und zufriedener Seele! Sven sah sich, wie er entspannt um den See auf der Gotthardpasshöhe spazierte, umgeben von glattem Granit und saftigen Bergwiesen. Er konnte sehr wohl unterscheiden, wann sein Körper einen Energiedrink benötigte und wann er ihm ein Bierchen oder zwei gönnen durfte.

Zwischen Intschi und Gurtnellen, zwei verträumten Dörfern auf der Gotthardroute, holte ihn die Realität für einen Augenblick ein. Die Gruppe vor ihm hatte den Rhythmus offensichtlich erhöht und vergrösserte den Abstand zu Sven deutlich. Das war nicht in seinem Sinne und er steigerte die Kadenz.

Jetzt ging der Atem schneller und der Blick fokussierte sich auf die Strasse vor ihm. Die Gedanken ans Bier von vorhin und die mentale Fahrt an Korsikas Westküste mussten pragmatischeren Überlegungen weichen. Sven konzentrierte sich darauf, nicht aus dem Tritt zu kommen. Die Anstrengung lohnte sich, die Hinterräder der Gruppe vor ihm wurden wieder grösser. Kurz vor Wassen hatte Sven den Anschluss geschafft.

Die Autobahneinfahrt in Göschenen mit ihren kühnen Kehren und Viadukten erinnerte ihn an den Tintenfisch, den er am Tag zuvor begonnen hatte zu malen. Irgendwann zierte er das Badezimmer des grössenwahnsinnigen Auftraggebers von der Zürcher Goldküste. Doch zuerst galt es, das Meeresmonster zu zeichnen.

Sven grübelte. Welche Farben sollte er bloss verwenden? Und der Hintergrund. Da musste er sich auch noch etwas einfallen lassen. In welcher Meerlandschaft bewegt sich ein Tintenfisch normalerweise? Und hatte er genug Tentakel vorgezeichnet? Besassen Kraken acht Arme, wie Spinnen Beine haben?

Die Gedanken kreisten in Svens Kopf. Vorbei waren die entspannenden und wohltuenden Gedanken von vorhin, über Bier oder Korsika. Im Zentrum standen plötzlich Tintenfisch, Tentakel und Terrain. Immerhin bewirkten sie, dass Sven fast unbemerkt in Göschenen eintraf. Jetzt spürte er einen leichten Krampf in den Beinen. Vor ihm stand die Schöllenenschlucht, danach bäumte sich der Gotthardpass zum grossen Finale auf.

Die Gedanken an den Tintenfischvorhang zerstreuten sich, als Sven die Velofahrergruppe vor ihm suchte. Er entdeckte sie aber nicht. Entweder erklommen die Sportsfreunde bereits die ersten Kurven der Schöllenen oder sie verluden ihre Velos in den Zug, um sich dem mühsamen Streckenteil zwischen Göschenen und Andermatt zu entziehen.

Für Sven kam diese Variante nicht in Frage. Er wollte die gesamte Strecke mit dem Zweirad zurücklegen und hatte am Gelingen dieses Vorhabens nicht die geringsten Zweifel.

Doch die Konzentration auf das Positive fiel ihm zunehmend schwerer. Kaum lagen die ersten Kehren der Schlucht hinter ihm, grüsste der Tintenfisch von neuem. Sven wehrte sich dagegen mit allen Mitteln und begann, die Strassenpfosten zu zählen. Langsam näherten sie sich ihm und entschwanden einer nach dem anderen seinem Blickwinkel.

Diese Technik funktionierte bis zur ersten Galerie, dann waren die Abstände der Stützpfeiler zu kurz und das Zählen wurde zur zusätzlichen Anstrengung. Immerhin geriet so der Tintenfisch in den Hintergrund.

Dafür tauchte nun Bettina vor Svens geistigem Auge auf. Ein delikates Thema. Mit ihr waren verschiedene Episoden verbunden, die wenigsten beflügelten Sven. Wie bei einem Ringelpiez tanzten die einzelnen Vorfälle vor seinen Augen. Es galt, die angenehmen herauszupicken und die anderen unbemerkt weiter tanzen zu lassen. Die Geschichte mit dem «Schwund» verbannte Sven zeitweise aus seinem Kopf. Dasselbe wollte er mit dem blöden Harrass machen, aber der liess sich nicht abschütteln.

Dafür gab es die Erinnerungen an das angenehme Mittagessen mit der Arbeitskollegin. Und auch ihre Bewunderung für seine kühnen Bergfahrten mit dem Velo war präsent.

Kurzfristig brachten diese Gedanken genug Schwung in Svens Beine, um die nächste Serpentine energievoll anzugreifen. Aber das Strohfeuer blieb von kurzer Dauer. Die brennenden Oberschenkel zeigten, dass für solche aussergewöhnlichen Anstrengungen zu wenig Energie vorhanden war. Die Gedanken kehrten zurück.

Das Erotik-Vorhang-Projekt konnte Sven zum Glück noch ausklammern. Aber Harrass wurde wieder zum Thema. Wieso hatte der Hund Angst im Schlafzimmer. Ein solches Ungeheuer fürchtete sich? Vor seinem Spiegelbild etwa?

So ein Blödsinn, dachte Sven und lenkte sein Rennrad über die Fläche Richtung Andermatt. Die Schöllenen war geschafft, jetzt warteten nur noch die letzten steilen Kilometer hinauf auf den Gotthardpass.

Er gönnte sich eine Pause im Dorfzentrum, die Kirchenuhr schlug gerade halb fünf. Ein kleiner bronzener Faun auf dem Brückengeländer schaute ihn mit mitleidigem Blick an, als ob er wüsste, welche Tortur Sven noch bevorstand.

Kettengezirpe riss ihn aus der Gedankenwelt. Zwischen den alten Häusern im Dorfzentrum fuhr ihm die bekannte Radgruppe entgegen. Offensichtlich hatten die Velofahrer das gleiche Ziel wie er, den Gotthard. Oder wollten sie über den Furkapass ins Wallis?

Sven wartete, bis wieder einige Meter zwischen ihm und der Gruppe lagen und fuhr dann hinterher. In diesem Moment verfluchte er den italienischen Designer-Sattel. Der war wohl mit elastischem Leder überzogen, fühlte sich aber nach über hundert Kilometern Fahrt steinhart an und liess den Fahrer von einem bequemen Stuhl träumen.

Ein Königreich für einen Polstersessel! Oder ein gefederter Bürostuhl! Selbst ein einfacher Holzschemel wäre jetzt willkommen. Sven verdrängte die Schmerzen im Gesäss und fuhr weiter. Wenigstens fühlten sich die Beine wieder besser an, der Kampf am Gotthard konnte beginnen. Bis Hospental stieg die Strasse gemächlich, das Velo rollte ruhig auf dem Asphalt. Verkehr gab es zum Glück nicht viel.

In der Ferne sah Sven, wie kleine farbige Punkte im Zickzack den Berg hinauffuhren. Die Furkapassstrasse. Sie stand am nächsten Tag auf dem Programm. Die Königsetappe, mit drei Passüberquerungen und dem anschliessenden Ausrollen über Sarnen und Luzern. Für den Fall, dass das Wetter schlecht wurde oder Sven seine ganze Kraft aufgebraucht hatte, liess er sich die Variante Eisenbahn ab Luzern bis nach Hause offen. Schliesslich galten die Pässe als «piece de resistance» und nicht das Kilometerfressen im Flachland.

Diese Variante war für den Ernstfall vorgesehen. Sven rechnete auf jeden Fall damit, die ganze Tour auf dem Rad abzuspulen. In der ersten Strassenkehre, kurz nach Hospental, konzentrierte sich Sven wieder auf das Hier und Jetzt.

Die Fahrt auf den Gotthard ist für Velofahrer mässig anstrengend. Trotzdem gilt es 700 Höhenmeter zu überwinden. «Überhaupt kein Problem», prahlen einige Schlaumeier, bei denen der Pass erst auf den letzten Metern beginnt und deren Ehefrauen sie samt ihren High-Tech-Bikes mit dem Auto bis vors Hospiz transportieren.

In Sachen Passfahrten war Sven besonders sportlich, gerne nahm er die komplette Höhendifferenz und lange Anfahrtswege in Kauf. Trotzdem musste er sowohl physisch als auch mental alle Register ziehen, damit er die Kapelle auf der Passhöhe noch zu christlicher Zeit erreichte.

In einiger Distanz vor ihm sah er die Velogruppe. Als die Radler in Andermatt an ihm vorbeifuhren, konnte er anhand einiger Wortfetzen ausmachen, dass die Truppe wohl aus Deutschland oder Österreich stammte.

Sven fuhr mit guter Laune dem Ziel entgegen. Die Hitze des Tages war einer kühlen Vorabendstimmung gewichen, die langen Schatten des Pizzo Lucendro legten sich über die Strasse.

Für einmal konnte er sich aller Gedanken erwehren, sowohl positiven als auch negativen. Weder Duschvorhänge noch Hunde oder Schweine - auch keine Kombination von beidem - drangen in seinen Kopf.

Sven genoss die letzten Meter auf den Gotthardpass und erreichte das in der Abendsonne stehende Hospiz gegen halb sieben. Die Velogruppe war kurz vor ihm eingetroffen und bezog bereits Quartier im Touristenlager, wo auch Sven einen Platz gebucht hatte.

Die Radsportfreunde entpuppten sich als amüsante Gesellschaft, man duzte sich sofort und tauschte velotechnische Erfahrungen aus. Vier von den Sportlern kamen tatsächlich aus Deutschland. Der fünfte, ein hünenhafter Österreicher, wohnte in Frastanz im Vorarlberg.

Auf was für Ortsnamen die Menschen doch kommen, dachte sich Sven, als er sich im Touristenlager einrichtete.

Sven zog sich um und ging in Trainerhosen und frischem T-Shirt ins Restaurant nebenan. Am Tisch der Velogruppe gab es noch Platz. Sven folgte der Einladung gerne, sich zu den Sportskollegen zu setzen.

Alle bestellten sie ein grosses Bier und die Speisekarten. Genau so hatte sich Sven den Abend vorgestellt. Müde und zufrieden in der Beiz sitzen, genüsslich ein Bierchen trinken und entspannen. Dass ihm gleich noch eine lustige Schar Gleichgesinnter Gesellschaft leistete, empfand er als willkommenen Bonus. Dennoch war er nicht unglücklich über ihren Plan, am nächsten Tag

Richtung Tessin weiterzufahren. Das entlastete ihn von einer unnötigen Konkurrenz auf seiner Königsetappe.

Denn trotz aller Freundschaft beim Bier - auf der Passstrasse ging es um Taktik, Leistung und nicht zuletzt doch ein wenig darum, wer zuerst oben ankommt.

Die Wirtin brachte die nächste Runde Bier an den Tisch und gab eine Empfehlung für das Nachtessen ab. Berner Platte. Sven war darüber nicht besonders erfreut. Er stellte sich eher einen grossen Teller Spaghetti vor.

Die Tischkollegen waren aber von der Idee begeistert. Wurst und Speck, begleitet von Bohnen und echter Schweizer Rösti, das entsprach absolut ihren Wünschen. Dass sie sich auf der Grenze zwischen den Kantonen Uri und Tessin befanden und eine Berner Platte nicht dem regionalen Speiseplan entsprach, spielte für sie keine Rolle.

Die Wirtin überzeugte die Velofahrer schliesslich mit einem besonders reichhaltigen Angebot, wenn alle dasselbe Menü bestellten.

Also liess sich Sven umstimmen und willigte ein. Eine halbe Stunde später standen reich garnierte Platten mit knusprigem Speck, Schweins- und Kalbsbratwürsten, braun gebratener Rösti und einer riesigen Menge Dörrbohnen auf dem Tisch. Dazu traf eine weitere Runde Bier ein.

Sven unterhielt sich bestens und erfuhr viel über die ausgedehnten Velotouren, welche die Tischnachbarn unternahmen. Er erzählte von seinen Rundfahrten, unter anderem vom Klassiker über die Sattelegg. Sein Malheur bei seiner letzten Fahrt über den Innerschweizer Pass und die nachfolgende Tortur zu Hause mit dem vergessenen Hausschlüssel und der ungemütlichen Nacht in der Baubaracke, behielt er aber für sich.

Zum Abschluss des angeregten Abends bestellten die Radfahrer allesamt nochmals ein grosses Bier und tauschten untereinander E-Mail-Adressen aus. Eine gemeinsame Tour durchs Allgäu war bereits beschlossene Sache.

Auf dem Weg zum Touristenlager wurde Sven schläfrig. Die Beine fühlten sich wackelig an, was er hauptsächlich dem Bier zuschrieb. Auch machten sich bereits die Bohnen bemerkbar und er war froh, dass sich seine Matratze nicht weit weg von der Toilette befand. Den Wecker stellte er auf sechs Uhr, die Wirtin hatte versprochen, das Frühstück speziell für die Velofahrer früher zu servieren als im Hospiz üblich.

Die kratzbürstigen Militärwolldecken störten Sven nicht, sekundenschnell überkam ihn der Schlaf.

Kapitel 8

Langsam erwachte Bettina. Der Samstagmorgen lachte mit Sonnenstrahlen durchs Fenster. Es dauerte einen Moment, bis sie begriff, dass es Wochenende war. Die Gedanken an das gemeinsame Mittagessen mit Sven brachte sie zum Schmunzeln.

Es war schon seltsam: Anstatt einfach ihr Interesse zu bekunden, schmiedete Bettina komplizierte Pläne, damit man endlich ins Gespräch kam. Sven traute sich ja partout nicht, den nötigen Schritt zu wagen.

Irgendwie schien er ihr wie einer der Fische auf den Vorhängen, die er malte: Schön anzuschauen, lieb - und etwas langweilig. Und stumm, bis man ihnen auf die Flossen tritt. Oder eben in den Schuh beisst. Für Sven war Harrass wahrscheinlich ein hinterhältiger Schuhbeisser, ungezogen, impulsiv und lustgesteuert. Ziemlich genau das Gegenteil von ihm.

Auch kam ihr die kurze Diskussion in den Sinn, als sie Sven von Harrass' eigenartigem Verhalten vor dem Spiegel erzählte. Möglicherweise hatten die Panikattacken ihres Vierbeiners tatsächlich mit seinem Spiegelbild zu tun. Bettina wunderte sich. Ihm gegenüber stand ja niemand anderer, als er selber.

Klar, es gab auch bei ihr Momente, wo sie am Morgen erschrak beim wüsten Anblick ihres Spiegelbildes. Nach einer durchzechten Nacht konnten da die Proportionen schon etwas durcheinander geraten. Aber immerhin erkannte sie sich immer und zweifelte nie an der Identität des Gegenübers.

Bettina warf eine Kapsel in ihre Kaffeemaschine. Eine würzig riechende Brühe quälte sich aus den feinen Düsen, begleitet von einem Schnauben und Röcheln. Es war kurz nach zehn Uhr, Bettina hatte einen ruhigen Samstagmorgen geplant. Zuerst wollte sie gemütlich einkaufen gehen und sich dann Richtung Lungern aufmachen, wo sie am Nachmittag verabredet war mit Lola. Eine Schulkollegin, die es nach der Lehre in die Zentralschweiz verschlagen hatte – der Liebe wegen.

Harrass trottete beim Geräusch der Kaffeemaschine in die Küche und beschnupperte den Fussboden. In der Ecke standen seine Schüsseln – eine mit Wasser, die andere gefüllt mit Biskuits. Sie gehörten allein ihm. Gierig verschlang er ein paar Happen, leckte seine Schnauze und schaute hinauf zu Bettina, die in die Zeitung vertieft am Tisch sass.

Auf der vorletzten Seite druckte der Verlag jeweils Kleininserate aller Art. Darunter fanden sich auch diejenigen, die ihre Kundschaft mit anzüglichen Angeboten anlockte und spannende Erlebnisse versprachen – hauptsächlich für die männliche Leserschaft.

Bettina hatte keine Mühe mit der Werbung fürs erotische Geschäft. Auch war ihr bekannt, dass man seitens des Verlags sehr wohl Interesse hatte an den kleinen Inseraten für die grosse Lust. Ihr Ex hatte ihr oft genug erklärt, dass viele kleine Reklamen ebenfalls eine volle Seite ergäben.

Sie blätterte weiter und warf einen Blick auf Harrass, der ungeduldig neben dem Tisch sass und auf ihren gemeinsamen Spaziergang wartete. Bettina trank den Kaffee aus und ging ins Schlafzimmer, um sich umzuziehen.

Harrass folgte ihr nicht. Er wusste, wer oder was ihn da erwartete. Sein Wissensdurst in dieser Hinsicht war gestillt.

Unter einem Stoss Wäsche kramte Bettina eine Sporthose hervor, zog sie an und ein zerknittertes T-Shirt darüber. Sie warf einen

Blick in den Spiegel und stellte mit Befriedigung fest, dass sie auch in diesen Klamotten eine recht ansprechende Figur machte. Diese Feststellung verdrängte ihre Gedanken an die Arbeit.

Dafür dachte sie beim Betrachten ihres Spiegelbilds wieder an den Vorfall mit Harrass und seiner Begegnung mit dem Spiegel. Sie entschloss sich, die Probe aufs Exempel zu machen und rief ihn zu sich.

Harrass hörte sehr wohl, dass er gerufen wurde. Aus dem Monsterzimmer. Aber dorthin ging er auf keinen Fall, da konnte Bettina rufen, so lange sie wollte. Nicht einmal ein fettes T-Bone-Steak hätte ihn dazu bringen können, die Schlafzimmerschwelle zu überschreiten. Dieser Raum war für ihn tabu.

Bettina blieb gedankenversunken stehen. Harrass sah im Spiegel ein Wesen, welchem er zuvor noch nie begegnete. Selbst dass er ein Hund war, konnte er ja nicht wissen. Logisch, dachte sie sich. Er erkennt sich nicht, demnach weiss er auch gar nicht, wer er ist. Wahrscheinlich wird er sich mit der Zeit einfach an die Gestalt ihm gegenüber gewöhnen und sich nicht mehr fürchten.

Aber, dass er vor sich selber stand, das begriff er wohl nie.

Beim Heruntergehen im Treppenhaus veranstaltete Harrass wie üblich ein Wettrennen und gewann wie immer überlegen. Triumphierend wedelte er mit dem Schwanz und wartete unten vor der verschlossenen Haustür. Kaum öffnete sich der Türspalt ein paar Zentimeter, zwängte sich Harrass hinaus, stürmte an den ersten Baum, gleich neben dem Parkplatz, und markierte sein Revier.

Bettina nahm Harrass an die Leine. Sie schlenderten die Strasse entlang Richtung See. Das Wasser glitzerte in der Sonne und einzelne Segelboote kreuzten im leichten Wind. Bettina fühlte sich leicht. Und freute sich auf ein gemütliches Wochenende.

Ihre Schulkollegin Lola hatte sie schon lange nicht mehr gesehen. Damals in der Schule galten sie als das «Duo infernale», ein Team für alle Fälle.

Bettina erinnerte sich an die vielen Jungs, welchen sie und ihre Kollegin die Köpfe verdreht hatten. Auch während der Lehre hielten sie zusammen und liessen die jungen Männer stets um sich tanzen wie die Indianer ums Feuer. Die einen verbrannten sich dabei die Finger, andere wärmten sich am Feuer wohlig auf.

Lola gewährte schliesslich einem besonders mutigen Mohikaner, das Feuer zu nutzen, und sie verliebte sich in den Burschen mit Obwaldner Dialekt.

Er absolvierte eine Ausbildung als Mechaniker in einer Landmaschinenfabrik in der Zürcher Agglomeration. Nicht die technischen Ausführungen über «Einachser» oder den Zusammenhang zwischen Differenzialsperre und Synchrongetriebe beim Traktor faszinierten sie am jungen Mann aus der Innerschweiz. Vielmehr war sie dankbar für seine Energie, die er in ihren Alltag brachte.

Vor dieser Begegnung beschränkte sich Lolas Initiative hauptsächlich auf das Verführen von Jungs, ansonsten liess sie ihre Freizeit mehr oder weniger ereignislos ins Land ziehen.

Ihren zukünftigen Beruf als Detailhandelsangestellte erlernte sie mehr zum Zeitvertreib und nicht als zielgerichteten Karriereschritt. Bettina realisierte das «laisser faire» ihrer Freundin gegen Ende der Lehre und machte sie darauf aufmerksam. Gelegentlich mahnte sie Lola sogar dazu, in ihrem Leben etwas mehr Biss zu zeigen, anstatt einfach so in den Tag zu leben und abends an jeder Party herumzulungern.

Umso mehr war sie dann überrascht von Lolas Plänen, die sie ihr eines Tages offenbarte. Sie zog mit dem frischgebackenen Mechaniker Urban in dessen Heimatort aufs Land. Ihm bot sich die Chance, eine Servicestelle für Landmaschinen zu übernehmen. Die Werkstatt garantierte ein gutes Auskommen und für Lola bestanden durchaus Möglichkeiten, in der Region Arbeit zu finden.

«Weisst du, jetzt habe ich den ganzen Tag Lungern», lachte Lola damals.

So veränderte sich das Leben der Frauen. Lola lebte fortan mit Urban in einem Haus in der Nähe beim Brünigpass, Bettina zog zu ihrem Freund nach St. Gallen. Lola hatte zu Beginn noch Mühe mit ihrem neuen Wohnort. Die städtischen Strassenschluchten gegen die Zentralschweizer Berge einzutauschen, bereiteten Lola Mühe. Bald stand ihr die ländliche Natur aber viel näher als der urbane Dschungel.

Harrass zerrte Bettina von ihrer Zeitreise zurück in die Realität. Mit einem grossen Stecken im Maul sprang er an ihr hoch und verlangte mehr Einsatz beim Spielen.

Bereits war zwölf Uhr vorbei und die schwarze Bestie hatte Hunger. Auch Bettina drängte nach Hause. Sie wollte sich nicht zu spät auf die Reise begeben und das Wochenende mit Lola ausgiebig geniessen. Am Abend planten sie ein ausgedehntes Nachtessen, danach wollte Lola ihrer Schulfreundin beweisen, dass auch auf dem Land eine Party steigen kann.

Im Nachbardorf gebe es einen heissen Club mit coolem Sound, versprach sie ihr. Am Sonntag, nach angemessenem Ausschlafen und Katerfrühstück, stand dann ein Ausflug mit dem Auto über die Pässe Brünig und Grimsel auf dem Programm.

Bei den Gedanken an Lola wurde Bettina bewusst, dass in ihrem Leben zwar vieles gut war, ihr aber dennoch ein paar Dinge zum Glück fehlten. Ob vielleicht Sven sie zu diesem Glück führen konnte...

Im Hauseingang veranstaltete Harrass sein übliches Wettrennen - dieses Mal die Treppe hinauf. In der Wohnung sammelte Bettina das Nötigste zusammen und die Reise nach Lungern konnte losgehen.

Dank der Autobahn durchs Knonauer Amt machten Frau und Hund gute Fahrt. Nach etwas mehr als eineinhalb Stunden trafen sie in Lungern ein und wurden von Lola stürmisch begrüsst.

Harrass erwiderte den freudigen Willkomm mit lautem Bellen und rannte die Hausherrin fast über den Haufen. Die grosse Wiese rund ums Haus bereitete ihm grossen Spass. Er hetzte kreuz und quer über das Grün und konnte sich kaum erholen. Zum Glück gab es am Rand einen Zaun, sonst wäre er unversehens auf der Weide nebenan gelandet.

Dorthin wollte er aber keinesfalls. Hinter dem Zaun standen nämlich riesige braune Wesen, welche drohend zu ihm hinüberglotzten.

Vorsichtig nahm er hinter einem Zaunpfosten Stellung und bellte frech hinüber zu den grasfressenden Ungetümen. Diese zeigten vorerst keine Reaktion, auch nicht das kleinste Anzeichen von Furcht. Harrass gab alles.

Plötzlich reagierte eine der Kühe, senkte den Kopf und machte mit ihren Hörnern eine zackige Bewegung Richtung Harrass. Wie ein Blitz fuhr es in den Hund und das städtische Grossmaul verzog sich kleinlaut. Bei den schwatzenden Frauen fand er Schutz. Er verkroch sich unter die Gartenbank und wagte einen Blick zurück zum kauenden Monster. Es schien, als hätte die Kuh ein Lächeln auf ihren breiten Lippen.

Bettina und Lola hatten das Hausinnere noch gar nicht betreten. Zu üppig sprudelten die Erinnerungen aus ihnen heraus und es gab ganz viel zu lachen. Den Nachmittag verbrachten sie im Garten, auch das Nachtessen genossen sie in der untergehenden Abendsonne.

Es gab keine ruhige Minute, selbst dann nicht, als sie mit dem Bus zum besagten Club fuhren. Hier vibrierte es bereits in bestem Funkgroove und Bettina musste zugeben, dass das Lokal durchaus mit jenen in Zürich mithalten konnte.

Es wurde ein langer Abend. Bettina und Lola fanden viel Beachtung im Club, die Drinks mussten sie nie selber bezahlen. Insbesondere Bettina versammelte viele Augenpaare auf sich. Von Lola wussten die jungen Männer ja, dass sie bereits in festen Händen war. Umso mehr genoss Bettina den Smalltalk und flirtete mit dem einen oder anderen Verehrer. Mehr liess sie nicht zu, obwohl es ihr in keiner Weise verboten war, neue Bekanntschaften zu machen.

Gegen zwei Uhr kamen sie zufrieden nach Hause. Wie abgemacht, genossen die Freundinnen noch ein Glas Wein und fassten den Abend zusammen.

«Weisst du, so geniesse ich das Leben: Ab und zu eine Party am Abend, am nächsten Tag auf Achse sein. Morgen werden wir die Alpenwelt geniessen und uns gemütlich auf den Weg zum Grimselpass machen.»

Bettina gefiel Lolas Plan. Hinsichtlich Abwechslung im Leben konnte sie von ihrer Freundin lernen: Mehr Lust und Freude auf der einen Seite, eine interessante Freizeitgestaltung auf der anderen. In Gedanken versunken nahm sie den letzten Schluck Wein.

Die beiden Frauen wünschten sich eine gute Nacht und gingen schlafen. Bettina rollte ihren Schlafsack aus und verkroch sich tief in die Daunen. Nach wenigen Minuten schlief sie tief.

Kapitel 9

Als Frantisek Hrdina von seinem Navigationsgerät abschweifte und für einen Moment wieder auf die Strasse blickte, sah er die grosse Tafel über ihm. Interlaken, Meiringen, Grimselpass stand in grossen weissen Lettern auf dem grünen Schild. Hrdina kam seinem Ziel näher: Die Mönchstrasse im östlichen Teil von Interlaken.

Einfach war die Geschichte ja nicht. Oft fragte er sich, ob er nicht besser die Hände von den erotischen Duschvorhängen hätte lassen sollen. Der Auftrag entwickelte sich zu-nehmend komplizierter und hinterliess bereits erste unangenehme Spuren in Hrdinas Leben.

Zu Hause konnte er seiner Frau nichts darüber erzählen - sie hätte ihn vor lauter Misstrauen nicht mehr aus den Augen gelassen. Dabei trug der Courtena-Chef eine absolut reine Weste, seine kurze Erfolgsliste in Sachen Frauengeschichten beschränkte sich ausnahmslos auf die Zeit vor der Heirat.

Trotzdem, Hrdina kannte das Misstrauen seiner Gattin. Lieber nichts in die Luft setzen, als sich im Nachhinein rechtfertigen zu müssen. Darum war er gerade heute unterwegs zu seiner zukünftigen Kundschaft. Seine Gemahlin verbrachte den Samstag mit einer Kollegin auf Shoppingtour.

Es war aber nicht nur die häusliche Harmonie, die der aussergewöhnliche Auftrag trübte. Auch in der Firma löste das Geschäft Turbulenzen aus.

Zum einen war sich Hrdina bewusst, dass Sven sich gehörig abmühen würde mit dem exklusiven Design der neuen Kollektion. Einer, der sich tagtäglich mit der heilen Welt des Meeres und schlanken Fischen befasste, tut sich schwer mit der sündigen Wahrheit und prallen Damen. Mit Sven hatte er bestimmt noch Diskussionen, da war sich Hrdina sicher. Und dann das ganze Geschäftliche.

Bettina Breitenmoser war in seinen Augen zwar die einzig Richtige in der Courtena AG für diesen Deal, dennoch beschlich ihn ein ungutes Gefühl.

Die Sekretärin war selbstbewusst genug, den ganzen Bettel hinzuschmeissen, wurde ihr die Sache zu bunt. Was, wenn die Breitenmoser plötzlich die Nase voll hatte und mitten in der Produktion ausstieg? Dann müsste sich Hrdina selbst um das Geschäft kümmern, und darauf hatte er keine Lust. Darum erachtete er es als sinnvoll, den delikaten Auftrag vorerst zur Chefsache zu erklären.

Waren die ersten Details aber einmal ausgehandelt, konnte er das Geschäft an seine Mitarbeiter übergeben und im Hintergrund die Umsätze kontrollieren. Beim Gedanken an den Gewinn wurde ihm schon deutlich wohler. U

nd bei all den Gedanken über das Business - ein wenig gespannt war er ja auch, was ihn in diesem Studio erwartete.

Interlaken stand jetzt auf der blauen Ausfahrtstafel und der schwere Geschäftswagen fuhr von der Autobahn.

Wieso ausgerechnet ein Studio im Berner Oberland auf den speziellen Gedanken kam, erotische Duschvorhänge zu bestellen, wusste Hrdina nicht. Überhaupt wunderte er sich darüber, dass es hier auf dem Land solche Etablissements gab. Seiner Meinung nach befand sich Sodom und Gomorrha doch an der Zürcher Langstrasse oder in Paris. Aber hier, mitten in der heilen Bergwelt? Offensichtlich glichen sich die Bedürfnisse der Menschen überall und richteten sich nicht nach den geografischen Gegebenheiten.

«Nach zwei-hundert Metern links abbiegen», flötete eine Frauenstimme aus dem Navigationsgerät. «Dann nach hundert Metern rechts halten.»

Hrdina verglich die Adresse auf seinem Notizzettel mit der Anzeige auf dem Display und stutzte. Eigentlich sollte er seinem Ziel ganz nahe sein, aber keines der Häuser machte den Eindruck, als befände sich hier ein Ort des Lasters.

«Sie haben ihr Ziel erreicht», tönte es aus dem Lautsprecher, und der Chef fuhr rechts ran. Von wegen Studio. Ein schlichtes Mehrfamilienhaus aus den 70ern stand vor ihm, solid und langweilig, wie die Unschuld in Person.

Hrdina verglich nochmals den Strassennamen. Er war tatsächlich am Ziel und konnte es dennoch nicht finden. Die Hausnummer prangte jedoch deutlich über dem Hauseingang. Sehr deutlich sogar.

Hrdina schien es, als sei das Nummernschild viel grösser gestaltet als alle anderen. Trotzdem war von einem Studio nichts zu sehen. Allerdings wusste Hrdina auch gar nicht, wie ein Studio aussah. Ausser im Fernsehen, in den TV-Krimis, hatte er noch keines gesehen, weder von aussen noch von innen.

Während er seinen Wagen auf den Parkplatz stellte, sah er einen Mann um die fünfzig hastig aus dem Hausausgang eilen.

Hrdina stieg aus und wollte den Herrn um Auskunft bitten. Erst da realisierte er, wie peinlich sein Vorhaben war. Im Haus wohnten ja auch «normale» Leute. Wie hätte der Courtena-Chef also dagestanden mit der naiven Frage: «Entschuldigung, können Sie mir sagen, wo sich das Studio Lotus befindet?»

Angenommen, der Mann wäre gerade dort zu Besuch gewesen, er hätte es wohl kaum zugegeben. War er aber ein «normaler» Hausbewohner, hätte er ihm den Weg genauestens beschrieben, und dazu auf den Stockzähnen gelächelt.

Eine unangenehme Situation also, in jedem Fall. Hrdina machte sich pro forma an seinem Handy zu schaffen und schickte sich an, ein Stück der Strasse entlangzugehen. Das war aber auch keine gute Idee.

Der Mann kam auf ihn zu und sprach ihn resolut an: «Das ist ein reservierter Parkplatz. Sie sehen doch die gelbe Nummer dort», sagte er barsch.

«Wenn Sie jemanden besuchen, stellen Sie ihren Wagen bitte auf den Besucher-Parkplatz.» Er deutete auf ein freies Parkfeld hin und ging weiter.

In etwa zwanzig Meter Entfernung drehte er sich nochmals um und rief: «Und wenn Sie zum Studio Lotus wollen: Die haben ihre eigenen Parkplätze, hinter dem Haus!»

Eine Frau mit Einkaufswagen, die soeben die Strasse überquerte, schaute mitleidig zu Hrdina hinüber und schüttelte den Kopf. Jetzt wusste die ganze Nachbarschaft, was Frantisek Hrdina an einem Samstagmorgen in Interlaken zu suchen hatte.

Er parkiert das Auto um - da stand tatsächlich klein, aber deutlich «Lotus» auf der Parktafel - und ging verstohlen zum Eingang, wo auf einer kleinen roten Tafel «Studio Lotus, bitte läuten». stand.

Hrdina stieg hastig die Treppe hoch, zögerte einen Moment und drückte dann nervös den Klingelknopf. Die Sekunden, die vergingen, bis endlich jemand öffnete, schienen ihm eine Ewigkeit. Im Treppenhaus war es ruhig, aber jeden Moment konnte jemand vorbeikommen. Eine weitere peinliche Situation wollte Hrdina auf keinen Fall erleben.

«Kommen Sie herein», sagte eine Stimme aus dem Halbdunkeln. Dem Courtena-Chef wurde ganz heiss. Vor ihm stand eine junge Frau, die geradewegs aus einem Playboy-Magazin entstiegen zu sein schien.

In feine Dessous gekleidet zog sie ihn in den kleinen Korridor und schloss schnell die Tür. «Herzlich willkommen im Studio Lotus. Wir werden Sie nicht enttäuschen. Haben Sie einen besonderen Wunsch?», fragte die Dame nett.

Im Hintergrund konnte Hrdina eine goldgelbe Lotusblüte auf rotem Samt erkennen. Leise Musik drang aus einer Ecke und es roch nach Parfüm.

Hrdina hatte einen staubtrockenen Mund und stotterte heiser, dass er gerne die Chefin haben wolle. «Aha, aber natürlich. Sie lieben Spezialitäten. Nun, haben sie einen Moment Geduld, Frau Petra ist noch beschäftigt. Nehmen Sie einen Kaffee?», fragte sie freundlich, während sie Hrdinas Jacke aufhängte.

Hrdina brachte kein Wort heraus und fuchtelte unbeholfen mit den Händen. «Äh, also, ich komme nicht wegen... also, wissen Sie, ich bin kein, äh, normaler Kunde, ich habe mit der Chefin etwas Spezielles zu erledigen.»

«Aber natürlich, Frau Petra ist ja auch die Spezialistin. Sie wird gleich soweit sein. Entspannen Sie sich», sagte die junge Frau lächelnd. Sie führte ihn in ein kleines Zimmer und fragte nochmals, ob er etwas zu trinken wünsche.

«Ja, doch, einen Kaffee bitte», sagte er leise und sah sich im Zimmer um. An den Wänden waren überall Spiegel angebracht. In der Mitte stand das Bett und in der Ecke befand sich eine Dusche.

Sofort erkannte Hrdina den zur Seite gezogenen Duschvorhang. Es war einer von der Kollektion «Koralle» aus dem Hause Courtena. Der Vorhang wirkte wie eine Erlösung für ihn. Endlich fühlte er wieder etwas Bekanntes und Bewährtes in seiner Nähe, inmitten dieser rotschimmernden Welt aus Plüsch, Parfüm und fast nackten Frauen.

Das Erscheinen von Petra Schneider, der Chefin des Studio Lotus, überraschte ihn schon nicht mehr so stark. Obwohl auch sie in Berufskleidung erschien, den schlanken Körper nur marginal mit feinster Spitze bedeckt, hatte er sich schon ein wenig an die Atmosphäre gewöhnt.

Die Chefin begrüsste ihn mit strenger Stimme und fragte ebenfalls, wie er sich die Behandlung denn vorgestellt habe. Jetzt fiel es Hrdina leichter zu sprechen und er erklärte den Grund für seinen Besuch.

«Ach so, der Herr Hrdina von der Courtena AG. Sehr gut! Wir haben ja einen Termin vereinbart. Wissen Sie, bei unserer Arbeit vergisst man die Zeit schnell. Kommen Sie mit ins Büro, ich zieh nur schnell etwas an.»

Hrdina sass im Büro und wartete. Hier gab es kein Plüsch und kein Parfüm. Auch hing keine Lotusblüte an der Wand, und im Radio lief gerade eine Nachrichtensendung.

Überhaupt schien es Hrdina, als sei dies das Büro eines ganz normalen Gewerbebetriebs oder eines Dienstleistungsunternehmens. Im Grunde genommen war es das ja auch. Trotzdem hatte er sich das alles anders vorgestellt, weniger formell.

Petra Schneider trat ein und riss ihn aus den Gedanken. Sportlich gekleidet im Trainingsanzug sass sie ihm nun gegenüber, nahm eine Geschäftsmappe zur Hand und legte los.

«Vielen Dank, dass Sie persönlich erscheinen, Herr Hrdina. Über unsere Idee wegen der Duschvorhänge habe ich Sie ja bereits informiert. Nun geht es darum, einige griffige Vorlagen zu entwerfen und vor allem muss ich von Ihnen wissen, was die Spezialanfertigungen kosten werden.

Bei den Sujets wollen wir keine Kompromisse eingehen. Sie sollen höchst erotisch sein und das Liebesspiel in allen Variationen darstellen.

Sie verstehen: In unserer Branche ist Zeit Geld. Je früher ein normaler Service erledigt ist, desto mehr können wir die Kadenz erhöhen und unsere Kapazität steigern.

Wir erhoffen uns von den neuen Duschvorhängen eine Verkürzung von bis zu 15 Prozent der üblichen Standzeit beim Kunden. Das erhöht automatisch die Effizienz des Unternehmens, das haben wir anhand einer Studie berechnet. Unsere Mitarbeiterinnen sind allesamt Teilhaberinnen des Betriebs, insofern werden die neuen Massnahmen auch seitens der Belegschaft gewünscht, ja gar gefordert. Wir sind ja nicht zum Vergnügen hier.»

Staunend hielt Hrdina die Kaffeetasse in der Hand, zum trinken kam er nicht. Damit hatte er nicht gerechnet. Ihm gegenüber sass nicht mehr die leichtbekleidete Dame mit der verführerischen Stimme, sondern eine clevere Geschäftsfrau mit ausgeprägtem finanziellen Kalkül.

«Ja, natürlich, ich verstehe. Also, wir von der Courtena AG werden uns bemühen, die Vorhänge genauestens nach Ihren Wünschen herzustellen. Allerdings wird die Produktion unter einem anderen Firmennamen stattfinden. Die Courtena AG hat ja einen guten Ruf. In Ihrer Branche waren wir noch nie tätig, und unsere Kundschaft könnte das wohl nicht nachvollziehen. Sie verstehen.»

Hrdina schaute etwas verunsichert auf Petra Schneider. Diese hob die Augenbrauen und fügte nur kurz an: «Ja, das kann ich verstehen. Doch wissen Sie, grösstenteils haben wir ja dieselbe

Kundschaft... Unter welchem Firmennamen die Vorhänge hergestellt werden, interessiert uns nicht. Einzig die Qualität muss stimmen, und da zähle ich auf Sie!»

Frantisek Hrdina sass eine gute halbe Stunde in Petra Schneiders Büro. Sie verhandelten Preis und Lieferung der Vorhänge. Was das Design anbelangte, kam Hrdina einen guten Schritt weiter.

Frau Schneider entpuppte sich zudem als fähige Zeichnerin. Sie hatte bereits über zwanzig Skizzen angefertigt, einzelne sogar in Farbe.

Hrdina stieg eine leichte Röte ins Gesicht, als er die Bilder betrachtete. Also so was, dachte er sich. Dass man in erotischen Dingen so viel Fantasie haben kann, hätte er sich nicht träumen lassen. Trotzdem war er froh um die Vorlagen, sie würden Sven eine grosse Hilfe sein für die Ausgestaltung der Duschvorhänge. Er steckte die Zeichnungen in die Mappe und klemmte diese unter den Arm.

Das Meeting verlief anders, als Hrdina es sich gewohnt war. Normalerweise musste er sämtliche Dokumentationen vorlegen, Musterkollektionen zeigen und Rechnungsmodelle anhand einer Powerpoint-Präsentation darlegen.

Im Studio Lotus war alles anders. Mit Petra Schneider kam er ins Geschäft, ohne die ganzen Formalitäten. Im Gegenteil, sie bestimmte weitgehend, wie die Sache lief und dominierte die Spielregeln nach ihren Wünschen. Das schien eine ihrer Spezialitäten zu sein.

Schliesslich war Hrdina zufrieden. Alle Rahmenbedingungen für den Deal waren definiert, jetzt ging es noch um die Produktionsdetails.

All das konnte jetzt Bettina Breitenmoser übernehmen. Ein

Kinderspiel, sagte sich Hrdina, und verabschiedete sich von Petra Schneider.

«Sie hören von uns. Und schauen Sie wieder einmal vorbei!», sagte sie aufmunternd. Darüber war sich Hrdina allerdings nicht so sicher. Schnell durchschritt er die Welt aus Plüsch und Samt und wartete ungeduldig, dass man ihm die Tür öffnete. Er betrat das Treppenhaus.

Die Tür war noch nicht ins Schloss gefallen, als sich unten an der gläsernen Haustür ein Schatten abzeichnete und die Silhouette einer Frau erkennbar wurde - in Begleitung eines Einkaufswagens. Wieder war es Hrdina höchst peinlich. Und mit Recht, wie er feststellte.

Die Frau stieg langsam die Treppe empor und musterte ihn streng. Beim Vorbeigehen raunte sie leise, aber hörbar «Sauhund». Er verliess das Haus so schnell wie möglich.

Es war ein schöner, warmer Frühsommertag. Die Uhr zeigte kurz vor zwölf Uhr. In geschäftlicher Hinsicht war der Tag gelaufen. «Positiv», sagte Hrdina zu sich selbst, «äusserst positiv!»

Er fuhr aus der Parklücke und bog in die Hauptstrasse Richtung Autobahn ein. Das Radio spielte das Signet zu den Mittagsnachrichten und Hrdina spürte einen kleinen Durst.

Überhaupt hatte er keine Lust, jetzt schon wieder nach Zürich zu fahren. In Interlaken war er bisher nur selten gewesen. Eigentlich eine gute Gelegenheit, den Ort ein wenig zu erkunden, überlegte er, und verlangsamte die Fahrt.

Auf der rechten Seite lachte eine Familie von einem Plakat herunter. Sie waren offensichtlich mit der Standseilbahn auf einen Berg in der Nähe von Interlaken gefahren und schauten nun glücklich strahlend in den blauen Himmel. Rundherum Felsen und tiefstes Grün. «Harder-Kulm, Interlaken» stand unten in grossen Buchstaben. Hrdina nahm sein Navigationsgerät und tippte den Namen ein. Prompt gab die Stimme Anweisungen, wie die Harder-Kulm-Bahn zu erreichen war.

Kurz darauf stand er vor der Billett-Kasse, als er bemerkte, dass er sein Portemonnaie in der Notebooktasche im Auto vergessen hatte. Schon wollte er aus der Schlange vor dem Kassenhäuschen austreten, da erinnerte er sich, dass in seiner Gesässtasche eine Fünfzigernote lose steckte.

Hrdina entschloss sich spontan, den kleinen Ausflug zu unternehmen. Ausweispapiere, Mobiltelefon und Geschäftsunterlagen brauchte er in den nächsten Stunden bestimmt nicht.

Er genoss die rund zehnminütige Fahrt mit der steilen Zahnradbahn hinauf auf den Harder-Kulm. Die Aussicht von der Terrasse war wirklich atemberaubend. Hrdina setzte sich an einen freien Tisch.

Der Blick in die Ferne schien nur bei den Eisriesen des Jungfraugestirns kurz Halt zu machen. Danach nahm die Weite ihren Lauf und verlor sich in der Unendlichkeit des tiefblauen Himmels. Hrdina war ganz entspannt. Rund um das Restaurant bei der Bergstation gab es zwar viel Betrieb, Menschen kamen und gingen und schwatzten in allen möglichen Sprachen. Dennoch empfand er die Atmosphäre als ruhig und ohne Hektik.

Tief Luft holend liess er den Blick wieder über die Bergwelt schweifen. «Es war doch eine gute Idee, das Geschäft mit den Erotik-Vorhängen», sprach er leise zu sich selbst.

Alles lief wie am Schnürchen, alles war bestens organisiert und die Gewinnaussichten mehr als intakt. Obendrein konnte er sich einen ruhigen Nachmittag gönnen, mit herrlicher Aussicht auf die Berge. Was wollte er noch mehr an Eindrücken und aufregender Umgebung.

Dass er schon bald viel mehr davon bekommen würde, wusste Frantisek Hrdina in diesem Augenblick noch nicht. Hätte er die Entwicklung des Wochenendes vorausgeahnt, wäre er wohl über das Holzgeländer der Aussichtsterrasse geklettert und hätte sich über die Felswand unter ihm gestürzt.

Er wusste aber nichts - und darum war der Chef der Courtena AG voller Glücksgefühle und schwebte über den Alltagsproblemen, oben auf dem Harder-Kulm.

Gemütlich trank Hrdina sein kleines Bier und begab sich dann zur Bergstation der Standseilbahn. Die Warteschlange erstreckte sich nur gerade ein paar Meter übers Kassenhäuschen hinaus, und schon bei der übernächsten Bahn war er mit an Bord.

Langsam kam Interlaken näher und mit ihm auch die Gedanken über die Vorhanggeschichte. Hrdina versuchte sich abzulenken und überlegte, ob er sich und seiner Frau einmal einen Ausflug auf die bezaubernde Bergterrasse gönnen sollte. Gerade sie jammerte ja ständig, dass sie immer nur im Raum Zürich unterwegs seien und es doch so schöne Orte gab in der Schweiz.

Überhaupt lag ihm seine Frau in letzter Zeit dauernd mit allen möglichen Anliegen in den Ohren. Und auch ihn störten einige Wesenszüge an ihr, die er früher nicht einmal bemerkt - oder zumindest erfolgreich ignoriert hatte.

Manchmal schien es Frantisek Hrdina, als seien ihre sorglosen und erfüllten Ehejahre vorbei. Vielleicht verbesserte da ein ausgedehnter Abstecher ins Berner Oberland das Verhältnis zwischen ihnen beiden etwas.

Der Gedanke gefiel ihm, und auf dem Weg zum Auto entschloss er sich, seine Idee sogleich der Gemahlin mitzuteilen. Schon von weitem hörte er das Klicken der Türschlösser seines Wagens.

Mit der Fernbedienung liessen sich diese aus der Ferne bequem öffnen. Er schwang sich hinter das Lenkrad und griff nach seiner Notebooktasche auf dem Beifahrersitz.

Aber da war nichts. Auf dem Sitz lag nur das zerknüllte Cellophan-Papier des Sandwichs. Er hatte es auf der Hinfahrt in einer Raststätte gekauft und das Portemonnaie in aller Eile in der Notebooktasche verstaut. Normalerweise trug er seinen Geldbeutel immer bei sich, doch dieser Samstag war hektischer als normal.

Nun lag da nur diese Sandwichverpackung. Von der Notebooktasche samt Telefon, dem Portemonnaie und den Ausweisen keine Spur. Hrdina schaute auf den Boden, griff unter die Sitze und durchsuchte das Handschuhfach. Auf dem Rücksitz befand sich nur die Mappe mit den Skizzen für die Vorhänge.

Hrdina ging die Stunde kurz vor dem Mittag nochmals in Gedanken durch, sah sich die Skizzenmappe unter den Arm klemmen, sah, wie er sich von Petra Schneider verabschiedete und zur Tür hinausging.

Der «Sauhund» im Treppenhaus klang noch in seinen Ohren nach, von der Notebooktasche fehlte aber auch in Gedanken jede Spur.

Nochmals spulte er das Geschehene zurück. Wieder sah er sich gegenüber Petra Schneider sitzen. Mit geschlossenen Augen suchte er im Büro seine Tasche. Da lag sie ja! Angelehnt an den Bürotisch der Studiochefin. Hrdina hätte nur zugreifen müssen und alles wäre wieder gut gewesen. Er befand sich aber eben nur in Gedanken in Petra Schneiders Büro, in der Realität sass er in seinem Auto und ärgerte sich über seine Vergesslichkeit.

Die ganze Szenerie am Morgen mit den leichtbekleideten Girls, dem vielen Plüsch und Parfüm und dazu die intensive Verhandlung - das war doch etwas zu viel gewesen für den Marktleader in Sachen Duschvorhänge. Hrdina konnte es drehen und wenden wie er wollte: Er musste zurück ins Studio, seine Sachen holen.

Im Prinzip war das keine grosse Sache. Das Studio war sowieso bis spätabends geöffnet, also konnte er schnell vorbeischauen und die Tasche abholen.

Er näherte sich der wohlbekannten Adresse, wo das unschuldig dreinschauende Haus den Tempel der Lust beherbergte. Hrdina war es noch peinlicher als am Morgen.

Klar, im Studio selber erwarteten ihn keine Probleme. Die Damen wussten nun, was sein Begehr war. Er musste nur höflich nach der Chefin und diese nach der Tasche fragen. Aber vor dem Haus, auf dem Parkplatz und vor allem im Treppenhaus - da warteten die peinlichen Begegnungen. Wieder kam ihm der «Sauhund» in den Sinn.

Was würde die Frau wohl denken, wenn er nach weniger als drei Stunden schon wieder vor der Studiotür stand. Wahrscheinlich hielt sie für solche Fälle noch ein paar Superlative auf den «Sauhund» bereit.

Oder der Mann, der grossspurig über die Studio-Parkplätze sprach, so laut, dass es alle rundherum deutlich hörten. Hrdina kam eine Idee. Er parkte den Wagen dieses Mal nicht in der Nähe des Hauses, sondern weiter vorne, in einem kleinen Hinterhof. Dort fiel das Auto mit der Zürcher Nummer niemandem auf. Nicht zuletzt war es im Zeitalter des Internets ja für jedermann möglich, den Besitzer eines Autos anhand des Kennzeichens herauszufinden.

Der Zusammenhang zwischen dem Autolenker und dem Chef des grössten Duschvorhang-Unternehmens war dann schnell gemacht. Und wer weiss, es gab Zeitungen, die warteten nur darauf, den Boss einer seriösen Firma zu diskreditieren und den Schleier über dessen Liebesleben genussvoll zu lüften. Da half dann Argumentieren und Herausreden nichts mehr.

«Hrdina geht in den Puff», hiesse es dann. Punkt und Schluss, Karriere ade!

So nicht, sagte er sich, steuerte den Wagen vorsichtig zwischen den Hauswänden durch und stellte ihn gleich neben einer kleinen Rampe ab. Im Hof war es schon dunkler als auf der Strasse, wo noch immer die Frühsommersonne lachte.

Hrdina stieg beherzt aus dem Auto, schwang die Tür zu und hörte beim Weglaufen das vertrauliche Klicken der Schlösser. Bis zum Studio waren es rund zweihundert Meter. Er beeilte sich nicht. Vielmehr wollte er die Situation von Weitem abschätzen und im Fall, dass sich beim Hauseingang auch nur eine Person befand, einfach weiterschlendern.

Sobald das Treppenhaus frei war, konnte er wieder zurückspazieren, sich schnell vor der Studiotür aufstellen und mit einem kurzen Klingeln Einlass begehren.

Schon befand er sich kurz vor dem Haus, da rannten zwei Buben laut schreiend aus dem Haus und machten sich daran, auf der Wiese vor dem Haus Fussball zu spielen. Die merken nichts, dachte sich Hrdina, und setzte seinen Weg fort.

Er schien Glück zu haben, weder auf dem Vorplatz noch im Treppenhaus traf er eine Menschenseele an. Sofort klingelte er und zwängte sich in den kleinen Korridor, kaum öffnete sich die Tür.

«Herzlich willkommen im Studio Lotus. Wir werden Sie nicht enttäuschen. Haben Sie einen besonderen Wunsch?», sagte die junge Frau. Es war nicht dieselbe wie am Morgen. Hrdina kam gleich zur Sache. «Vielen Dank. Äh nein, ich komme nur etwas abholen. Meine Tasche, sie muss noch bei der Chefin im Büro liegen», sagte er flüssig.

Die Frau sah ihn an. Hrdina entdeckte kleine Sorgenfalten auf ihrer Stirn. «Es tut mir leid, aber Frau Petra ist heute Nachmittag nicht mehr im Studio. Und das Büro schliesst sie immer ab. Leider haben wir keinen Schlüssel fürs Büro, es ist ihr privater Raum.»

Hrdina schluckte leer.

Ja, wann denn Frau Schneider wiederkomme, er könne ja später nochmals vorbeischauen. An die erneute Anschleichtaktik draussen im Treppenhaus dachte er nur flüchtig. Hauptsache er bekam seine Tasche wieder.

«Ich glaube nicht, dass Frau Petra heute nochmals ins Studio kommt. Ich kann aber versuchen, sie telefonisch zu erreichen, wenn Sie wollen.»

Hrdina war einverstanden. Die Frau nahm das Telefon, wählte und wartete. Niemand meldete sich. Dafür hörte Hrdina gleichzeitig ein leises Piepen, das aus dem Büro der Chefin nebenan drang. «Es tut mir leid, Frau Petra ist nicht zu erreichen», sagte die Frau nach einer Weile. Hrdina spürte, wie eine kleine Schweissperle über seine Stirn schlich. Das Piepen im Büro war verstummt.

«Versuchen Sie es bitte noch einmal», bat er die Frau.

Sie machte einen weiteren Versuch und beide warteten. Wieder piepste es nebenan und es war sonnenklar: Das Mobiltelefon von Petra Schneider lag in ihrem Büro, keinen Meter von seiner Tasche entfernt.

«Niemand da», hörte er die Frau sagen. Dabei schaute er verklärt die goldgelbe Lotusblüte an, als hielte diese eine Lösung für seine Probleme bereit.

Nun gab es nur noch eine Möglichkeit. Er musste später noch einmal im Studio Lotus vorbeischauen und hoffen, dass Petra Schneider vielleicht unverhofft zurückkehrte. Ansonsten sah er keine Möglichkeit, an seine Sachen zu kommen.

Im schlimmsten Fall gab es schliesslich nur noch die Heimfahrt ohne Tasche. Zum Glück trug er Auto- und Wohnungsschlüssel auf sich. So konnte er wenigstens nach Hause fahren.

Er bat die junge Frau, bei sich zu Hause anrufen zu dürfen, um seine Frau darüber zu informieren, dass er heute etwas später heimkam. Nach einigen unbeantworteten Rufzeichen meldete sich der Telefonbeantworter und Hrdina sprach die Nachricht über seine verspätete Rückkehr aufs Band. Seine Frau war offensichtlich noch immer am Einkaufen.

Er verabschiedete sich im Studio Lotus und kündigte seinen erneuten Besuch am Abend an. Missmutig trat er ins Treppenhaus, ging aus dem Haus und machte sich auf den Weg zum Auto.

Frantisek Hrdina verspürte Hunger. Das Geld in der Tasche reichte noch für ein einfaches Nachtessen, darum ging er am Hinterhof vorbei, wo sein Auto parkiert war. Kurze Zeit später setzte er sich in einem Pizza-Restaurant an einen Tisch und überflog die Speisekarte.

Hrdina bestellte eine «Margarita», dazu Mineralwasser. Viel lieber hätte er ein Bier getrunken, allein der Gedanke an die Heimfahrt liess ihn davon absehen. Während er wartete, machte sich eine bleierne Müdigkeit in seinem Kopf breit. Es war zwar erst knapp sieben Uhr abends, trotzdem fühlte er sich erschlagen. Die Pause auf der Restaurantterrasse tat ihm gut.

Die Strasse vor ihm begann immer mehr zu leben. Touristengruppen aus aller Herren Länder schlenderten laut gackernd an ihm vorbei, meist geführt von einer Person mit erhobenem Fähnchen. Eine junge Japanerin hielt sogar einen Schirm in die Höhe, trotz wolkenfreiem Himmel. Das Gefolge watschelte geduldig wie eine Entenschar hinterdrein.

Die Pizza war o.k. Immerhin füllte der belegte Teig den Magen und machte satt. Der Touristenstrom nahm stetig zu. Zum Glück gab es auf der Strasse wenig Verkehr. Nur vereinzelt fuhren Autos langsam vorbei und suchten sich den Weg zwischen den Menschengruppen hindurch. Einer der Wagen hielt für einen Moment zufällig auf Hrdinas Höhe an. Dies fiel ihm auf, weil der seinem Wagen aufs Haar glich. Sogar die Farbe war dieselbe.

Er bat die Serviertochter um die Rechnung und zählte nach, wie viel Geld ihm nach dem Ausflug auf den Harder-Kulm und der Pizza noch blieben. Etwas mehr als fünf Franken waren es.

Er steckte die Münzen in seine Hosentasche. Rissen alle Stricke, reichte das Geld immerhin noch, um von einer Telefonkabine aus seine Frau anzurufen. Benzin kaufen brauchte er nicht, der Tank war noch mehr als halb voll.

Inzwischen war es halb neun und Hrdina machte sich erneut auf zum Studio Lotus. Er hoffte sehr, dass die Chefin inzwischen dort aufgetaucht war und seine Tasche bereitgelegt hatte. Auch sie hatte ja ihr Mobiltelefon im Büro vergessen. Grund genug, noch auf einen Sprung am Arbeitsplatz vorbeizuschauen.

Bald stand Hrdina zum dritten Mal vor dem Mehrfamilienhaus. Beim Eingang brannte Licht. Es war jetzt einfacher zu schauen, ob jemand durchs Treppenhaus ging, denn alles war hell beleuchtet. Allerdings konnte man auch die Kunden des Studio Lotus leichter erkennen, wenn sie vor der Tür warteten. Hrdina machte sich gar keine grossen Gedanken mehr, dafür war er schon zu müde.

Jetzt galt es nur noch, die Tasche zu holen, Adieu zu sagen - und dann ab nach Hause.

Er läutete, wartete einen Augenblick und trat in den ihm bekannten Korridor. Das Empfangs-Prozedere war längst Routine, auch der Begrüssungsspruch erstaunte ihn nicht mehr.

«Ja, guten Abend. Ich komme nur, um meine Tasche abzuholen. Ich hoffe, Frau Schneider war nochmals hier und hat sie bereitgestellt», sagte er der schlanken Blondine.

Die Dame wusste von nichts. Sie rief darum eine Kollegin herbei und verschwand wieder in einem der Zimmer.

Hrdina erkannte im Halbdunkel die Frau vom Nachmittag und war erleichtert. «Es tut mir schrecklich leid, aber Frau Petra ist nicht mehr aufgetaucht. Kommen Sie morgen wieder, wir öffnen bereits um zehn Uhr.»

Hrdina wurde schwindlig. Seine Tasche verbrachte die Nacht also im Studio, mitsamt dem Telefon, Ausweisen und dem Portemonnaie.

Er dankte für die Auskunft und ging zum Ausgang.

«Ach, übrigens Ihre Gattin hat angerufen», sagte die Frau, als Hrdina bereits die Türfalle in der Hand hatte. Sie habe die Nummer auf dem Display des Telefons zu Hause gesehen und erstaunt gefragt, was denn dies für ein Studio sei und was ihr Mann da zu suchen habe.

«Ich wollte es ihr erklären, aber nach ein paar Sekunden legte sie weinend auf. Vielleicht besser, Sie rufen zu Hause an», gab sie ihm mit auf den Weg. Hrdina taumelte. Jetzt lief es definitiv schief. Vor der Tür des Studios blieb er stehen und überlegte. Wie konnte er das bloss seiner Frau erklären?

Hrdina stand nicht lange vor der dem «Lotus». Aber es reichte für ein weiteres Malheur. Durch den Hauseingang kam ihm die Frau vom Vormittag entgegen. Mit verachtendem Blick ging sie an ihm vorbei und Hrdina wusste, was jetzt kam. Er wartete förmlich darauf. «Sauhund!» Dieses Mal mit besonders starkem «S». Eilig ging er zurück auf die Strasse und weiter zu seinem den Wagen.

Als er um die Ecke bog, hinein in den Hinterhof, traf ihn fast der Schlag. Erstarrt blieb er stehen und sah sich um. Doch, er war im richtigen Hinterhof! Hier neben der kleinen Rampe hatte er das Auto am Nachmittag parkiert. Mit Betonung auf «hatte», denn neben der kleinen Rampe war der Platz leer. Kein Auto, gar nichts stand da.

Hrdina stockte der Atem. Er rannte über den Hof und fühlte, wie es unter seinen Sohlen knirschte. Glasscherben lagen verstreut auf dem Pflaster.

War der Tag bis zu diesem Zeitpunkt schon eine Katastrophe, jetzt entwickelte er sich zur Tragödie. Hrdina hätte am liebsten auf die Schuldigen eingeschlagen. Auf den Autodieb, auf Petra Schneider, auf die Duschvorhänge und am meisten auf sich selber.

Wieso war er so unvorsichtig! Wie konnte er nur so blöd sein, und die Tasche in diesem verdammten Büro vergessen. Hrdina lehnte sich an die Rampe und atmete tief durch. Der laue Sommerabend war zum Glück sehr mild und Hrdina hatte eine Jacke dabei. Dennoch fröstelte ihn, die Nerven lagen blank. Er hämmerte mit der Faust auf den staubigen Betonboden der Rampe und fluchte. Autodiebstahl! Hier, in der Schweiz, in Interlaken! Mitten in der heilen Bergwelt!

Wütend zerknüllte er ein Papier, das vor ihm lag. Da lagen noch mehr Papiere. Hrdina griff sich ein nächstes und wollte auch an diesem seine Wut auslassen.

Doch im schwachen Lichtschimmer, von einem Fenster im ersten Stock herkommend, erkannte er die Papiere. Auf einem streckte ihm eine füllige Dame ihren Allerwertesten entgegen, während dem sich ein Muskelprotz auf sie stürzte.

Es waren Petra Schneiders Skizzen. Der Autodieb hatte sie offensichtlich aus dem Fahrzeug geworfen. Hastig sammelte Hrdina alle Papiere ein und suchte nach der Mappe. Sie lag unweit der Rampe in einer Ecke.

Er packte alles zusammen und ging vom Hinterhof zurück auf die Strasse. In seinem Kopf drehte sich alles. Der Auftrag, Studio, Lotusblüten, Harder-Kulm, nochmals Studio, Auto, Tasche - und seine Frau.

Das war ja auch noch! Was würde sie sagen, wenn er jetzt anrief, aus einer Telefonkabine, abends um halb zehn, aus Interlaken. Mit der Nachricht, dass das Auto gestohlen wurde und er die Nacht wohl oder übel im Berner Oberland verbringen musste. Dazu hatte sie ja ins Studio Lotus angerufen, auch in dieser Beziehung bestand massiver Erklärungsnotstand. Und das alles mit fünf Franken in der Tasche.

Angeschlagen schleppte sich Hrdina Richtung Bahnhof Interlaken Ost, unter dem Arm die vulgären Skizzen, im Sinn nur noch eines: dass die Kette von Pech und Unglück endlich ein Ende finden möge.

Beim Bahnhof stand zum Glück eine Telefonkabine. Er nahm den Hörer von der Gabel und wählte die Nummer von zu Hause. Es läutete lange, dann meldete sich seine eigene Stimme vom Band. Hrdina wartete geduldig, bis die Ansage vorüber war und sprach dann mit hohler Stimme, sie solle doch den Hörer abnehmen, er hätte ihr viel zu erklären und nur wenig Geld. Er wartete und wollte schon auflegen, als er auf der anderen Seite ein

Klicken vernahm und darauf die trockene Stimme seiner Frau: «Sauhund!» Schluss. Der Apparat spuckte einige Münzen aus. Hrdina war wie gelähmt. Einige Minuten stand er reglos in dem kleinen Glashaus, unfähig sich zu rühren. Erst als jemand an die Scheibe klopfte, erwachte er aus seinem Dämmerzustand.

Ein Mann fragte in gebrochenem Deutsch nach dem Weg zur Jungfrau. Der Courtena-Chef zeigte mit dem Arm in irgendeine Richtung und liess den verdutzten Bergsteiger stehen.

Hrdina liess sich erschöpft auf die Sitzbank neben der Kabine fallen und starrte in die dunkle Nacht hinaus. Er war zu keinem klaren Gedanken mehr fähig.

Natürlich musste er den Diebstahl der Polizei melden. Aber wie? Ohne Ausweis und Fahrzeugpapiere? Die lagen alle in der Tasche, und die bekam er frühestens am Sonntagmorgen.

Einfach so zur Polizei gehen, traute er sich nicht. Die fragten bestimmt, wo denn die Papiere seien. Konnte er da sagen, sie lägen im Studio Lotus gleich um die Ecke? Bei Petra Schneider im Büro? Er hörte schon den Polizeibeamten lachen.

Nein. Hrdina musste die Nacht auf dem Bahnhofgelände verbringen, so früh als möglich seine Tasche holen, erst dann den Diebstahl melden und sich aus dem Staub machen.

Er war sicher, dass der Wagen bald wieder auftauchte. Wahrscheinlich hatten ein paar Spitzbuben bloss eine Spritzfahrt unternommen und das Auto in der Nähe abgestellt.

Wie es dann zu Hause weiterging, wusste er nicht. Beim Gedanken an seine Frau, drehten sich die Ereignisse im Kopf. Halb im Delirium rüttelte ihn eine Hand wach. Vor ihm stand wieder der Bergsteiger und drückte ihm mit einem breiten Grinsen die Mappe mit den Skizzen in die Hand. Hrdina hatte sie in der Telefonkabine vergessen.

Kapitel 10

«Fraaaaassstaaaanz», flüsterten die Stimmen leise. Sven schaute in die Runde. Baumlange Typen standen im Kreis um ein Schwein am Spiess. Sie bewegten ihre Beine, als würden sie Was-ser treten. Dazu hielten sie grosse Masskrüge Bier in den Händen.

Das Schwein drehte sich über dem Feuer und blickte traurig zu Sven herüber. Das Hinterteil des Tierkörpers glich eher einem Hund.

Er trat näher an den Grill. Die Typen sassen nun allesamt auf Einrädern. «Fraaaaassstanz!» Das Flüstern ging über in ein lautes Raunen.

«Frastanzzzzz», riefen sie mürrisch und umringten Sven. Das Schwein war vom Grill verschwunden. Der Spiess lag neben der Feuerstelle, in seinen feinpolierten Facetten spiegelten sich die Flammen.

«Taaanz!», schrien die Kerle und kamen drohend auf Sven zu. In den Händen hielten sie keine Bierkrüge mehr, sondern Velopumpen, die wie Speere auf ihn gerichtet waren.

Sven schwitzte und schielte angsterfüllt auf einen der Typen, der aus der Runde hervortrat und sich vor ihm aufstellte. Den Oberkörper hatte er in ein hautenges Velodress gezwängt, seine Beine waren auffallend muskulös.

«Frasstanz, Frasstanz, Frasstanz», skandierte die Meute hysterisch und goss dabei Unmengen Bier in ihre dürren und langen Körper.

Auf dem Feuer stand nun ein grosser Topf mit dampfenden Bohnen, darüber hatten die Wilden ein Gestell errichtet. Zweifellos war dieses für den Spiess gedacht. Sven versuchte wegzurennen, aber die Männer hielten ihn fest. «Frass!», krächzten die einen, «Tanz!» kicherten die anderen. Sven tanzte.

Der Typ im engen Velodress drückte ihm einen Velolenker in die Hand und Sven hüpfte im Kreis herum. Seine Beine wurden schwer wie Blei, das Herz raste, Sven bekam kaum Luft. Die Meute schrie und johlte, während er den kalten Schweiss auf seinem Körper spürte.

Plötzlich verstummte der Lärm. Der Grosse befahl seinen Leuten Ruhe. Sie sassen auf ihren Velos und traten wie wild in die Pedalen. Seltsamerweise kam keiner von ihnen vorwärts, ausser ihr Anführer mit den muskulösen Beinen. Er fuhr mit grosser Übersetzung auf Sven zu, packte den Lenker, mit welchem Sven eben getanzt hatte und schleuderte ihn ins Feuer. Sofort begann das Metall zu glühen, Funken sprühten in alle Richtungen.

Der Grosse grinste ihn an und warf dann einen Blick in die Runde. Dort trugen jetzt alle einen Velohelm auf dem Kopf, in den Händen hielten sie Veloflickzeug. Es schien, als wollten sie dieses als Essbesteck gebrauchen.

Tatsächlich: «Fraaaaaasss?», schrie der Grosse nun, und die Bande antwortete euphorisch mit «Und taaaaanz!»

Sven sah, wie der Bandenchef den Spiess ergriff, welcher sich in ein rostfreies Rohr verwandelt hatte und einer überlangen Sattelstange glich. Der Grosse kam mit der Stange im Anschlag auf ihn zu. Sven ahnte, was dieser vor hatte. Eine grausliche Vorstellung! Er schrie, brachte aber keinen Ton heraus. In seinem Mund war es trocken wie in der Wüste. Schon packte ihn der Grosse und stopfte ihm seine haarige Faust in den Rachen. Dann spürte er einen harten Schlag.

Sven keuchte und hustete und nahm endlich die Wolldecke aus dem Mund. Schlaftrunken hielt er sich die schmerzende

Stirn. Mit der Hand tastete er nach dem Balken oberhalb seines Schlafplatzes und rieb sich die Augen. Die Beule am Kopf wuchs schnell. In seinen Därmen rumpelte es ohne Unterbrechung, ein starker Drang zur Toilette machte sich bemerkbar.

«Ein fürchterlicher Alptraum», murmelte Sven und kroch unter der fusseligen Decke hervor. Im Massenlager war es stickig und heiss, der Raum vibrierte vom lautstarken Schnarchen und Ächzen der Zimmergenossen.

Sven suchte in der Dunkelheit die Toilettentür und stürzte erleichtert in die kleine Kammer gleich nebenan. Hier gab es Licht. Seine Uhr zeigte halb zwei morgens. Das beruhigte Sven ein bisschen. Für genügend Schlaf reichte die zweite Nachthälfte noch allemal.

Sein Magen bereitete ihm da viel mehr Sorgen. Es rumorte unaufhörlich in seinem Unterleib. Ausgerechnet jetzt! Ausgerechnet hier, auf der Velotour. Sven haderte. War es ihm wirklich vergönnt, sein Hobby zu betreiben? Musste er büssen für etwas? Störte es irgendjemanden, dass er sich am Wochenende mit dem Velo über die Pässe quälte, während andere faul in der Sonne lagen oder sich einfach so vergnügten?

Und warum, zum Geier, Berner Platte? Wussten die Wirte denn nicht, dass Sportler Kohlenhydrate bunkerten, anstatt den Magen mit fetter Wurst und treibenden Bohnen voll zu stopfen? Berner Platte! Vielleicht am Schwingfest oder am Feldschiessen! Aber nicht beim Sport, bei Höchstleistungen, beim Velofahren! Sven eiferte sich und war hellwach.

Nach einer Weile beruhigte er sich allmählich und schöpfte wieder Hoffnung. Es war noch früh genug, und zudem stand auf der morgigen Etappe zuerst einmal die Abfahrt vom Gotthardpass hinunter nach Hospental auf dem Programm. Danach folgte das mehr oder weniger flache Stück bis nach Realp. Erst dann ging es wieder richtig zur Sache. Der Furkapass ist zwar einer der höchsten Alpenpässe. Für den Velofahrer beginnt er aber angenehm, mit regelmässigen Serpentinen und konstanten Steigungsprozenten, was einen gleichmässigen Fahrrhythmus zulässt.

Insofern lagen die Dinge eigentlich gar nicht so schlecht, sagte sich Sven. An Schlaf war allerdings noch nicht zu denken, zu stark waren die Turbulenzen in der Magengegend.

Sven sah sich ein wenig in der Toilette um. Die kleine Kammer war einfach eingerichtet. An den Holzwänden prangten derbe Sprüche, wie sie auf den öffentlichen Toiletten oft zu finden sind. Einzig die Vielsprachigkeit machte einen feinen Unterschied zu den stillen Örtchen in der Stadt. Auf dem Gotthardpass machten Menschen von überall her Pause, was sich in den unterschiedlichsten Inschriften manifestierte.

Sven stellte einen weiteren Unterschied fest. Auf den Zürcher Toiletten lagen oft diese Gratiszeitungen herum. Hier auf dem Pass aber gab es nur ein einziges Heft - hinter der Tür, feinsäuberlich gelocht und ordentlich mit einem Schnürchen am Haken aufgehängt.

Der «Tierfreund», ein Magazin über Haus und Hof, mit fachlichen Beiträgen vom Obstanbau über Milchwirtschaft bis zur Schweinemast. Darin gab es auch einen umfassenden Kleinanzeigenmarkt, wo alles Mögliche gehandelt und angepriesen wurde. Sven nahm das Heft vom Haken und sah sich darin um.

Die Titelgeschichte handelte von der Schafzucht und der steigenden Gefahr des Wolfeinfalls in den Berggebieten. Weiter debattierten Bauern über die Effizienz von Mähdreschern und tauschten ihre Erfahrungen mit Obstanbau und Niederstamm-Plantagen aus. Sven empfand die Lektüre eher langweilig, morgens um zwei Uhr auf der Toilette im Gotthard Hospiz. Zudem fühlte er sich auch schon viel besser. Bald konnte er zurück ins Schlafzimmer schleichen und sich erneut aufs Ohr legen.

Durch die dünnen Holzwände hindurch hörte er das regelmässige Schnarchen der Bettnachbarn. Offensichtlich waren die Deutschen und der Österreicher aus Frastanz die Berner Platte besser gewohnt als er.

Sven spürte, wie die Müdigkeit zurückkehrte und wollte den «Tierfreund» gerade an seinen Platz hängen, als ihm ein spezieller Artikel auffiel.

Er handelte von Hunden und ihren Charakteren. Es war mehr ein Streitgespräch unter Fachleuten, die sich mit der Frage beschäftigten, ob sich Hunde ihres «Ichs» bewusst seien und über eine eigene Persönlichkeit verfügten. Anlass zur Debatte gab ein Leserbrief mit der Frage, ob sich ein Hund im Spiegel als sich selbst erkennen könne und wenn ja, wie sich das auf seine Entwicklung auswirke.

Sven dachte an das Mittagessen mit Bettina. Ihr Hund, für Sven noch immer die schwarze Bestie, der schuhbeissende Köter, hatte sich ja wahrscheinlich auch im Spiegel gesehen und sich dabei gefürchtet.

«Der ist eben besonders dumm», dachte sich Sven. Über die Dummheit der Leserin musste er sogar lachen. «Selbstverständlich erkennt sich der Hund im Spiegel! Er sieht sich ja selber.»

Umso mehr wunderte es ihn, dass sich zwei ausgewiesene Fachleute explizit zu diesem Thema äusserten. Professor Rudger Hageenbuk, Dozent für Veterinärwesen an einer renommierten Universität, stand mit seiner Meinung konträr gegenüber einer gewissen Bernadette Gehner, einer Kapazität in Sachen Tierpsychologie und Spezialistin für Verhaltensforschung bei Hunden. Hageenbuk vertrat die These, dass sich weder ein Hund noch sonst ein Lebewesen beim Anblick im Spiegel als sich selbst er-kennen könne.

Die einzige Ausnahme bilde da der Mensch, denn nur ihm sei es gegeben, Individualität und Persönlichkeit zu entwickeln. Spiegel existierten in freier Natur nicht, was als logische Folgerung das Sich-Selbst-Erkennen eines Tieres grundsätzlich aus-schliesse, lautete sein Argument.

Er verwies auf die Intelligenz des Menschen, welche seine Einzigartigkeit als Individuum erkläre. Gleichzeitig definiere sie den Unterschied zwischen dem Mensch und den Tieren, welche weder über Geist verfügten noch die Fähigkeit besässen, logisch zu denken und zu handeln.

Diesen Ausführungen widersprach Gehner vehement.

«Selbstverständlich kann sich ein Hund im Spiegel erkennen. Erkennen heisst ja nichts anderes, als Wahrnehmen. Und Tiere zeigen ja gerade bei Wahrnehmungen ihre Stärken, indem sie sowohl auf Lebewesen als auch Gegenstände individuell reagieren.

Die Ausprägung ihrer Sinne mag zwar unterschiedlich sein. Sie ist aber in den meisten Fällen gut ausgestaltet vorhanden. Folge dessen verfügen Tiere - insbesondere Hunde - durchaus über die Fähigkeit, sich im Spiegel zu erkennen und wahrzunehmen.»

Offensichtlich ging es bei dem Gespräch zunehmend hitzig zu und her, die Meinungen der Kontrahenten lagen weit auseinander.

«Die Erkenntnisse der Wissenschaft gelten doch wohl als fundierter, als blosse fantastische Spekulationen aus dem Erfahrungsbereich einiger selbsternannter Naturforscher.

Durch meine jahrzehntelange Zusammenarbeit mit Experten im Bereich der Tiermedizin bin ich befugt zu sagen, dass sich bis heute kein Tier auf intellektueller Ebene entwickelt hat. Da bildet auch der Hund keine Ausnahme, so nahe er auch beim Menschen lebt.

Ich folge dem festen Glauben, dass es kein Zufall ist, dass sich der Mensch als einziges Lebewesen auf der Erde die Natur zu Nutze machen kann und muss. Zu der folgerichtigen Erkenntnis gelangte übrigens nicht nur die Wissenschaft. Nicht umsonst gilt dieser Ansatz über die Rangordnung von Mensch und Tier bereits seit mehr als zweitausend Jahren», schloss der Professor seine Ausführungen ab.

Tierpsychologin Gehner konterte scharf: «Ja, natürlich! Ihre Meinung, Herr Professor. Betoniert wie immer die statische, unbewegliche Weltanschauung der Wissenschaft. Seit Jahrhunderten predigen sie die Klassenordnung zwischen Mensch und Tier. Dabei stützt sich die so genannte Wissenschaft ausschliesslich auf empirische Erhebungen - ohne den Erfahrungsschatz und vor allem die philosophischen Elemente seitens der Naturpraktiker wahrzunehmen. Die Wissenschaft bewegt sich seit jeher auf reaktionärem Kurs und beweihräuchert sich selbst. Und ich finde es im Übrigen äusserst bedenklich, wenn Sie Parallelen ziehen zwischen Wissenschaft und Kirche.»

Sven hätte längst schlafen sollen, die Uhr zeigte bereits viertel nach zwei. Der Artikel war aber plötzlich so spannend, dass er ihn zu Ende las. Die Tierfreund-Journalistin erlebte bei diesem Gespräch wohl eines der heftigsten verbalen Gewitter ihrer Karriere.

Die Streithähne schenkten sich nichts. «Das ist typisch für Esoterikerinnen ihres Schlages, Frau Gehner! Ich sag Ihnen eines: Wenn die Menschheit im Laufe ihrer Entwicklung auf solchen Mumpitz gehört hätte, wie Sie und ihresgleichen ihn verbreiten, würden wir heute noch mit Keulen herumlaufen und einander die Köpfe einschlagen. Aber es ist anders passiert - und daran hat die Wissenschaft einen grossen, verdienstvollen Anteil. Fortschritt und Wohlstand, wie wir ihn heute geniessen, kommt eben nicht vom Träumen und Mutmassen. Dafür muss man arbeiten und den Erfolg suchen. Und das ist der Auftrag des Menschen, und um diesen auszuführen, macht er sich das Tier zu Nutze. Wer das nicht begreift, hat die gesellschaftlichen Errungenschaften nicht verdient - und bleibt unterentwickelt. Dafür gibt es ja genug Beispiele. Dass es dabei auch eine klare Regelung in Glaubensfragen braucht, erachte ich nur als folgerichtig.»

Professor Rudger Hageenbuk nahm nach diesem fulminanten Plädoyer einen Schluck Wasser zu sich.

Bernadette Gehner antwortete hysterisch: «Da kann man ja nur lachen! Einmal mehr ein hilfloser Versuch, die Wissenschaft über die Runden zu retten und in allen Belangen zu legitimieren. Wie es rauskommt, wenn sich der Mensch über die Natur stellt, sieht man ja überall. Eine Katastrophe folgt der anderen, das Leben ist beinahe unerträglich geworden und die Schuldigen sind sich keiner Verantwortung bewusst. Und wer die Schuldigen sind, das wissen Sie ja genau, Herr Professor Hageenbuk! Sie und ihre Wissenschafterbande! Eine Geissel für die ganze Menschheit!»

«Unverschämte Person! Ich werde sie verklagen! Sie und ihre ganze Hexenbande!», schrie Hageenbuk.

«Wissen Sie, was sie sind? Eine ganz niedere Kreatur sind Sie! Und für ihre Aussagen werden Sie gerade stehen müssen, » kam es von Gehner zurück.

Hier machte die Journalistin einen Punkt und beendete den Artikel. Eine klare Antwort gab es nicht. Die Fragestellerin konnte einem Leid tun.

Über den «Hund im Spiegel» konnte sich Sven später seine Gedanken machen. Jetzt war er müde genug, um weiterzuschlafen.

Das Aufstehen um sechs Uhr war ruppig, doch Sven fühlte sich wider Erwarten gut. Viel besser als erwartet. Weder das nächtliche Kannibalenritual noch der Diskurs über den Hund im Spiegel hatten den erholsamen Schlaf verhindert.

In der Magengegend herrschte endlich Ruhe. Dieser Umstand freute Sven am meisten. Einer engagierten Velofahrt stand heute also nichts im Weg.

Die Zimmergenossen machten sich ebenfalls bereit fürs kurze Frühstück. Ihre Reise in den Süden versprach viel Sonne, am Abend winkte ein Grotto und Merlot del Ticino, so dass sie in aufgeräumter Stimmung waren.

Vor dem Hospiz kontrollierten die Rennfahrer ein letztes Mal Pneus und Schaltungen, zogen die Helme über und klinkten die Veloschuhe in die Pedalen. Gemeinsame Glückwünsche folgten und die Versicherung, miteinander in Kontakt zu bleiben. Die Fahrt ging los, nach links, Richtung Airolo, und nach rechts, Hospental entgegen.

Das Wetter zeigte sich von der besten Seite, kein Wölkchen stand am Himmel. Noch lag die Strasse im Schatten, lediglich die Flanken des Winterhorns zu Svens Linken leuchteten, als hätten sie Feuer gefangen. Auf dem Talboden standen Kühe und glotzten verwundert auf den knallroten Typ auf Rädern, der an ihnen vorbeiflitzte. Einige vergassen sogar zu kauen.

Sven genoss die rasante Fahrt. Erst wenige Fahrzeuge bewegten sich den Pass hinauf, die meisten transportierten wohl Wandervögel hinauf zum Hospiz. Töfffahrer gab es auch schon, allerdings fuhren diese zurückhaltend und gemächlich. Die selbsternannten Rennfahrer, die wagemutigen PS-Helden, lagen noch in den Federn. Sie machten dann am frühen Nachmittag die Pässe unsicher.

Zwischen Hospental und Realp liegen einige Kilometer zum Rollen. Rollen ist Velofahrersprache. Es bedeutet, dass der Fahrer ohne allzu grosse Anstrengung ein relativ hohes Tempo über eine lange Distanz halten kann. Aber es braucht Sitzleder.

Sven rollte genüsslich auf das letzte Dorf im Urserental zu. In der Ferne zeichnete sich der Furkapass ab, mit den Serpentinen und ganz weit hinten mit der langen Rampe, welche direkt auf die Passhöhe führt.

Es war nicht das erste Mal, dass Sven über den Pass fuhr. Darum beeindruckten ihn die knapp 1000 Höhenmeter kaum, er wusste, welches die beste Taktik war. In Realp zog er noch einmal ein frisches Fahrradtrikot an und los gings. Nach wenigen Metern wurde die Strasse steiler.

Der Furkapass lässt sich in zwei Hälften teilen: Die erste ist geprägt von zahlreichen Kehren und endet kurz vor dem Restaurant Tiefenbach. Hier tut eine kurze Pause gut. Jetzt fehlen zwar nur noch rund 400 Höhenmeter bis zur Passhöhe, aber diese haben es in sich. Konstant steigt die Rampe auf den letzten Kilometern. Keine Kurve, keine Abwechslung, nichts.

Erst am Schluss servierte der Alpenübergang zwei Serpentinen zum Dessert, dann taucht das ehrwürdige Hotel «Furkablick» auf und man weiss: Jetzt hat man den Furkapass «im Sack».

Passfahrten mit dem Velo sind eine spezielle Sache. Wer gut trainiert ist, zuckt bei Namen wie Gotthard, Furka, Grimsel mit den Schultern. Für den Gelegenheitsfahrer kann eine Passfahrt aber ein bleibendes Erlebnis bedeuten - im positiven wie negativen Sinn. Oder als Kombination von alledem.

Sven gehörte zweifellos zu den erfahrenen Radlern. Er hatte schon manchen Pass überquert und wusste, welche Leiden und Freuden ein solches Unterfangen bereiteten. Das Tagesprogramm an diesem Sonntag war ambitioniert: Zweieinhalb Pässe - den Brünigpass zählte Sven neben den Pässen Furka und Grimsel zu den «halben Pässen» - dazwischen fette Steigungen wie die Aareschlucht und viele Kilometer Fahrt bis nach Hause.

Diesen Anforderungen war Sven normalerweise gewachsen und auf den ersten Kilometern den Furka hinauf, lief alles nach Plan. Eine Kehre nach der anderen spulte er ab. Der Verkehr hielt sich in Grenzen und heiss war es auch noch nicht.

Die eindrucksvolle Kulisse rund um den Pass faszinierte ihn immer wieder. Rechts der Galenstock mit seiner gleissenden Schneekappe, links das stoische Muttenhorn und dazwischen wilde Alpen, durchsetzt von abgeschliffenen Granitplatten und saftigen Bergwiesen.

Locker erreichte er «Tiefenbach» und stieg vom Sattel. Einzig der grosse Durst schien ihm aussergewöhnlich, auffallend viel setzte er heute die Trinkflasche mit seinem bewährten Energiedrink an. Er ass einen Powerriegel und trank nochmals eine gute Menge des isotonischen Kraftgetränks.

Hätte Sven in diesem Augenblick bloss ein Glas Wasser getrunken. Oder gleich fünf grosse Gläser Bier geleert, sich beschwipst ins Gras gelegt und den Sonntag verschlafen - es wäre alles anders gekommen. Allerdings hätte er so den grossen Wendepunkt in seinem Leben verpasst. So unbedeutend die paar Schluck isotonischer Powerdrink in diesem Moment schienen - bei Sven lösten sie eine ganzen Kette von Ereignissen aus.

Vorerst blieb aber noch alles beim Alten. Sven sattelte seinen Drahtesel und nahm die zweite Hälfte der Passüberquerung in Angriff. Die ersten Meter liefen gut, der Rhythmus stimmte. Immer deutlicher drückte es aber wieder in der Bauchgegend und der Druck entwickelte sich schon bald zu veritablen Krämpfen.

Sven versuchte, sie zu ignorieren, aber es gelang ihm nicht. Unruhig rutschte er auf dem Sattel hin und her und suchte eine bessere Position.

Auch erschienen ihm die Erinnerungen der Nacht vor Augen. Offensichtlich war die Magengeschichte noch nicht vorüber.

Zum Glück spürte er den Schmerz nicht dauernd, so dass die Fahrt im grossen Ganzen einigermassen normal verlief. Aber eben nicht ganz.

Sven hatte grossen Durst. Sein kraftfördernder Mix half nicht, im Gegenteil. Die Magenkrämpfe häuften sich. Nun wurden auch die Beine immer schwerer, selbst das Fahren im kleinsten Gang forderte höchste Anstrengungen.

Sven schnaufte wie eine alte Lokomotive und starrte unentwegt hinauf zur Passhöhe. Eine zweite Pause war unumgänglich.

Sven stieg vom Rad und setzte sich ins Gras. Mit dem hatte er nicht gerechnet. Nach drei Vierteln der Passstrasse sass er da wie ein Sack und fühlte sich ausgelaugt wie nach einem Marathon.

Der Bauch schmerzte. Sven überlegte.

Hatte er etwas Schlechtes gegessen oder getrunken? Forderte die fette Berner Platte doch noch ihren Tribut? Zu viel Bier? Oder lag es am Ende am isotonischen Kraftgetränk?

Svens Kollegen wurde es auch schon übel, weil sie zu viel von dem chemischen Zeug getrunken hatten.

Noch immer war er durstig wie eine Kuh und griff zum Bidon. Aber schon beim Geruch des Gebräus wurde ihm übel. Dabei lagen noch so viele Kilometer vor ihm. So weit weg war die Passhöhe - und dann kam der Grimselpass, die Aareschlucht, der Brünig.

Sven verlor für einen Moment jeden Mut und dachte ans Aufgeben der Tour. Aber schliesslich war der Ehrgeiz stärker und mit mentaler Ablenkung sollte es zu schaffen sein. Also setzte er die Fahrt fort und versank schon bald in seiner Gedankenwelt.

Nach einer Weile trat der Kampf mit der steilen Strasse in den Hintergrund und das kleine Steinmäuerchen am rechten Strassenrand floss wieder gleichmässig an Sven vorbei.

Es hatte etwas Hypnotisches und das war gut so.

Er trat dumpf in die Pedalen und liess den gestrigen Tag Revue passieren. Den euphorischen Start zur Tour. Der dumme Unfall beim Türlersee, der zum Glück glimpflich ausging. Die Campingtruppe beim Bier mit ihrem dümmlichen Gesinge.

«Holozän gäge Weggis zue...» oder «Über dä Gotthard flüüged d'Bräme...» Ja, ja, wenn die überhaupt wussten, wo der Gotthard liegt, dachte sich Sven.

Seine Gedanken kreisten. Der Abend mit den Deutschen und dem Österreicher weckte gute Erinnerungen. Die darauffolgende Nacht weniger.

Wie ein Blitz kam ihm das Bild in den Sinn, als er die Typen um das Feuer tanzen sah. Und mittendrin der traurige Blick des Schweins. Oder war es doch ein Hund?

Sven wurde unruhig. Bisher hielt er sich die Alltagssorgen erfolgreich vom Leib. Er verlor keine Gedanken an Bettina, dachte nie an die Porno-Vorhang-Idee und selbst die schwarze Bestie hatte er verdrängt. Nur das Schwein auf dem Grill, das von hinten aus-sah wie ein Hund, erinnerte ihn an den Versuch, einen Hund zu zeichnen.

Die Zeichnung tanzte vor seinen Augen. Sven verwünschte den Augenblick, als er den «Schwund» malte. Was hatte ihn dieser Schwund schon Nerven gekostet!

Einzig, dass er Bettina etwas näher kam bei der ganzen Geschichte, das konnte man als positiven Nebenaspekt werten. Allerdings zeigte die ja mehr Interesse an ihrem dummen Vierbeiner, der Svens Veloschuhe massakriert hatte. Svens Gedanken gingen weiter zum gemeinsamen Mittagessen mit Bettina und streiften das Gespräch über den Hund und den Spiegel.

In diesem Zusammenhang dachte er an den Artikel im Tierfreund, wo sich die Fachleute zum selben Thema stritten.

Svens Plan schaffte es, durch geistige Ablenkung den körperlichen Schmerz zu überwinden. Während er in Gedanken versunken vor sich hin fuhr, spürte er weder die Bauchschmerzen noch drückte ihn die Last des Hinauffahrens besonders. Einzig das Tempo blieb tief und er verlor viel Zeit auf seine selbsterstellte Marschtabelle.

Als unangenehmer Nebeneffekt seiner mentalen Abwesenheit, fiel die Konzentration auf den Verkehr zeitweise weg. Das hatte zur Folge, dass er kurz vor der Passhöhe plötzlich vor einem Wohnmobil stand, das mit quietschenden Bremsen vor ihm stoppte. Der Fahrer fuchtelte wild hinter der Windschutzscheibe, kurbelte das Fenster hinunter und fluchte lauthals in einer fremden Sprache.

Sven schaute verdutzt auf die fahrende Ferienwohnung und fand sich auf der falschen Strassenseite wieder. Das hätte ins Auge gehen können!

Er brabbelte eine Entschuldigung hervor. Sven war geschockt und fühlte die Schwäche zurückkehren. Seine Technik der Selbsthypnose funktionierte zwar, sein Zustand hatte sich dadurch aber nicht verbessert. Die Beine hingen wie Blei vom Sattel herunter und der Durst war unerträglich. Den Krafttrunk rührte er nicht mehr an und essen mochte er auch nichts.

Mit letzter Kraft pedalte er die fehlenden Meter zum Furkapass hinauf. Weit hinten im Dunst konnte er die Walliser Viertausender erkennen, sie standen da, wie weisse Riesen.

Sven hatte keine Lust, die Aussicht zu geniessen. Schnell zog er eine Jacke an und machte sich für die Abfahrt nach Gletsch bereit. Von der Fahrt ins Tal erhoffte er sich eine gewisse Erholung, denn kaum unten angekommen, ging es wieder aufwärts, hinauf zum Grimselpass.

In Gletsch angekommen bog er schon bald auf die Strasse ein, die in geschwungener Schlangenlinie zur Grimsel-Passhöhe hinaufführte. Nach wenigen Minuten machte sich die Schwere in den Beinen wieder bemerkbar. Obendrein vergass er, das Bidon mit Wasser zu füllen.

Darum legte er schon in der zweiten Kurve eine Pause ein und fühlte sich unglaublich müde. Wenigstens waren die Bauchschmerzen fast weg. Sven war sicher, dass sein isotonisches Getränk der Auslöser war für die Probleme. Jetzt galt es einfach, das nächste Etappenziel, die Passhöhe, unbeschadet zu erreichen.

Er legte den kleinsten Gang ein und fuhr im Schneckentempo hinauf. Eine italienische Radgruppe rauschte an ihm vorbei, als Sven sich bereits wieder in die Gedankenwelt geflüchtet hatte.

Er dachte an den Hund im Spiegel. Mitten in der Nacht war er sich doch ganz sicher gewesen, die Frage mit wenigen Worten erklären zu können. Jetzt kamen Zweifel auf.

Logisch wäre es ja, dass wenn sich der Hund im Spiegel sieht, er realisiert, dass er sich selber gegenübersteht. Aber wie ist das beim ersten Mal? In Svens Kopf entwickelte sich eine imaginäre Diskussionsrunde.

Der erste Gesprächsteilnehmer stellte die Frage: «Gehen wir davon aus, dass ein junger Hund ein neues Zuhause bekommt. In einer Wohnung, in einem Haus, ganz egal. In diesem Haushalt wohnen alles Menschen, er ist der einzige Hund. Eines Tages geht er an einem Spiegel vorbei. Was passiert jetzt?»

Ein Zweiter antwortete prompt: «Nun, er sieht sich. Ganz einfach.»

Der Erste bohrte weiter: «Woher weiss er denn, dass die Gestalt, die er erblickt, er selbst ist? Er hatte ja noch nie die Möglichkeit gehabt, sich selbst zu sehen. Folglich nimmt er zwar die Gestalt wahr, weiss aber nicht, dass er seinem eigenen Ich gegenübersteht. Wie erkennt man sich, wenn man sich selber noch nie gesehen hat?"

«Nun ja», sagte eine dritte Person, «bei der ersten Begegnung weiss er noch nicht, dass er es ist. Geht er aber auf den Spiegel zu, kommt ja auch das Spiegelbild näher und macht immer die gleichen Bewegungen wie er. Wahrscheinlich realisiert er so nach einer Weile, dass der Hund im Spiegel er selber ist.»

«Möglich. Aber woher weiss er, dass er ein Hund ist? Er hat ja noch keinen gesehen, ausser das Wesen im Spiegel. Dass das Wesen er selber ist, weiss er jetzt vielleicht. Dass es aber ein Hund ist, kann er nicht wissen», gab ein anderer zu verstehen.

Weitere Argumente führten noch mehr zur Verwirrung: «Geht der Hund dann auf die Strasse und erblickt einen anderen Hund, erkennt er den Artgenosse aber sofort und bellt wie wild. Obwohl er bis jetzt noch kein solches Lebewesen gesehen hat - ausser das im Spiegel. Der Artgenosse auf der Strasse sieht aber garantiert anders aus als er selber.»

«Daraus schliessen wir, dass sich der Hund als solchen erkennt, wenn er sich im Spiegel sieht. Denn: sieht er zum ersten Mal einen anderen Hund auf der Strasse, gleicht diese Begegnung ja einem Zusammentreffen mit seinem Spiegelbild. Zwei Hunde stehen sich dann gegenüber und beide wissen: Wir sind Hunde.»

«Doch wieso kommuniziert ein Hund, der zu Hause keinen Spiegel hat, mit einem Vertreter seiner Gattung auf der Strasse?

Warum bellt er nicht eine Taube an oder versucht, mit einer Ziege zu sprechen? Demzufolge weiss er auch ohne Spiegel, wie ein Hund aussieht – und dass er selber einer ist. Da steht wieder die Frage im Raum: Wie definiert man sich, wenn man sich selber noch nie gesehen hat?»

Sven hatte den Überblick verloren, wer in seiner virtuellen Runde alles mitdiskutierte. Er hörte dem Gespräch einfach zu und vergass dabei, dass es ja alles nur seine eigenen Gedanken waren.

Die wirre Diskussion ohne klares Ergebnis war derart konfus, dass er wie ein Roboter den Berg hinauffuhr. Er konnte sich nicht erinnern, wie die Kurve vorher ausgesehen hatte und ob ihn jemand überholt hatte oder nicht. Die Frage um den Hund im Spiegel beschäftigte ihn voll und ganz.

Das Positive daran war die Ablenkung von den Strapazen. Durst und Hunger spielten eine Nebenrolle, die Beine taten einfach ihren Dienst. Kaum dachte er aber an die Tour und an die Strecke, die noch vor ihm lag, hatte er das Gefühl, wie eine Dampfwalze ohne Benzin die Strasse hinaufzuröcheln.

Die letzten Serpentinen absolvierte er in diesem Trancezustand, bis sich vor ihm ein ganzer Haufen Touristen tummelten am tiefblauen See.

Die Beiz oben auf der Passhöhe brummte. Hier machte Sven eine ausgedehnte Pause, obwohl es schon kurz vor zwölf Uhr Mittag war. Eigentlich hätte er um diese Zeit schon längst die Anhöhe bei der Aareschlucht in Angriff nehmen sollen.

Stattdessen steuerte er direkt an einen freien Tisch im Restaurant zu und bestellte einen Teller Spaghetti. Die Serviertochter empfahl ihm dazu ein Elektrolytgetränk zur Stärkung.

Sven lehnte dankend ab und nahm ein Mineralwasser. Sven entschloss sich, ein wenig auszuruhen und erst gegen ein Uhr ins Tal hinunterzufahren.

Allmählich schien es ihm, als entwickelte sich der Tag endlich ein bisschen ruhiger - ohne Bauchgrimmen, ohne Schwächeanfälle. Auch ohne die zermürbenden Debatten im Kopf - über Hunde, die sich im Spiegel sehen oder nicht.

Kapitel 11

Das morgendliche Aufstehen empfand Harrass als ein Mysterium. Entweder war es noch dunkel draussen, doch er musste sich trotzdem für den Morgenspaziergang bereitmachen.

Oder es schien bereits die Sonne und er wartete eine Ewigkeit, bis endlich Leben in die Bude kam. Dann plagten ihn meist Hunger und Durst, und langweilig war es ihm auch.

An diesem Sonntagmorgen lag Harrass noch zusammengerollt auf seiner Decke, als ein heller Sonnenstrahl auf seine Schnauze schien. Er schaute sich um. Während die Girls sich am Abend zuvor im Club vergnügten, war er durch die Zimmer gestreift.

Viel Neues hatte er dabei nicht entdeckt, ausser den Pantoffeln hinter der Stubentür. Vermutlich hielt Lola die Hausschuhe da versteckt, damit er sie nicht fand. Selbstverständlich entdeckte er die Pantoffeln doch und nahm sie gleich ordentlich zwischen die Zähne. Jetzt lagen sie zerschlissen unter dem Bett. Noch gab es darauf keine Reaktion.

Am gestrigen Abend - oder besser frühmorgens in der Nacht - kamen die beiden Freundinnen gar spät nach Hause.

Harrass streckte sich auf alle Seiten, bog den Rücken durch und gähnte herzhaft. Für eine neue Entdeckungstour blieb keine Zeit. Kaum stand er im Korridor, hörte er, wie Lola und Bettina in den Zimmern nebenan ebenfalls erwachten.

Kurz darauf erschienen sie im Korridor. Harrass hätte schwören können, dass Bettina gestern noch jünger ausgesehen hatte als an diesem Sonntagmorgen. Lola war auch übel anzuschauen, mit wildem Haarbusch auf dem Kopf und tiefen Augensäcken.

«Mach du dich schon mal frisch, ich kümmere mich ums Frühstück», murmelte Lola und hantierte mit Tellern, Tassen und Messern in der Küche. Harrass folgte ihr und schaute sie an. Er wählte die Blickvariante «treuherzig, lieb und sehr, sehr hungrig», aber Lola reagierte nicht darauf.

Sie war Hunde wohl nicht gewohnt. Ihr war es viel wichtiger, dass der Kaffee auf dem Tisch stand, dazu frisches Brot und würziger Käse.

Beinahe wäre sie Harrass noch auf den Schwanz getreten. Er ging zurück in den Korridor und wartete auf Bettina. Von ihr erwartete er eine wohlige Morgenmassage und die lang ersehnte Wurst. Und so war es auch. Bettina kraulte ihn hinter den Ohren und strich mit der Hand übers Fell. Wenig später schon biss er in eine grosse Cervelat.

Bettina und Lola besprachen den Tag. Sie wollten bald losfahren mit dem Auto Richtung Grimselpass. Dazu galt es, zuerst den Brünig zu überqueren. Dann führte die Route hinunter nach Meiringen, über den Wall der Aareschlucht bis nach Innerkirchen ganz hinten im Talkessel. Von da ging es hinauf auf den Pass, mit seinen Stauseen und der herrlichen Kulisse der Berner Alpen.

Selbstverständlich planten die Frauen genügend Pausen ein. Auf dem Brünig einen Kaffee, in Meiringen das obligatorische Meringue, danach zu Fuss durch die Aareschlucht.

Nach einem kurzen Imbiss in Innerkirchen stand schliesslich das etwas verspätete Mittagessen auf dem Grimsel-Hospiz auf dem Programm, inklusive eines ausgiebigen Sonnenbads auf über 2000 Meter. Soweit hatten sie den Ausflug geplant. Wie der Tag dann weiter ging, liessen sie offen.

Für Harrass war es einerlei, ob Kaffee auf dem Pass, Gang durch die Schlucht, nochmals Kaffee in «Irgendwo-Kirchen» und Sonnenschein auf dem Berg. Grundsätzlich fuhr er gerne mit dem Auto, bei allzu vielen Kurven wurde ihm aber schlecht. Insofern kamen ihm die Pausen recht, zumal ihm Bettina oft freien Lauf liess und er die Gegend beschnuppern konnte.

In der Aareschlucht war es ihm aber gar nicht geheuer. Erstens lag überall dieser Wasserstaub in der Luft, welcher die ganzen Gerüche durcheinander brachte. Und dann diese Laufgitter, wo man zwischen den Pfoten hindurch ins gurgelnde Wasser blickte - nein, das war nicht seine Welt. Obendrein musste er immer an der Leine gehen.

Das Schlimmste aber war, dass sie nach erfolgreich durchschrittener Schlucht denselben Weg wieder zurückgehen mussten. Einmal mehr wunderte er sich über die Einfältigkeit der Menschen. Zu essen gab es auch nichts.

Der Schluchtbesuch entpuppte sich für Harrass als ein totaler Reinfall, seine gute Laune schwamm die Aare hinunter. Endlich kamen sie zurück zum Auto und weiter ging die Fahrt.

Während einer kurzen Rast in Innerkirchen schaffte es Harrass, wenigstens das Mitleid einer älteren Dame zu erwecken. Sie warf ihm ein Stück ihres Schinkensandwiches hin und lachte freundlich. Bettinas strengen Blick ignorierte er. Treuherziges Aufschauen zur Dame versprach mehr Erfolg.

Nach dem Restaurantbesuch fühlte er sich müde und rollte sich auf dem Rücksitz zusammen. Von dem Gespräch zwischen Bettina und Lola bekam er nur wenig mit. Offensichtlich ging es um einen Mann, den Bettina gut kannte. Er hörte nur immer wieder, wie sie herzlich lachten dabei. Harrass schlief bald ein, das Ruckeln des Autos begleitete ihn behutsam in den Schlaf.

Bettinas Kleinwagen kämpfte sich die Passstrasse hinauf. Oft wurden sie von einer Horde Töfffahrer mit lautem Geknatter überholt. Eilig hatten es die beiden Freundinnen nicht. Es gab genug Zeit, um über dies und das zu plaudern.

«Aber, jetzt sag mal: Dieser Sven, hat der wirklich nur Velofahren im Kopf?», fragte Lola direkt. «Ich meine, er muss doch längst bemerkt haben, dass er dir nicht unsympathisch ist.»

Bettina machte eine Pause. «Ja, schon. Aber es sind eben ein paar Dinge passiert, die ihn wahrscheinlich verunsichert haben.»

Sie erzählte von ihrer Bitte mit der Hunde-Zeichnung und dem Fantasiegeschöpf, dem «Schwund». Lola krümmte sich vor Lachen.

Bettina schilderte ihrer Freundin auch die Episode mit den zerfetzten Veloschuhen und dem umgeworfenen Blumentopf. «Ich weiss ja selber nicht, was ich mit Sven anfangen will. Irgendwie find ich ihn schon nett. Und diskutieren lässt es sich prima. Ich habe ihm von der seltsamen Geschichte mit Harrass und dem Spiegel im Schlafzimmer erzählt. Als der Hund wie verrückt aus dem Zimmer rannte und sich seither nicht mehr zurück wagt in diesen Raum.»

Harrass hob seinen Kopf für einen Augenblick. Klar und deutlich hatte er seinen Namen gehört. Schnell begriff er aber, dass es nicht wirklich um ihn ging beim Gespräch. Und zu essen gab es auch nichts. Er gähnte lange und tief und machte es sich wieder auf dem Rücksitz bequem.

«Sieht er denn gut aus", fragte Lola. «Ja», antwortete Bettina schnell.

«Oho, das kommt aber wie aus der Pistole geschossen. Am Aussehen kann es also nicht liegen», konstatierte Lola.

Bettina wollte noch relativieren, liess es aber doch bleiben. Tatsächlich gefiel ihr Sven tatsächlich gut und im Prinzip störte sie eigentlich nichts an ihm. Sven sah gut aus, war auf seine Art initiativ, selbstständig, kein Stubenhocker - und war noch zu haben. Und doch ... Irgendwie fehlte ihr doch etwas. Lola war es schliesslich, die den entscheidenden Hinweis gab, wenn auch ungewollt.

«Das scheint ja fast ein Traummann zu sein. Nichts, was einen stört oder was man vermisst», bemerkte Lola.

Bettina überlegte. Störte sie etwas? Was fehlte ihr? Sie konnte es nicht sagen und schüttelte den Kopf. «Nein, wirklich, da gibt es nichts. Alles ist gut, soweit ich das beurteilen kann.»

Lola schwieg einen Moment und sagte dann: «Schön. Aber mir wäre das schon fast zu langweilig.» Sie erzählte von den Sonderheiten und Spleens ihres Freundes, an die sie sich erst gewöhnen musste und die auch immer wieder Anlass waren für Diskussionen und gelegentlichen Zank zu Hause. Allerdings wohnten sie ja auch schon lange unter einem Dach.

Dazu stammte sie aus der stürmischen Stadt, er war auf dem beschaulichen Land aufgewachsen. «Ich würde an Sven dran bleiben, wenn ich du wäre. Ich meine - vielleicht wird es ja noch ganz spannend mit ihm.»

Sie ahnte nicht, dass es nicht mehr lange dauerte, bis es soweit war.

Von Weitem glich das Gasthaus Hospiz am Grimselsee einer mittelalterlichen Burg zuoberst auf dem Felsen. Bettina dachte, dies sei die Passhöhe. Lola erklärte ihr, dass sich der Passübergang 150 Höhenmeter weiter oben befand und schlug vor, dem Restaurant einen Besuch abzustatten, um die grandiose Aussicht über die Grimselseen zu geniessen.

Beeindruckt standen sie bald darauf am Geländer und blickten hinunter auf das türkisfarbene Wasser. Im Hintergrund blitzten die Eisflanken der Viertausender in der Sonne, endlos lange Granitgrate zeichneten scharfe Silhouetten in den blauen Himmel.

Konstantes Rauschen aus der riesigen Arena von Wasser, Fels und kargen Wiesen drang zu ihnen herauf, ein leichter Wind bewegte ihre Haare. Für einen Moment schwiegen beide. Das überwältigende Panorama machte jegliche Worte überflüssig.

Harrass stand ebenfalls am Geländer. Ihm war die Aussicht einerlei. Was machte diesen See so speziell? Was konnte einen an diesen Bergen faszinieren. Weit und breit wuchs da kein einziger Baum. Was hatten die Frauen übrig für die mickrigen Wiesen mit dem spärlichen Gras?

Nur der feine Geruch, der in der Luft lag, der war interessant. Harrass spürte ihn schon beim Sprung aus dem Auto. Nicht etwa ein Stück Fleisch. Auch war es nicht der Geschmack des Fritieröls, welcher aus dem röchelnden Ventilator an der Rückseite des Restaurants drang.

Nein, Harrass hatte den feinen, untrüglichen Duft einer Hundedame in der Nase. Die Situation war günstig. Bettina gewährte ihm freien Lauf, weil er schon den halben Tag lang im Auto sitzen musste und sich Auslauf verdient hatte.

Zudem war das Gelände nicht allzu weitläufig, rund um die Gebäude beim Stausee befanden sich entweder steile Felswände, eiskaltes Seewasser oder ein Geländer. Die Frauen starrten wie versteinert in die bizarre Bergwelt, auf Harrass achtete niemand.

Er schlich sich davon. Der Geruch führte ihn an der Restaurantterrasse vorbei und schien vom grossen Parkplatz her zu kommen. Harrass blieb stehen. Windböen machten die Ortung schwierig, immer wieder gelangte der begehrte Duft aus einer anderen Richtung in seine Nase.

Er liess sich nicht beirren und war sicher, dass der Ursprung des Geruchs nicht mehr weit weg sein konnte. Er schnüffelte um die geparkten Autos herum. Jetzt schlugen die Sensoren in der Nase heftig an, Harrass war seinem Ziel ganz nah. Vor ihm stand eine weisse Limousine mit riesigen Rädern. Harrass konnte glattweg unter dem Auto durchsehen. Das war er von Bettinas Wagen nicht gewohnt. Er schaute nach oben und sah das spaltbreit geöffnete Fenster über dem Rücksitz.

Aus diesem Spalt drang der Duft - und gleichzeitig ein aufgeregtes Bellen. Hinter der getönten Scheibe sah Harrass eine Pudel-Dame erregt hin und her tanzen. Sie versuchte vergebens, ihre Schnauze durch den dünnen Fensterspalt zu schieben. Trotzdem bellte sie ganz aufgeregt und begrüsste Harrass stürmisch.

Er stemmte sich mit den Vorderbeinen an die Autotür und stand seiner Herzdame gegenüber. Zwischen ihnen lag nur noch das stabile Fensterglas. Ein Durchkommen gab es da nicht.

Harrass musste sich mit dem verbalen Treffen begnügen. Dennoch liess er nicht von der begehrten Hundedame ab und klebte wahrscheinlich noch stundenlang am Fenster, hätten ihn nicht die Besitzer der Limousine weggejagt. Gleichzeitig vernahm er auch das aufgeregte Rufen von Bettina, die Ausschau hielt nach ihm.

Missmutig trottete er zurück zum Auto, wo Bettina mit bösem Blick auf ihn wartete. Mit einem energischen Satz sprang er auf den Rücksitz, sass mit hechelnder Zunge da und blickte zurück zur weissen Limousine, die bereits Richtung Passhöhe fuhr.

Es war ein Tag wie aus dem Bilderbuch. Rundum blauer Himmel und sehr warm, auch in der Höhe. Im Auto drin war es sogar heiss, so dass die Fahrerinnen kaum eingestiegen, alle Fenster hinunter kurbelten.

Kurz nach halb zwei nachmittags spurte Bettina Richtung Passhöhe ein und nahm die letzten Kilometer unter die Räder.

Nun zog eine frische Brise durch den Wagen, die Frauen fröstelte es. Also schlossen sie die vorderen Fenster wieder, die Fenster beim Rücksitz liessen sie offen.

Harrass freute sich darüber. Es gab nichts Schöneres, als die Schnauze in den Fahrtwind zu halten und den frischen Luftzug zu geniessen. Zudem wurde so auch die Fahrt spannender, weil man von der vorüberziehenden Landschaft viel mehr mit bekam. Am Strassenrand spielten sich immer die aufregendsten Geschichten ab.

Kapitel 12

Frantisek Hrdina verbrachte eine unruhige Nacht auf der Holzbank beim Bahnhof Interlaken Ost. Der Courtena-Chef versuchte während Stunden wenigstens ein bisschen zu schlafen - ohne Erfolg.

Einmal schien er tatsächlich zu dösen, bis ihn ein Nachtschwärmer mit Stoppelbart an der Schulter rüttelte und lallend nach einem Bier fragte. Das war kurz nach drei Uhr morgens, danach drückte Hrdina kein Auge mehr zu.

Sehnlich wartete er auf die Morgendämmerung und auf die Kioskfrau. Sein Kleingeld reichte gerade noch für einen Kaffee im Becher, danach wollte er dem ganzen Alptraum endlich ein Ende machen. Es musste ihm als Erstes gelingen, zu seiner Tasche zu kommen. Und dann wollte er zur Polizei gehen und den Autodiebstahl melden.

Danach sollte die Heimfahrt und der Versuch, die unmögliche Geschichte seiner Frau zu erklären, folgen. Das war Hrdinas Plan.

Gegen zehn Uhr befand er sich an der ihm längst bekannten Adresse. Was für ein herrlicher Tag! Und was für ein beschwerlicher Weg, der da vor ihm lag! Hrdina drückte sich zuerst unentschlossen vor dem Mehrfamilienhaus herum, nahm seinen Mut zusammen und ging beschwingt auf das Haus zu.

Im Treppenhaus begegnete er der gleichen Dame, die er am Tag zuvor bei jedem seiner Besuche angetroffen hatte. Er wartete auf das leise geflüsterte «Sauhund», es blieb aber aus. Sie schüttelte nur abschätzig den Kopf und ging an ihm vorbei.

Nach einmaligem Klingeln öffnete sich die Tür und Petra Schneider stand vor ihm. Hrdina stammelte umständlich: «Guten Morgen. Die Sache ist mir ausserordentlich peinlich, Sie verstehen. Ich wollte schon lange nach Hause, aber die Tasche, das Telefon und das Portemonnaie und das...»

«Und das Auto», unterbrach ihn Petra Schneider. Hrdina stutzte. Ja, das Auto! Wieso wusste sie davon?

«Ja, äh, ja, das Auto. Es wurde mir gestern gestohlen.»

Er erzählte, wie er nach dem letzten Besuch im Studio in seinen Wagen steigen wollte, jedoch bloss ein paar Glassplitter und die Entwürfe für die Duschvorhänge vorfand. Er schilderte die unbequeme Nacht am Bahnhof und die Begegnung mit dem Penner, der um Bier bettelte.

Petra Schneider konnte das Lachen nicht verkneifen. «Da haben Sie aber einen aufregenden Samstagabend hinter sich! Kommen Sie herein, ich mache Ihnen eine Kaffee.»

Hrdina trat in den Korridor. Ausser der «Lotus»-Chefin war niemand da.

«Ihr Wagen ist übrigens bereits wieder aufgetaucht. Ich habe mir erlaubt, ihr Telefon abzunehmen, als es klingelte, kurz bevor Sie kamen. Es war die Polizei. Man bittet Sie zur Klärung der Angelegenheit auf den Polizeiposten zu kommen», sagte Petra Schneider, während sie sich zu Hridna an den kleinen Klubtisch setzte.

«Wenn Sie wollen, begleite ich Sie. Schliesslich habe ich mich bei der Polizei mit meinem Namen gemeldet. Ich denke, je klarer die Fakten vorliegen, desto unkomplizierter und schneller erledigt sich die ganze Geschichte.»

Hrdina nippte versonnen an der Kaffeetasse. Endlich besass er seine Tasche mit all den wichtigen Utensilien wieder, sogar das Auto war wieder aufgetaucht. Nervös machte ihn, dass ausgerechnet die Clubbetreiberin ihn zur Polizei begleitete. Schliesslich war er der Chef einer gestandenen Firma, während ihr Business nicht zu den renommiertesten gehörte. Jetzt hiess es, sich zusammenzureissen und das ganze Debakel zu beenden.

Er stellte sich im Kopf einen Plan zusammen: Zur Polizei gehen, den Wagen entgegennehmen, und sich schleunigst aus dem Staub machen. «Sehr gern, Frau Schneider. Von mir aus können wir sofort gehen», sagte er hastig.

«Alles klar, ich fahre Sie hin.» Sie tranken ihren Kaffee aus und verliessen das «Lotus». Im Treppenhaus war niemand zu sehen.

Polizeichef Twerenbold runzelte die Stirn, als er Hrdinas komplizierten Ausführungen zuhörte. Dass dieser geschäftlich «zu tun» hatte im Lotus war ihm schon klar. Die Frage war nur, wer das Geschäft machte.

Er fasste sich kurz: «Ihr Wagen wurde zwar gefunden, Herr Hrdina, aber nicht hier. Einem Kollegen ist das Fahrzeug aufgefallen, wenige Meter neben der Grimselpassstrasse oberhalb der Gemeinde Guttannen - mit einer kaputten Fensterscheibe. Allerdings konnte er den Wagen nicht mit-nehmen.

Können Sie das Auto vor Ort abholen und den Sachschaden selber bei der Versicherung melden? Die Anzeige gegen Unbekannt reichen Sie am besten gleich hier ein.» Frantisek Hrdina kam nicht zum Antworten, Petra Schneider war schneller. «Ja, selbstverständlich, wir fahren sofort hin.»

«Gut, unterschreiben Sie bitte hier. Für uns ist die Sache dann erledigt», sagte der Polizist und hielt Hrdina das Formular unter die Nase.

So hatte sich Hrdina das nicht vorgestellt. Anstatt auf der Heimreise befand er sich mit Petra Schneider auf der Fahrt zum Grimselpass. Unterwegs klingelte sein Mobiltelefon. Es war seine Frau, die ebenfalls von ihrem Handy aus anrief. «Ja, hallo Schatz ich wollte dich auch gleich anru....» Weiter kam er nicht. Ob er sie denn für komplett dumm halte und tatsächlich von ihr erwarte, dass sie allein zu Hause sitze, während er sich in Interlaken vergnüge.

Ob es ihm denn nicht peinlich sei, ausgerechnet von einem Bordell aus anzurufen und zu denken, sie würde nichts mitbekommen von seinen «speziellen Geschäftsterminen».

Hrdina versuchte, einen hauchdünnen Kommentar anzubringen, seine Frau liess ihm aber keinen Platz für Erklärungen und wetterte weiter. «Sehr enttäuscht ..., nie hätte ich so etwas erwartet ..., Lustmolch, elendiger ..., nur eines im Kopf ..., jetzt ist aber genug ... allein so weiter machen ..., ziehe aus .... zur Schwester. Das hast du jetzt davon ..., Sauhund!»

Hrdina schwirrten die Wörter im Kopf herum. Endlich schwieg das Handy.

Petra Schneider schaute ihn an und fragte: «Ihre Frau?»

Hrdina nickte und liess das Telefon in seiner Tasche verschwinden. Eine Katastrophe! Angefangen hatte das Malheur mit dem Auftrag für die erotischen Duschvorhänge, doch diese waren jetzt gar kein Thema mehr. Nun galt es, den Schaden in Grenzen zu halten und alles in die richtige Bahn zu lenken. Seine Frau allerdings, die war wohl bald weg.

Hrdina konnte ihre Reaktion schon verstehen. Trotzdem liess ihn das Gefühl nicht los, dass seine Gattin die Geschichte zum willkommenen Anlass nahm, längst fällige Änderungen in ihrer Ehe zu vollziehen.

Im Grunde genommen hatte er sich während dieser Tage doch nichts zuschulden kommen lassen. Abgesehen von den Besuchen im Studio Lotus, der Nacht auf der Bahnhofbank und dem ganzen Durcheinander mit der vergessenen Tasche und dem gestohlenen Auto, war eigentlich gar nichts passiert. Irgendwie bestanden zwischen ihm und seiner Frau offensichtlich noch andere Probleme. Hrdina tappte im Dunkeln.

Petra Schneider riss ihn aus den Gedanken. «Herr Hrdina, wir fahren nur noch schnell zu mir, dann machen wir uns auf den Weg.»

Er antwortete nicht. Verklärt schaute er die Strasse hinunter und reagierte erst auf ihr vehementes Nachfragen.

«Herr Hrdina, alles klar bei Ihnen?»

«Ja, ja», gab er zurück. Es war kurz vor elf Uhr und es schien ihm, als dauerte der Tag, ja das ganze Wochenende ewig. Wenige Minuten später befanden sie sich auf der Autobahn, vor ihnen lagen einige Kilometer Fahrt durch das tiefgrüne Berner Oberland.

Die beiden sprachen lange kein Wort, bis sie schliesslich das Schweigen beendete.

«Nun sagen Sie schon, Herr Hrdina, was bedrückt Sie denn so. Jetzt geht doch alles in Ordnung. In Kürze haben Sie das Auto wieder, die ungemütliche Nacht ist vorüber und zudem haben wir doch ein gutes Geschäft miteinander vereinbart. Was wollen Sie mehr?»

Hrdina mochte nicht mit der ganzen Wahrheit herausrücken. Es waren zwei Dinge, die ihn belasteten. Zuerst landete er in Gedanken wieder bei seiner Ehe. Seine Frau war im Begriff, Hals über Kopf aus der Wohnung zu flüchten.

Was den Chef der Courtena AG aber ebenso belastete, war eben das «gute» Geschäft, das er mit der cleveren Petra Schneider abgeschlossen hatte. Nun musste er mit Sven Tirebeg und Frau Breitenmoser die Details besprechen. Jetzt, wo er aber die Auftraggeberin persönlich kennen gelernt hatte, schien ihm der Deal mit den Erotikvorhängen noch komplizierter. Die «Lotus»-Chefin hatte genaue Vorstellungen, wie die Vorhänge aussehen sollten. Und da lag eines von Hrdinas Hauptprobleme: Sein Hausdesigner, der sich seit Jahren nur mit Meereslandschaften und Fischen beschäftigte. Ein besonderes Flair für frivole Darstellungen hatte er bei ihm noch nie festgestellt. Im Gegenteil: selbst gegen die Avancen seitens Bettina schien er geradezu immun zu sein.

Und dann war eben diese Sekretärin, die die exklusive Vorhang-Linie lancieren sollte. Die Frau war, wie gesagt, selbstbewusst und selbstständig. Würde ihr die Erotik-Vorhang-Sache zu kompliziert, stieg sie aus dem Geschäft aus, da war sich Hrdina sicher. Noch grösser war aber die Wahrscheinlichkeit, dass sie sich mit Petra Schneider bestens verstand.

Dann hätte er bei diesem Geschäft schon bald nichts mehr zu sagen. Frantisek Hrdina trieb es den Schweiss auf die Stirn, nicht nur wegen der Mittagshitze. Die euphorische Stimmung der Tage zuvor war längst verflogen. Überall machten sich Bedenken breit, die Hrdina an einem erfolgreichen Abschluss des Geschäfts zweifeln liessen. Seine Miene verdüsterte sich zunehmend. Daran änderte auch die schöne Berglandschaft nichts.

Bald erreichten sie Innertkirchen. Gemäss Polizeichef Twerenbold stand der gestohlene Wagen etwas ausserhalb des Nachbardorfs Guttannen.

Wie das Auto dahin gekommen war, wusste niemand. Twerenbold vermutete dahinter einen groben Lausbubenstreich - oder jemand musste dringend weg aus Interlaken. Wieso dieser Jemand den Wagen ausgerechnet in der Nähe von Guttannen stehen liess - dafür gab es keinen Anhaltspunkt. Auch wusste niemand, wo sich der Dieb jetzt aufhielt.

Frantisek Hrdina und Petra Schneider hatten mit Twerenbolds Polizeikollegen einen Treffpunkt vereinbart. Um zwölf Uhr, direkt beim wiedergefundenen Diebesgut.

Kurz nachdem sie die Ortstafel Guttannen passiert hatten und an ein paar wenigen Häusern vorbeifuhren, erreichten sie die Kurve, wo das Fahrzeug stand. Der Wagen wurde von den Dieben recht unsanft in einen schmalen Waldweg gezwängt, nur einige Meter von der Strasse entfernt.

Kapitel 13

Endlich stand die langersehnte Abfahrt vom Grimselpass bevor. Je schneller Sven die Passstrasse hinunter kurvte, desto mehr Zeit liess sich aufholen auf den Marschplan, welchem er dank den Blähungen und dem selbstauferlegten Kriechgang in geistiger Abwesenheit gute drei Stunden hinterherhinkte.

Zu grosse Risiken eingehen wollte er zwar nicht, dennoch liess Sven die Räder freizügig rollen. Die Strasse war voller Menschen. Die meisten sassen im Auto oder auf Motorrädern, einige waren mit dem Velo oder zu Fuss unterwegs. Überall sassen kleine Grüppchen beieinander zum Picknick. Es schien, als hätten sämtliche «Unterländer» die Schönheit der Alpen entdeckt.

Für entspannte Entdeckungsreisen eignen sich Passfahrten ja hervorragend. Tiefe Befriedigung beim Lenken von PS-starken Zwei- und Vierrädern, mit der Natur auf Du und Du - und obendrein konnte man auf den Bergrestaurantterrassen herrlich sonnenbaden.

Die steilen Grashänge waren übersät mit Bergblumen aller Gattungen. Die Alpenrosen blühten in sattem rot und bildeten einen herrlichen Kontrast zwischen dem knalligen Grün der Alpwiesen und den ausgedehnten Schneefeldern, die überall runde weisse Flecken auf die Wiesen zeichneten.

Sven umklammerte den geschwungenen Velolenker. Zwei der Serpentinen hatte er schon hinter sich, vor ihm lag ein langer, gerader Strassenabschnitt. Er fühlte die hohe Geschwindigkeit.

Jede kleinste Unebenheit der Strasse setzte sich über die hartgepumpten Pneus hindurch bis hinauf zu den Händen und Schultern, bis die Erschütterung schliesslich den Kopf erreichte. Sven biss die Zähne zusammen. Das war ja nicht seine erste Abfahrt von einem Pass. Er wusste genau, wo sich die heiklen Stellen befanden. Nicht zu schnell auf die Kurven zusteuern und stets in der Mitte bleiben.

Gegenüber den Autos war das Rennvelo auf der Abfahrt nicht langsamer, also durfte man auch in der Strassenmitte fahren. Der digitale Tachometer zeigte locker eine Geschwindigkeit zwischen 50 und 80 Stundenkilometer an.

Die Gerade war bald zu Ende, eine weitere Haarnadelkurve kündigte sich an. Sven schaute über die schmale Böschung hinunter auf die Strasse. In der Kurve befand sich kein Fahrzeug, erst etwas weiter unten näherte sich ein kleiner, schwarzer Wagen.

Bettina und Lola waren guter Laune. Sie plauderten über dieses und jenes und genossen die Fahrt hinauf zur Passhöhe. Nur noch drei Kurven lagen vor ihnen, dann winkte erneut ein Sonnenbad auf der Terrasse, inklusive Mittagessen.

Auf dem Rücksitz sass Harrass. Wie es schien, hatten die beiden Frauen nicht bemerkt, dass beide Fensterscheiben noch immer ganz nach unten gekurbelt waren. Auf jeden Fall hatte Harrass einen Riesenspass am frischen und stürmischen Wind, der durch den Wagen blies. Die luftigen Turbulenzen liessen seine grossen Ohren auf alle Seiten tanzen. Jeder Windstoss massierte ein bisschen sein schwarzes Fell. Und wenn er die Nase zum Fenster hinaushielt, erfrischte ihn eine kühle Brise.

Vor der nächsten Kurve trat Bettina auf die Bremse. Sport-lich mochte sie nicht fahren, und eilig hatten sie es nicht. Das war wiederum eine günstige Gelegenheit für Harrass, einmal den ganzen Kopf aus dem Fenster zu strecken. Wie angenehm! Und wie lustig flatterten jetzt die Ohren im Wind. Harrass kniff die

Augen zusammen im Fahrtwind. Er schaute nach allen Seiten. Weit hinten fuhr das nächste Auto hinterher, oben konnte man die Strasse erkennen.

Die mächtige Wand des Strassenfundaments glich der Mauer eines antiken Schlosses. Die Strassenpfosten aus Granit standen wie Burgzinnen auf einer Mauerkrone. Harrass schaute nach vorn. In dieser Position war der Rausch des Windes am grössten.

Doch hier erblickte er das Schrecklichste, was er sich nur vorstellen konnte. Trotz steifer Brise standen ihm alle Haare zu Berge und das wonnige Gefühl der Frische wich purem Entsetzen.

Wie es möglich war, wusste Harrass nicht - aber vor ihm war die Fratze des Bösen und schaute ihn an. Längst hatte er das Monster vergessen, dachte keine Sekunde an die schrecklichen Momente in Bettinas Zimmer. Aus einem kleinen, runden Fenster schaute ihm die Kreatur direkt in die Augen und liess nicht von ihm ab. Ihre Haare waren ganz an den Kopf gedrückt, die Augen hatte sie furchterregend zusammengekniffen. Harrass starrte wie gebannt nach vorne.

Kein Zweifel - das Monster war bereit für einen Angriff.

Harrass geriet in Panik. Er zog seinen Kopf zurück und machte einen Hechtsprung auf die andere Seite des Rücksitzes. Eines war klar. Hier war er nicht mehr sicher und die zwei Frauen schwebten womöglich auch in Gefahr.

Harrass bellte aufgeregt. Bettina und Lola erschraken. Lola drehte sich um und versuchte, den Hund zu beruhigen, während sich Bettina auf die bevorstehende Kurve konzentrierte.

«Sei doch still Harrass. Wir sind ja gleich oben, da kannst du dich so richtig austoben.»

Harrass beruhigte sich nicht, im Gegenteil. Die Angst sass ihm tief in den Knochen. Er musste hier raus, so schnell als möglich.

Mochten die Frauen ihrem Schicksal ungebremst entgegenfahren, für ihn war hier Endstation.

Ganz klar, das Monster hatte sich gestern unbemerkt ins Auto geschlichen und hielt sich bis jetzt versteckt. Und nun machte es sich daran, sie alle ins Verderben zu stürzen.

Harrass schaute zum anderen Fenster hinaus. Auf dieser Seite sollte die Luft noch rein sein, so schnell konnte auch das schlauste Monster nicht sein. Er kniff nochmals die Augen zusammen und blickte nach vorn. Aber, welch ein Graus! Wieder starrte ihn die gleiche Fratze aus dem kleinen runden Fenster an. Böse und entschlossen.

Jetzt gab es für Harrass kein Halten mehr. Er stürzte wieder auf die andere Seite des Sitzes, legte seine Pfoten auf den Fensterrahmen und sprang mit einem Satz aus dem fahrenden Auto.

Zum Glück befanden sie sich gerade mitten in der Kurve und fuhren nicht schnell, so dass es Harrass nur zweimal überschlug und er sofort wieder auf den Beinen stand.

Alles ging sehr schnell. Fast gleichzeitig ertönte aus dem Wageninnern ein gellender Schrei. Bettina realisierte zuerst gar nicht, was passiert war. Sie trat einfach mit voller Kraft auf die Bremsen. Im Rückspiegel sah sie, wie ihr Hund sich zuerst zweimal um seine Achse drehte und plötzlich wie betoniert auf der Strasse stand. Lola hingegen fuchtelte ganz nervös vor der Windschutzscheibe herum und stiess unverständliche Laute aus. «Halt! Hund! Stopp! Achtung, Hund, halt!»

Sven bog mit viel Schwung in die Kurve ein. Eine kleine Schneemauer verdeckte die Sicht, er wusste aber, dass ihm ausser dem schwarzen Auto keine weiteren Fahrzeuge entgegenkamen.

Gleich unterhalb der Strasse breitete sich ein langes Schneefeld in Form eines Dreiecks aus. Ein kleiner, spitziger Ausläufer des Feldes reichte bis hinunter zum Bergbach, der weiss schäumendes Wasser zu Tale trug.

Sven konzentrierte sich wieder auf die Strasse und sah plötzlich den schwarzen Wagen auf der linken Seite gegenüber auftauchen. Zwei Frauen sassen darin, die eine gestikulierte wie wild. Auf der rechten Strassenseite, wenige Meter hinter dem Auto stand ein schwarzer Hund.

Sven riss die Bremsgriffe bis ganz nach hinten an den Lenker und schrie auf den Hund ein. Doch er spürte, dass der Bremsweg zu lang war. Reflexartig wich er auf die linke Fahrbahnhälfte aus und versuchte, zwischen Auto und Hund vorbeizukommen. Es fehlte aber schlicht an Zeit und Platz.

Mit der rechten Pedale traf er den armen Harrass mit voller Wucht mitten in die Schnauze. Sven geriet ins Schlingern, rutschte mit der einen Hand vom Lenker und steuerte direkt auf einen der Granitpfosten zu. Der Aufprall folgte sofort.

Sven machte einen Vorwärtssalto über die Strassenmauer, sein Velo flog in grossem Bogen hinter ihm her. Zum Glück war das Gemäuer in dieser Kurve nicht allzu hoch. Zwei Meter tiefer landete Sven auf seinem Hintern, machte mehrere Purzelbäume und schlitterte bäuchlings in hohem Tempo das Schneefeld hinunter. Das Velo rammte sich mit dem Vorderrad tief in den Frühsommerschnee.

Für Bettina und Lola ging alles viel zu schnell. Sie sahen, wie der Velofahrer in grossem Bogen über den Strassenrand hechtete, während Harrass an den Strassenrand katapultiert wurde. Dann verschwand der Velofahrer samt Velo in der Tiefe und der Hund flüchtete, als würden ihn sämtliche Geister dieser Welt verfolgen. Sekunden später war der Spuk vorüber. Bettina parkte das Auto ein paar Meter nach der Kurve und rannte zurück zur

Stützmauer. Weit unten sah sie Harrass wie irr auf der Strasse Richtung Tal galoppieren.

Nicht weit davon entfernt näherte sich der Velofahrer auf einer wilden Rutschpartie dem Bach. Es schien, als versuchte er, den Höllenritt zu bremsen, ein Ding der Unmöglichkeit auf dem steilen Schneefeld.

Wenigstens gelang es ihm, die Fahrt auf dem Hosenboden fortzusetzen und mit den Händen das Tempo zu verringern. Schliesslich landete er doch im Bach. Lola lief einige Meter der Strasse entlang und rief noch einmal Harrass hinterher.

Doch dieser rannte noch immer wie von Furien getrieben den Abhang hinunter, kreuzte die Passstrasse mehrmals und liess sich nicht stoppen.

Ob er verletzt war, wussten Bettina und Lola nicht. Es machte jedoch den Eindruck, als hätte er den Zusammenstoss zumindest körperlich unbeschadet überstanden. Bald war er nur noch als kleiner schwarzer Punkt zu erkennen und entschwand schliesslich aus dem Blickfeld der Frauen.

Zuerst mussten sich Bettina und Lola nun um den Velofahrer kümmern. Der sass noch immer im Schnee und mit den Füssen im Bach. Die beiden Frauen rannten zum Auto, wendeten und fuhren eiligst zur unteren Kurve.

Bettina war ganz bleich im Gesicht. Was war bloss passiert? Wieso stürzte Harrass voller Panik aus dem Auto? Und wie erklärten sie dem gestürzten Velofahrer die Sache? Diese Gedanken gingen ihr durch den Kopf, während dem sie den Wagen auf der rechten Strassenseite parkte.

Der Verunfallte hatte die Füsse aus dem Wasser gezogen und sass benommen da. So, wie es schien, hatte er sich bei diesem grandiosen Sturz nicht schlimm verletzt, abgesehen von Schürfungen und Prellungen. Das Velo war allerdings schrottreif und ragte wie eine moderne Skulptur aus dem Firn.

Bettina und Lola stapften durch den weichen Sommerschnee dem Velofahrer entgegen.

«Sieeeeee sind das?!», war das Erste, was Bettina hörte, als sie sich dem Velofahrer näherte.

«Sieee und ihr doofer Köter! Schon wieder der!»

Bettina blieb verdutzt stehen. Harrass war natürlich schuld am ganzen Malheur. Aber wieso «schon wieder der», fragte sie sich.

Der Velofahrer nahm seinen Helm vom Kopf und entledigte sich der Sonnenbrille mit dem zersplitterten Glas. Sven schaute Bettina verächtlich an und fasste es noch immer nicht.

«Sieee schon wieder!», wiederholte er und warf die kaputte Sonnenbrille wütend in den Bach.

«Wo ist der Bastard, ich stopf ihn voll mit Schnee!»

Die zwei Frauen standen regungslos im Schnee. Bettina brachte kein Wort über die Lippen, es war Lola die als Erste sprach: «Sie müssen wirklich entschuldigen, wir haben keine Ahnung, was mit dem Hund los war. Und wo er jetzt ist, wissen wir auch nicht.»

Sven fiel ihr ins Wort: «Wissen nicht, was mit dem Hund los ist», äffte er Lola nach. «Aber ich weiss es! Das Biest hat mir schon meine neuen Veloschuhe zerfetzt und im Büro ein Chaos angerichtet! Der Hund ist komplett verrückt, so ist das!»

Bettina standen Tränen in den Augen. Schluchzend fragte sie Sven, ob er verletzt sei. Dieser tastet seinen Körper ab und drückte auf Ellbogen und Knie. Ausser ein paar Schrammen entdeckte er nichts Ernsthaftes. Er konnte von Glück reden, dass noch so viel Schnee lag, welcher seinen Sturzflug aufgefangen hatte.

Dass sich die Arbeitskollegin weinend entschuldigte, liess seinen Groll nicht kleiner werden. Wütend stampfte er den Hang hinauf zu seinem Velo, zog es aus dem Schnee, warf einen Blick darauf und schleuderte es in hohem Bogen das Schneefeld hinunter.

Nach ein paar Überschlägen blieb es abermals stecken. Sven wiederholte das Ganze, bis das verbogene Fahrrad scheppernd vor den Füssen der Frauen landete.

«Sehen Sie selbst! Kaputt, alles kaputt!»

Lange Zeit schwiegen alle, bis schliesslich Lola wieder das Wort ergriff: «Was machen wir jetzt. Fahren können Sie mit dem Velo wohl nicht mehr.»

Zum Glück hatte sich Sven bereits ein bisschen beruhigt, so dass ihm der ungewollte Sarkasmus dieser Frage wenig ausmachte.

Bettina wischte sich die Tränen vom Gesicht. «Sie fahren mit uns weiter. Das Velo kann man sicher irgendwie im Kofferraum verstauen.»

«Ja, jetzt schon», witzelte Sven verdrossen, während er sich das dünne Regenkombi überzog. Er trennte die verbogenen Räder vom Rahmen und verstaute das Velo unter der Heckklappe. Bettina war es noch immer elend zumute.

Hatte sich die Situation mit Sven auch leicht entspannt, so fehlte von Harrass jede Spur. «Wir müssen den Hund suchen, sofort. Womöglich ist er verletzt», sagte sie zu Lola.

So, wie der Vierbeiner den Pass hinuntergehetzt war, konnte man eine Verletzung zwar ausschliessen. Jedoch war klar: Harrass lief vor lauter Angst um sein Leben.

Sven sass missmutig auf dem Rücksitz. Das abrupte Ende seiner Velotour war schlichtweg eine Katastrophe. Zudem hatte er einen üblen Sturz hinter sich und das Velo war nur noch Schrott. In jedem anderen Fall hätte er sich glücklich geschätzt, bei Bettina im Auto zu sitzen.

Jetzt aber sah die Sache total anders aus. Vorbei war es mit dem Begehren. Die Schmach mit dem «Schwund» und die vom lästigen Harrass zerbissenen Veloschuhe hätten ihm schon ein Zeichen sein sollen, dass er sich bei der Arbeitskollegin auf dem Holzweg befand.

Mit dem Unfall als Schlussbouquet, inklusive kaputtem Velo und schmerzenden Gliedern, war die Sache nun geritzt. Bettina? Für Sven «tempi passati».

«Wohin ist er bloss gerannt?», schluchzte Bettina hinter dem Steuer. «Er muss doch hier irgendwo sein!»

Immer wieder blieben sie am Strassenrand stehen und beobachteten die Umgebung. Von Harrass gab es keine Spur. Einmal fuhren sie sogar nochmals die Strasse hinauf, weil Lola weiter oben einen schwarzen Fleck mitten auf der Alp gesehen hatte. Beim Näherkommen entpuppte sich der schwarze Fleck aber als zerknitterter Müllsack, den der Wind in einen Busch getrieben hatte.

Sven sass die ganze Zeit im Auto und machte die Sucherei wohl oder übel mit. Als Bettina dann ein weiteres Mal von Guttannen aus hinauf zum Hospiz fahren wollte, riss ihm der Geduldsfaden.

«Sie können noch die ganze Nacht lang nach ihrem Harrass suchen. Ich hab jetzt genug von diesem Sauhund! Lassen Sie mich hier aussteigen, ich nehme den Bus nach Meiringen und fahre von da nach Hause. Über alles andere sprechen wir noch, später.»

Sven packte seine Velotasche, sprang ohne sich zu verabschieden aus dem Wagen und humpelte hinüber zur Bushaltestelle.

Bettina nahm Svens hastigen Abgang zur Kenntnis und wischte sich wieder eine Träne weg. Wieso lief an diesem sch-nen Sonntag bloss alles schief!

«Bettina, jetzt beruhige dich doch wieder. Es ist ja gar nicht so viel passiert! Der Kollege hat sich zum Glück nicht ernsthaft verletzt und das mit dem Velo kannst du der Versicherung melden. Viel wichtiger ist jetzt Harrass! Der arme Tropf ist bestimmt noch immer auf der Flucht - oder er hat sich irgendwo aus lauter Angst verkrochen», versuchte sie Bettina zu beruhigen.

Noch immer befanden sie sich mitten in Guttannen, inzwischen war es kurz vor vier Uhr nachmittags. «Übrigens gar kein übler Typ, dieser Sven», sagte Lola nach einer Weile.

«Ja, ja», antwortete Bettina abwesend. Sie blickte stumm die Strasse hinauf und hoffte, dass Harrass ihr jeden Moment entgegenrannte. Doch das blieb Wunschdenken.

Nochmals fuhren sie passaufwärts. Zwischen dem kleinen Dorf und der Unfallstelle lagen einige Kilometer und es stellte sich schon die Frage, wie weit der Hund in seiner Panik geflüchtet war. Allerdings: So, wie Harrass den Berg hinunterstürzte, konnte er schon längst unten im Tal angekommen sein.

Die Suche nach ihm machte das umso schwerer.

Es grenzte an Zufall, dass sich Bettina und Frantisek Hrdina in der Kurve oberhalb von Guttannen nicht begegneten. Sie waren nämlich zur gleichen Zeit da, kämpften aber mit ganz unterschiedlichen Problemen.

Während die einen auf der Suche nach dem verlorenen Hund waren, wartete der andere auf den Polizisten aus Innertkirchen, so wie es auf dem Polizeiposten in Interlaken vereinbart war. Dummerweise hatten sie vergessen, nach der Telefonnummer des Polizisten zu fragen. Dann hätte sich die Angelegenheit wohl schneller erledigt. So aber standen sie ungeduldig am Waldrand. Eigentlich konnte Hrdina ja einfach so in sein Auto steigen. Dies hatte der Polizeichef aber untersagt.

Zuerst musste das Fahrzeug beim Kollegen ordentlich ausgelöst werden, erst dann war das Übernehmen des Diebesguts rechtens.

Vor allem Petra Schneider wurde langsam nervös. Sonntagmittag war vorüber und erfahrungsgemäss kamen um diese Zeit die ersten Kunden ins «Lotus».

Grundsätzlich konnte sie sich auf ihre Mitarbeiterinnen verlassen, die schmissen den Laden locker ohne die Chefin. Nur - am Sonntag zeigte sich die Kundschaft spezieller als an Werktagen. Die meisten standen unter Zeitdruck, so dass sich der Betrieb hektischer gestaltete als an Werktagen.

Dies war übrigens mit ein Grund für die Neuanschaffung der Duschvorhänge. Die speditive Abfertigung kam so schliesslich allen zugute. Petra Schneider hielt es nicht mehr aus.

«Herr Hrdina, es tut mir leid, aber ich muss zur Arbeit. Ich schlage vor, wir fahren zurück ins Dorf und fragen nach dem Polizisten. Bestimmt weiss da jemand Bescheid und kann Ihnen helfen. Nachher können Sie Ihren Wagen nehmen und bequem nach Hause fahren.» Damit war Hrdina einverstanden.

In Guttannen reckten die Gäste im Gartenrestaurant ihre Hälse. Gut möglich, dass einigen Herren an den Tischen die Frau am Steuer sehr wohl bekannt war. Interlaken war ja keine Tagesreise von Guttannen entfernt.

Hrdina verabschiedete sich bei Petra Schneider und versprach, sich in der Vorhangsache so schnell als möglich zu melden. Er ging ins Restaurant, steuerte direkt auf die Theke zu und fragte nach dem Beamten. Der Polizist sitze draussen auf der Terrasse, gab der Wirt zur Antwort. Tatsächlich sass da ein Mann in Uniform gemütlich beim Kaffee und las entspannt die Zeitung.

Hrdina räusperte sich und sprach ihn an. «Ach, Sie sind schon hier? Ja, so etwas. Sie kommen doch von Interlaken her, oder? Das braucht normalerweise seine Zeit», rechtfertigte sich der Polizist und stürzte den Kaffee hinunter.

Das passende Kleingeld legte er neben die Tasse. «Bitte steigen Sie ein, wir fahren zu Ihrem Auto», bat der Beamte Frantisek Hrdina.

Wieder drehten sich die Gäste um und schauten dem wegfahrenden Auto nach. Selten wurden hier Leute im Polizeiauto weggebracht.

«Hier müssen Sie noch unterschreiben», sagte der Polizist und legte ein Formular auf die Motorhaube.

«Wann genau der Wagen abgestellt wurde, können wir nicht sagen. So wie es aussieht, wurde die Fensterscheibe schon vorher eingeschlagen. Hier konnten wir keine Glassplitter finden. Ansonsten haben wir keine Schäden festgestellt.»

Sie gingen einmal um das Auto herum. Tatsächlich gab es weder Beulen noch Kratzer, vermutlich hatten die Diebe einfach eine Spritztour gemacht.

Neben einer Wolldecke, die Hrdina immer im Wagen mitführte, lagen einzig ein paar Sandwichreste und eine angefangene Portion Pommes auf dem Rücksitz, und auf dem Boden stand eine halbleere Büchse Bier.

Der Polizist verabschiedete sich und fuhr rückwärts auf die Passstrasse, von da weiter in Richtung Guttannen.

Hrdina machte sich sogleich daran, sein Auto ebenfalls aus der engen Fahrstrasse auf die Hauptstrasse zu manövrieren. Auch im Handschuhfach zeugte nichts von der nächtlichen Entführung, alles lag an seinem Platz. Hrdina gewann langsam seine Ruhe wieder.

Endlich stand seiner Heimreise nichts mehr im Weg. Zu Hause sah die Sache dann wieder anders aus, doch da-mit wollte er sich zu gegebener Zeit befassen.

Behutsam drehte er den Zündschlüssel - und es passierte gar nichts. Oder fast nichts. Der Motor lief nämlich, aber Hrdina konnte keinen Gang einlegen. Es war wie verhext. Die Karosse fuhr weder vorwärts noch rückwärts.

Hrdina stieg aus und ging nochmals um das Auto herum. Es gab nichts, was die Wegfahrt stören würde. Es liess sich bloss kein Gang einlegen. Es schien, als bestünde das Getriebe nur noch aus einem Leerlauf. Hrdina lehnte sich an den Kotflügel und holte tief Luft. Das durfte doch nicht wahr sein! Wie konnten sich so viele dumme Zufälle und Pech aneinander reihen!

Er schaute nach oben, den dunklen Stämmen der Tannen entlang in den blauen Himmel. Was sollte bloss noch alles auf ihn zukommen an diesem verflixten Wochenende! Nochmals startete er einen Versuch. Es half nichts - das Gefährt tönte völlig gesund, machte aber keinerlei Anstalten sich zu bewegen.

Hrdina zog den Schlüssel ab und stieg aus. Abschliessen brauchte er ja nicht. Das kaputte Seitenfenster stand sowieso offen und dass nochmals jemand einen Diebstahl wagen würde, daran glaubte selbst Hrdina nicht. Zum Glück war es nicht weit bis ins Dorf und schon kurze Zeit später sass er wieder im selben Restaurant und blätterte das kleine gelbe Telefonbuch durch, auf der Suche nach einer Autoreparaturwerkstatt.

Da gab es einige. Das Problem war nur, dass an einem Sonntag nur wenige Garagen offen hatten.

Hrdina telefonierte eine ganze Reihe durch, bis schliesslich jemand den Hörer abnahm und sich mit «Garage Heller, Innertkirchen» meldete. Hrdina erklärte seine missliche Lage, nannte den Autotyp und wartete ungeduldig auf eine Antwort.

Den Mechaniker schien das Problem nicht besonders zu erstaunen. Er versprach, den Schaden zu begutachten und wenn möglich, zu beheben. Allerdings erst in einer Stunde oder etwas mehr, zuerst müsse er sich noch um einen anderen Patienten kümmern.

Sie vereinbarten ein Treffen im Restaurant in Guttannen. Hrdina solle da warten, bat Garagist Heller, dann sei man mit der Zeit etwas flexibler. «Ist gut», sagte Hrdina. Er konnte ja zu diesem Zeitpunkt noch nicht wissen, dass es der Mechaniker mit der Zeit sehr flexibel hielt.

Hrdina hatte mehr als zwei Stunden gewartet, bis er schliesslich zum Telefon griff und gereizt fragte, wo denn der Mechaniker blieb. Immerhin stand noch die Nachhausefahrt bevor und vier Uhr nachmittags war bereits vorüber. «Ja, hier Heller. Wie? Ja, ich komme gleich - ein knifflige Sache hier, verstehen Sie», gab der Garagist zur Antwort.

Auf der Terrasse war es angenehm. Schattig und sommerlich warm. Gäste kamen und gingen, Hrdina blieb und bestellte das dritte Bier, dieses Mal ein grosses. Die Zeitungen hatte er be-reits alle durchgeblättert. Selbst auf den Bierdeckeln in der roten Plastikschale fand er keine neuen Sprüche mehr.

Die Weisheiten über Hopfen und Malz wiederholten sich: «Insgeheim macht Bier allein die Seele rein.» oder: «Bier allein ist nichts Besonderes. Erst dein Durst macht es so einzigartig.» Beim nächsten Spruch musste Hrdina lange überlegen, er fand einfach keinen Sinn darin: «Ich denke, also Bier ich.»

Hrdina spielte geistesabwesend mit den Bierdeckeln. Ein seltsamer Spruch. Und noch einer: «Bier hat seinen Grund, weil es da ist.»

Jetzt spielte Hrdina mit den Worten. «Der Mechaniker hat einen Grund, warum er noch nicht da ist.» Ja, der Mechaniker! Hrdina schaute auf die Uhr: Es ging schon gegen fünf Uhr zu und vom Garagisten war weit und breit nichts zu sehen.

Hrdina versank wieder in der Gedankenwelt, dachte an den Vorhangauftrag, an Petra Schneider. Und an seine Frau, die wahrscheinlich ihrer Schwester von ihrem Schicksal berichtete und ihn zum Scheusal stempelte. Er konnte sie schon die ganze Zeit über nicht erreichen, offensichtlich wollte sie nichts von ihm wissen. Die Gedanken kreisten.

Es war schon eine Katastrophe. Ihre Ehe drohte zu zerbrechen, ohne dass sie jemals über ihre Probleme gesprochen hatten. Klar, meistens schwieg er. Auch damals, vor einem Jahr, als seine Gattin forderte, irgendwann müsse es doch weitergehen im Leben mit ihnen beiden.

Hrdina begriff schnell und reagierte. Die darauf folgenden Sommerferien verbrachten sie darum nicht wie gewohnt am Mittelmeer. Sie gingen weiter weg von Europa, auf die Seychellen. Beide. Die lange Reise beflügelte ihre Partnerschaft jedoch kaum.

Grosse Lust zum Diskutieren konnte er auch dort nicht entwickeln. Hrdina war wegen der Hitze zu nichts anderem fähig, als unter dem Sonnenschirm zu schwitzen, während seine Frau von den agilen Tauchlehrern hell begeistert war. Er sah sich in seiner Theorie bestätigt, wenn seine Frau nach einem erfüllten Nachmittag stumm neben ihm sass unter dem Sonnenschirm und sie einander anschwiegen. Nur einmal sprach er das Thema an: Er habe es ihr doch gleich gesagt, dass sich Ferien immer gleich anfühlten - egal, ob man in Italien oder auf den Seychellen im heissen Sand sitze. Aber was könne er dafür, sie hätte ja schliesslich weitergehen wollen. Und das habe er organisiert. Seine Frau hörte ihm nicht zu. In Gedanken plante sie wohl schon den nächsten Tag - zusammen mit dem Tauchlehrer. Das war im letzten Sommer.

Daran dachte Hrdina, als er zum letzten Schluck Bier ansetzte. Wieder kam ihm Petra Schneider in den Sinn, ihr Studio «Lotus», die jungen Frauen dort.

Der Auftrag mit den Erotik-Vorhängen hing wie ein Damoklesschwert über ihm und über der Courtena AG. Dass sich Sven Tirebeg und Bettina Breitenmoser um die Sache kümmern sollten, fand er je länger je mehr keine gute Idee. Die beiden schienen ihm längst nicht mehr geeignet dafür. Zu beschränkt in den Fähigkeiten der eine, zu viel Eigeninitiative bei der anderen. Hrdina musste das delikate Geschäft selber abwickeln, davon war er nun überzeugt.

Die Sujetvorgaben hatte er ja von Petra Schneider bereits bekommen. Aus den Skizzen überzeugende Motive zu schaffen, das konnte doch nicht so schwierig sein. Je mehr er darüber nachdachte, desto sicherer war er: Die Sache zog er allein durch. Optimale Ressourcenplanung, maximaler Gewinn, keine langwierigen Erklärungen - was wollte er mehr.

Hrdina fühlte sich plötzlich besser. Nicht mehr so durcheinander, wie am Morgen am Bahnhof Interlaken Ost. Oder vorhin, als er sein Auto nicht zum Fahren brachte. Vor seinen Augen sah er, wie er eine gelungene Zeichnung nach der anderen mit den gewagtesten Darstellungen von der Staffelei nahm und ihm Petra Schneider anerkennend auf die Schulter klopfte. So schnell konnte sich ein schlechter Tag in einen guten verwandeln! Gelöst bestellte er nochmals ein Bier, lehnte sich entspannt zurück und blickte hinunter ins Tal.

Bald kam der Mechaniker, machte ein paar Handgriffe am Auto und schon ging es heim. Hrdina freute sich auf die Fahrt. Im Moment machte ihm das Alleinsein wenig aus, wenn er nach Hause kam. Vielleicht musste das ja alles so passieren, dachte er sich.

Das Klingeln des Telefons weckte ihn aus den Träumen. Am Apparat war der Mechaniker: «Hallo, ja ich bin auf dem Weg zu Ihnen. Allerdings gibt's noch einen Notfall unterwegs, ich muss noch schnell Halt machen. Ja, ich weiss, die Stunde ist längst um. Heute ist aber auch ein hektischer Sonntag. Selbstverständlich! Berücksichtigen, beim Honorar. Ja, ist gut, also bis gleich. Wie? Ungefähr in einer halben Stunde.»

Hrdina schaltete genervt seine Telefon aus. Mehr als drei Stunden sass er nun schon hier und wartete.

Hrdina winkte der Kellnerin hinter der Theke und bald stand ein weiteres Bier vor ihm. Nach einem Gang zur Toilette nahm er sich den «Tierfreund» von der Garderobe und setzte sich wieder.

Das Magazin schien ihm eher uninteressant. Was wollte der Chef der grössten Duschvorhang-Fabrik mit einem Bauernjournal anfangen? Interessierte es ihn, wie sich Schafzüchter vor gefährlichen Wölfen schützten? Oder gingen ihn die Debatten über die Effizienz von Mähdreschern oder die Erfahrungen im Obstanbau mit Niederstamm-Plantagen etwas an? Einzig die Kleininserate waren amüsant.

«Jung-Bauer, Mitte 40, mit Fuhr- und Fahrhabe sucht Partnerin. Kräftig, robust, gesund, ausdauernd. Alter egal, junge Frauen bevorzugt.» Hrdina musste schmunzeln. Wenn es so einfach wäre, dachte er sich und las weiter: «Zu verkaufen frisch gekalbte, braune Ausmelkkuh mit Horn. Dazu 8 Stück 40-Liter-Alu-Milch-kannen, käsereitauglich, eine automatische Absackwaage für Kartoffeln und einen Bandheuer. Preis Verhandlungssache.»

Was es nicht alles gab! Er kratzte sich am Kopf und blätterte weiter.

Beim grossen Interview, einem Streitgespräch unter Fachleuten, blieb er hängen. Ihn interessierten weniger die Meinungen eines gewissen Professor Rudger Hageenbuk und seiner Gesprächs-partnerin Bernadette Gehner.

Vielmehr wunderte er sich über die seltsame Frage der Le-serin. Was fand sie bloss spannend daran, ob sich ein Hund im Spiegel sehen kann oder nicht. Hrdina griff zum Bierglas.

Und doch. Wenn er sich das genauer überlegte - die Antwort war gar nicht so einfach. Bestand zwischen Sehen und Erkennen ein wesentlicher Unterschied?

Hrdina suchte nach einem Beispiel.

Angenommen, jemand zeigte ihm ein Foto eines Tieres, das er vorher noch nie gesehen hat. Selbstverständlich würde er das se-hen - aber trotzdem nicht wissen, was es ist. Dementsprechend konnte er es auch nicht als das erkennen, was es wirklich ist.

Er sähe es nur und wüsste, dass es existiert - mehr nicht. Beim Spiegelbild lag die Sache ähnlich. Schaut man in den Spiegel, er-kennt man sich. Aber eigentlich ja nur darum, weil man schon vorher weiss, wie man aussieht und vor allem auch weiss, dass man jetzt gerade in den Spiegel schaut.

Hrdina nahm den letzten Schluck Bier und bestellte gleich das nächste. Der Gedanke mit dem Hund im Spiegel faszinierte ihn und fasste nochmals zusammen: Wer weiss, wie er aussieht, er-kennt sich, wenn er in den Spiegel schaut. Das schien logisch. Doch wie kann jemand wissen, wie er aussieht, wenn er sich noch nie im Spiegel gesehen hat? Selbst wenn man jemandem ein Foto von sich selber zeigt - er kann sich darauf unmöglich erkennen.

Es braucht dazu die Bestätigung von Jemandem, dass die Gestalt auf dem Foto und der Betrachter ein und dieselbe Person ist. Folglich geht das Wissen über die eigene Existenz dem Erkennen seiner selbst voraus.

Hrdina wurde schwindlig von den absurden Gedanken. Für einmal empfand er das Läuten des Telefons als eine Erlösung. Es war wieder der Mechaniker.

Er habe noch schnell auf den Pass fahren müssen, sei jetzt aber auf direktem Weg nach Guttannen. Er schlug vor, sich in einer Viertelstunde direkt beim Auto zu treffen, da sich dieses ja wenig oberhalb des Dorfes auf einem Waldweg befand.

Hrdina war einverstanden und verlangte die Rechnung. Insgesamt sechs Bier standen drauf, darunter zwei Grosse.

Er bezahlte und trat von der Terrasse auf die Strasse. Das Bier forderte Tribut. Hrdina fühlte sich wacklig auf den Beinen und musste sich beim Überqueren der Strasse stark konzentrieren.

Den Weg hinauf zum Auto kannte er ja. Die hohen Berge im Westen warfen bereits lange Schatten über das Tal, die Osthänge leuchteten hell in der Abendsonne. Hrdina folgte der Strasse und passte auf, dass er nicht aus dem Tritt kam.

Vielleicht gar nicht so schlecht, wenn der Mechaniker ein bisschen länger brauchte für die Reparatur, dachte er sich, während er ging. Und die Waldluft verhalf ihm bestimmt wieder zu einem klaren Kopf.

Von dem Augenblick an, als Harrass das Monster erblickt hatte, wusste er, dass es nur noch eines gab: Bedingungslose Flucht.

Harrass hatte Angst und ärgerte sich dazu masslos. Er konnte nicht verstehen: Wieso verfolgte ihn das Monster immer wieder?

Und vor allem: Wieso half ihm Bettina nicht? Im Gegenteil: Sie liess es sogar noch zu, dass die schwarze Bestie im Auto mitfuhr. Vorne, nicht hinten wie er. Bettina und das Monster machten also gemeinsame Sache!

Harrass war sehr enttäuscht. Und wütend, auf das Monster, auf Bettina und auch ein bisschen auf sich selbst. Wieso hatte er bloss so artig mitgespielt, als sie damals im Fernsehen über ihn berichteten. Hätte er sich damals richtig gewehrt und die Kamerafrau in den Fuss gebissen, wäre das alles nicht passiert. Er wäre zu jemand anderen gekommen, hätte draussen im Freien gewohnt und wäre dem Monster nie begegnet.

Immer weiter rannte Harrass, das Rufen der Frauen verstummte schon bald. Links von ihm tauchte das Restaurant auf, wo er noch vor kurzem die hübsche Pudel-Dame getroffen hatte und wo es so fein nach Essen schmeckte.

Einen kurzen Augenblick dachte er an den Hunger, den er schon seit geraumer Zeit mit sich herumtrug. Doch die Angst war stärker. Er blieb auf der Passstrasse und wollte so schnell als möglich weg. Weg vom Monster, weg von Bettina.

Harrass war ein guter Läufer. Der Asphalt floss unter dem schwarzen Fell nur so dahin. Seine Augen suchten sich den Weg in die Freiheit, führten ihn zwischen Autos hindurch, halfen ihm über Randsteine zu springen und liessen ihn ungehemmt rennen, über Stock und Stein. Er spürte weder Schmerz noch Müdigkeit, keinen Hunger und Durst.

Wohin ihn die Beine trugen, wusste er nicht. Harrass wollte einfach weg von diesem kahlen, felsigen Berg. Hinein in den Wald, wo es keine Strasse und Menschen gab - und auch keine Monster. Erst da fühlte er sich sicher.

Und tatsächlich: Schon bald wichen die Grasfelder und Alpen-
wiesen den ersten Baumgruppen und nicht weit weg begann der
dunkle Wald.

Einzig die grasfressenden Ungetüme, die er schon am Tag zuvor
getroffen hatte, standen noch zwischen ihm und dem rettenden
Gehölz. Aber jetzt folgten sie ihm nicht und glotzten nur dumm.
Harrass verlangsamte die Flucht und schaute hinter sich, um
sicherzugehen, dass ihm niemand folgte. Er war allein. Locker
und entspannt trabte er talwärts.

Nach ein paar hundert Metern entdeckte er einen Weg, feder-
weich und mit Millionen von Tannennadeln übersät. Diesem
Pfad folgte Harrass. Dorthin, wo es keine Monster gab - dafür etwas zu essen. Nach der ganzen aufregenden Flucht war er hungrig wie ein Wolf.

Nur wenig Geräusche waren zu hören, die meisten von der nahen Passstrasse. Ein dünnes Bimmeln ganz in der Nähe läutete
zum Sonntagabendgottesdienst um halb sieben. Es war die Kirche von Guttannen.

Der Weg führte steil hinunter. Harrass trottete gleichgültig seinem unbekannten Ziel entgegen. Die Schnauze tat ihm nicht
mehr weh, obwohl das Monster doch ordentlich zugeschlagen
hatte. Aber das war ja schon eine Weile her.

Inzwischen dachte Harrass vielmehr ans Essen und ans Schlafen. Selbst über seinen Napf zu Hause in Zürich würde er sich
jetzt stürzen, wohlwissend, dass da das Monster und Bettina
waren. So stark war sein Hunger. Und schlafen! Ja, das wäre was!
Auf seiner Decke, zuerst im Korb, dann neben dem Korb, zum
Schluss unter der Decke, so wie er das immer tat.

Aber hier gab es weit und breit nichts. Keinen Napf und keine
Decke. Je länger er lief, desto lauter wurde der Motorenlärm. Der

Weg mündete offensichtlich in die Passstrasse, wo immer noch viele Fahrzeuge verkehrten. Harrass konnte bereits die Autos vorbeifahren sehen. Ein paar Meter im Wald zurückversetzt von der Strasse, stand sogar eines mitten auf dem Waldweg.

Harrass blieb stehen. Es lag etwas in der Luft. Ein Duft. Eine Spur von Öl, Frittieröl. Eine leise Ahnung von Schinken. Ein Hauch von Brot. Er reckte seine Nase in alle Richtungen. Wo kam dieses betörende Aroma her, wo sollte er mit Suchen beginnen?

Harrass verliess den Weg und schnupperte über den trockenen Waldboden. Aber hier verlor sich die Spur, es ging in die andere Richtung. Zurück auf dem Weg war der Duft wieder stärker. Doch Harrass konnte nichts entdecken, keinen Abfallsack und auch keine kleinen Kartonschachteln, wie sie sonst in Zürich oft herumlagen.

Trotzdem; irgendwo musste der Schatz verborgen sein! Er schaute nach oben, vielleicht hing das Zeug ja in den Bäumen. Aber auch das war Fehlanzeige.

Harrass litt. Selbst wenn etwas in seinen Augen ganz aussergewöhnlich aussah oder wenn seine Ohren die unerklärlichsten Töne vernahmen - seine Nase täuschte ihn nie. Irgendetwas musste hier sein, aber wo?

Er schlich um das parkierte Auto herum. Irgendjemand hatte den Wagen hier eiligst abgestellt. Plötzlich wurde der Geruch stärker. Harrass suchte unter dem Wagen, schnupperte durchs Kühlergitter und untersuchte die Räder. Da war nichts. Schliesslich stieg er mit den Vorderpfoten hoch und stützte sich auf den Fensterrahmen.

Endlich! Hier heraus kam der betörende Luftstrom - und das Allerbeste war: Das Fenster stand offen! Harrass zögerte keine Sekunde. Mit einem eleganten Sprung schwang er sich ins Wageninnere auf den Rücksitz und machte sich gleich an die feinen Sachen. Vergessen waren in diesem Augenblick Mühe und Schrecken, Monster und Bettina und überhaupt die ganze Pein.

Es gab zwei schöne Sandwichstückchen, einmal mit Schinken, einmal mit Salami. Dazu lagen da Pommes, wie von einem König serviert. Harrass war ausser sich vor Freude. Das Mahl dauerte nur wenige Minuten. Er wusste ja nicht, ob nicht plötzlich ein Anderer auftauchte, mit dem er sein Festessen teilen musste.

Alles war - fast perfekt.

Denn nun plagte ihn der Durst. Ein Wasserschälchen hätte genügt, aber da gab es nur diese Büchse, aus der ein leicht säuerlicher Geruch entwich. Harrass berührte sie mit seiner Schnauze und schon fiel sie um. Eine schaumige Flüssigkeit verteilte sich auf dem Boden. Harrass schlabberte alles auf. Schmecken tat es ihm nicht besonders, jedoch fühlte er sich plötzlich pudelwohl.

Ja, Glück musste man haben! Für einen Augenblick vergass er die ganzen Strapazen und bemerkte, wie weich und bequem alles war rund um ihn herum. Viel Platz, gepolstert, vom Wind geschützt. Optimal für ein kleines Nickerchen.

Er drehte sich zwei, dreimal im Kreis und legte sich aufs weiche Polster. Die Wolldecke, die auf dem Sitz lag, erinnerte ihn an zu Hause. Vorsichtig kroch er darunter und vergrub den Kopf zwischen den Pfoten. Augenblicklich schlief er tief und fest.

Vom Dorf herauf drang das helle Geläut der Kirche, die Sonntagabendmesse ging wie gewöhnlich um Viertel nach sieben zu Ende.

Frantisek Hrdina sah die Kurve der Passstrasse schon vor sich auftauchen. Mittendrin befand sich die Abzweigung in den Waldweg, wo sein Wagen stand. Kurz bevor er das Auto erreichte, erschreckte ihn eine lautes Hupen. Hinter ihm machte ein weisser

Kombi mit Lichtzeichen auf sich aufmerksam. Das musste der Mechaniker sein. Garagist Heller bog schwungvoll in den Waldweg ein und blieb vor Hrdinas Auto stehen. Dieser begrüsste den lang ersehnten Helfer.

«Das ging jetzt aber lange», bemerkte er, während Heller seinen Werkzeugkasten aus dem Wagen stemmte.

«Ja, Sie müssen entschuldigen, es ist die Hölle los auf den Pässen. Aber jetzt schauen wir einmal, was ihrem Wagen fehlt.»

Er bat um den Zündschlüssel und startete den Motor. Den Rückwärtsgang konnte auch er nicht einlegen.

«Ja, da klemmt etwas. Das haben wir gleich.»

Er öffnete die Motorhaube und hantierte zwischen Motorblock und Getriebe. Hrdina sass im Auto und riegelte auf Hellers Befehl am Ganghebel herum. Vorerst war der Aktion noch kein Erfolg beschieden. Heller fluchte leise und nahm gröberes Werkzeug zur Hand. Behutsam, aber gezielt, klopfte er auf eine Eisenstange, die er zuvor an einem Getriebeteil angestellt hatte.

«Jetzt, nochmals Motor starten und kräftig nach hinten ziehen! Kupplung nicht vergessen!», rief er Hrdina zu.

Der tat, wie ihm geheissen. Es erklang ein rüdes Rattern, dann sprang der Hebel zurück und der Rückwärtsgang war eingelegt.

«Sehen Sie, schon repariert! Da hat sich eine Exzenterscheibe verklemmt, darum konnte man nicht mehr schalten. Fahren können Sie jetzt problemlos, trotzdem empfehle ich Ihnen, einen gründlichen Service machen zu lassen.»

Heller kontrollierte noch ein paar Schrauben und Schläuche, klappte die Motorhaubenstütze ein und liess die schwere Blechhaube mit lautem Krachen zufallen.

Wie vom Blitz getroffen, stand Harrass bocksteif auf dem Rücksitz und bellte wie am Spiess. Der Knall riss ihn wie eine Bombe aus dem Schlaf. Hrdina biss vor Schreck beinahe ins Lenkrad und stürzte aus dem Auto.

«Ha, ha! Ihr Hund ist wohl etwas schreckhaft», rief Heller vom Heck seines Wagens, wäh-rend er den Rapport ausfüllte.

«Was, mein Hund! Das ist nicht mein Hund. Weiss der Kuckuck, woher der kommt!», schrie Hrdina und schaute abwechselnd zu Heller und dann wieder in seinen Wagen, wo Harrass noch immer lauthals bellte.

«Er muss durch das kaputte Fenster eingestiegen sein, bevor wir hier waren.» Heller schaute ihn verdutzt an.

«Nun, dann scheuchen Sie ihn halt wieder raus, der wird schon verschwinden. Ich bin jedenfalls fertig und brauchte dann noch Ihre Adresse und Unterschrift. Ich schicke eine Rechnung, wenns recht ist.»

Hrdina unterschrieb hastig, der Betrag belief sich auf etwas mehr als hundert Franken. «Besten Dank! Und gute Fahrt!»

Heller stieg in seinen Kombi und brauste davon.

Hrdina traute sich nur zögernd in die Nähe seines Autos. Drinnen sass dieser schwarze Hund und liess ihn nicht aus den Augen. Blitzschnell schnappte Hrdina die hintere Tür und riss sie auf. «So, jetzt aber raus mit dir, sofort», schrie er ins Wageninnere.

Harrass verstummte einen Moment lang, legte dann aber wieder los. Was hatte der Mann bloss? Zuerst legte er ihm die feinsten Sachen vor und jetzt wollte er spielen. Dabei fühlte sich Harrass doch hundemüde und fast schon vollgefressen.

Er sprang aus dem Wagen und setzte sich vor Hrdina, der nervös herumfuchtelte.

Einen Stecken warf er aber nicht weg, also blieb Harrass erwartungsvoll vor ihm sitzen und beobachtete ihn.

«Hau ab, sag ich! Weg!» Jetzt nahm er doch einen kleinen Ast in die Hand und schleudert ihn ins Gehölz. Blitzschnell reagierte der Hund und sprang hinter dem Holz her. Kurz darauf legte er ihn stolz wedelnd vor Hrdinas Füsse und schaute gespannt zu ihm hinauf. Hrdina schaffte es nicht, sich in der kurzen Zeit ins Auto zu setzen.

Also packte er dieses Mal einen grossen, schweren Prügel und schleuderte ihn mit aller Kraft den Waldweg hinauf. Harrass spulte los und erwischte ihn noch im Flug. Ja, das war ein Spiel! So liebte er es!

Hrdina missfiel die Sache ganz und gar. Er wollte endlich nach Hause und nun hing ihm dieser Hund an den Fersen. Nochmals warf er den Stecken ins Unterholz. Doch es half nichts, Harrass sass Sekunden später wieder vor ihm samt Beute.

Hrdina setzte sich regungslos hinter das Steuer und starrte in den dunklen Wald hinaus. Harrass sass geduldig vor dem Wagen und wartete, bis das Spiel endlich weiter ging.

Aber es passierte nichts. Bis Hrdina kurzentschlossen den Motor startete, beide Türen zuzog, das Scheinwerferlicht einschaltete und langsam rückwärts fuhr.

Jetzt war genug! «Soll der Hund doch schauen, wo er bleibt. Ich gehe jetzt nach Hause», brüllte Hrdina laut vor sich hin, während er den Wagen über den engen Waldweg zirkelte.

Harrass verstand die Welt nicht mehr. Erst das feine Essen, dann spielen - und jetzt? Musste er jetzt hier warten? Oder dem Wagen nachlaufen? Er entschied sich für diese Variante und folgte dem Auto, hell erleuchtet von den Scheinwerfern.

Hrdina kämpfte mit dem Rückwärtsfahren, das war nicht seine Stärke. Der Weg war auch fürchterlich schmal, und auf bei-den Seiten gab es tiefe Gräben, gefüllt mit Morast und faulen Blättern. Einmal dort hineinmanövriert, bekam er das Auto nicht mehr ohne fremde Hilfe heraus. Er versuchte, die Spur zu halten. Dabei sah er ständig vor sich im Lichtkegel den wedelnden Hund, der ihn mit grossen Augen anschaute. Noch fehlten zehn Meter bis zur Passstrasse und der Wagen wackelte bedrohlich.

Hrdina fluchte und schlug mit der Hand energisch aufs Steuerrad. Harrass schaute ihm zu und freute sich schliesslich, dass ihn der Mann wieder in den Wagen winkte. Er wusste es doch! Endlich durfte er wieder aufs bequeme Polster und alles war gut. Noch eleganter als beim ersten Mal sprang er durch das offene Fenster, bellte lustig und legte sich sofort auf seine Decke auf dem Rücksitz.

Hrdina war perplex. Harrass hechelte ihm zufrieden entgegen und leckte seine Pfote.

Der Courtena-Chef war mit seinem Latein am Ende. Was konnte er machen? Den Hund mit Gewalt hinaus befördern war vielleicht gefährlich. Doch von allein ging der nicht aus dem Auto, das war klar.

Hrdina schaute auf die Uhr, es war kurz nach acht. Man musste den Hund irgendwo abgeben, ihn deponieren, überlegte er. Anhand der Hundemarke konnte man ihn bestimmt identifizieren - am besten auf dem Polizeiposten. Aber welcher Polizeiposten kümmerte sich an einem Sonntagabend um eine solche Lappalie?

Endlich kam Hrdina die rettende Idee: Er nahm den Hund mit und würde ihn über Nacht bei Petra Schneider im Studio «Lotus» lassen. Sie konnte am nächsten Morgen zur Polizei in Interlaken gehen und den ausgerissenen Vierbeiner abgeben.

Ziemlich sicher stammte er ja sowieso aus der Gegend, was die Sache vereinfachte. Das Studio hatte bestimmt noch Betrieb um diese Zeit und so ,wie er die Chefin einschätzte, machte sie bei dem Plan mit. Hrdina atmete auf. Das war die beste Lösung!

Irgendwie tat ihm der Hund nämlich ein wenig leid. Erleichtert zirkelte er den Wagen über das letzte Stück des Waldweges und erreichte schliesslich die Passstrasse.

Gut gelaunt fuhr er Richtung Meiringen und dann weiter nach Interlaken. Harrass schaute noch eine Weile aus dem Fenster, bald schaukelte ihn das sanfte Ruckeln des Autos wieder in den Schlaf.

Kapitel 14

Die Sonne war längst hinter dem Pilatus untergetaucht, als Sven im Zug nach Luzern sass. Rechts von ihm lag der Vierwaldstättersee ruhig und behäbig da. Am anderen Ufer konnte er die Rigi erkennen. Gleissend stand der grosse Sendemast in der Abendsonne oben auf dem Gipfel.

Sven zog Bilanz über die vergangenen Tage. Der Samstag entwickelte sich noch mehr oder weniger vielversprechend, die Tour verlief bis hinauf auf den Gotthard in geordneten Bahnen. Berner Platte, Alpträume und böse Blähungen trübten Svens strahlenden Sonntagmorgen.

Aber all das hatte er noch im Griff, wäre er nicht auf den dümmsten Hund auf Erden getroffen. Und der befand sich ausgerechnet in der Obhut seiner Arbeitskollegin.

Das Fazit des Tages war niederschmetternd: ein komplett zerstörtes Rennrad, Schrammen und blaue Flecken am ganzen Körper, abgrundtiefe Verachtung für die schwarze Bestie und eine lange Fahrt nach Hause - mit dem Zug.

Von Bettina wollte er auch nichts mehr wissen, die hatte den blöden Köter einfach nicht unter Kontrolle. Ihre Entschuldigungen perlten an ihm ab, wie der Herbstregen an einer Windschutzscheibe. Gegen solche Wiedergutmachungsversuche war Sven immun.

Die Szene, als er mit den Veloschuhen voraus im Bachbett lag, hinter ihm ein Metallgestänge im Schnee steckte, das einmal sein tolles Velo war, trieb in ihm die Wut hoch. War das ein Sch...-Sonntag! Er fügte noch ein paar weitere Posten der Ärgernis zur Schlussbilanz.

Da war zum Beispiel die Arbeit. Fische, Kraken und Meerlandschaften waren seine einzigen Stärken. Stattdessen wartete in der Courtena AG ein Spezialauftrag auf ihn, mit «Szenen» drauf, freizügig und frivol, für ein Bordell. Wenn er die Nackedeis auch zeichnen könnte - Lust darauf verspürte Sven keine.

Auch das Debakel mit dem «Schwund» zeigte sein Unvermögen auf. Was nicht im Wasser schwimmt, war nicht sein Ding.

Dazu eng mit dem «Schwund» verknüpft die aussichtslose Geschichte mit Bettina - eine weitere Baisse in Svens Leben. Ganz klar, die Kollegin hatte hauptsächlich ihren schwarzen Unruhestifter im Kopf - für Sven gab es da keinen Platz. Eine Sekunde lang erinnerte er sich an das unterhaltsame Mittagsgespräch kürzlich und seine Euphorie, die Sache sei auf gutem Weg. So konnte man sich täuschen!

Während sich der Zug über die unzähligen Weichen in den Luzerner Bahnhof schlängelte, zählte Sven in Gedanken Aufwand und Ertrag seines Daseins in seinem Leben zusammen. Gewinn blieb da wenig übrig. So schätzte Sven die Situation ein und fühlte sich recht mies dabei.

Gedankenverloren stieg er in den Zug nach Zürich um, die Tasche mit den Veloutensilien und den Sportkleidern schmiss er lustlos auf den Nebensitz. Er versuchte, auf andere Gedanken zu kommen.

Positiv an diesem Sonntagabend war einzig und allein, dass er Hausschlüssel und Portemonnaie dabei hatte, nicht wie vor ein paar Tagen bei der Sattelegg-Tour. Zu Hause wollte er dann einen Schlussstrich ziehen, den bösen Tag beschliessen und Schmach und Pein des Wochenendes in Hopfen und Malz ertränken. Und gleich am Montag ging die Angelegenheit in die zweite Runde: Im Geschäft wartete eine heftige Diskussion mit Bettina, sie musste ja für den Schaden an seinem Velo und der Ausrüstung aufkommen.

Zu Hause bei Lola verbrachte Bettina nur noch einen kurzen Augenblick. Sie war sehr traurig. Harrass war nicht mehr aufgetaucht. Immer wieder fuhren sie die Passstrasse hinauf und hinunter, riefen und schauten in alle Richtungen - doch ihr Hund liess sich nicht mehr blicken. Lola versuchte, ihre Freundin zu trösten und machte ihr Hoffungen.

«Er ist ganz bestimmt an einem sicheren Ort. Wenn er Hunger hat, wird er sich irgendwo in der Nähe der Häuser aufhalten, wo man ihn entdeckt. Und mit der Hundemarke am Halsband findet man sofort heraus, wem er gehört. Verletzt war er ja nicht, sonst wäre er nicht davongerannt, wie von der Tarantel gestochen.»

Bettina hörte nur mit einem Ohr zu und stieg gedankenversunken ins Auto. Natürlich hatte Lola recht. Trotzdem trieben ihr die Gedanken an den vermissten Harrass Tränen in die Augen. Für einen Moment dachte sie daran, über den Brünigpass zurückzufahren und die Suche nochmals aufzunehmen.

Bereits legte sich aber die Dämmerung über das Tal - und im Dunkeln den Hund zu finden war chancenlos. Schweren Herzens fuhr sie Richtung Zürich nach Hause.

Während der Fahrt ging ihr das Wochenende durch den Kopf. Es hatte so schön angefangen. Der ruhige Morgen mit Harrass am See. Eine gemütliche Fahrt in die Innerschweiz und das freudige Treffen mit Lola. Schliesslich der lustige Abend im Club - alles war gut am Samstag. Tags darauf die strahlend schöne Bergwelt und die Fahrt über die Pässe mit den kurzweiligen Pausen dazwischen. Richtig gute Erholung. Bis dann der Super-Gau eintraf und die Wetterlage von Sonnenschein auf Gewitter wechselte.

Wie konnte das nur passieren! Bettina versuchte, sich genau zu erinnern, wie alles ablief. Sie fuhren die Strasse hinauf. Es war warm im Auto, die Fenster geöffnet und es bestand kein Grund für Harrass, sich aus dem Wagen zu stürzen.

Irgendetwas musste ihn zu Tode erschreckt haben. Dass sich die Wege von ihr und Sven just zur selben Sekunde kreuzten, war ein fataler Zufall. Natürlich traf ihn keinerlei Schuld.

Wie konnte er wissen, dass ihm ein Hund vor die Räder springen und ihn zum Sturzflug über die Böschung zwingen würde. Ausgerechnet Sven! All die Annäherungsversuche der vergangenen Tage und Wochen gingen in einem kurzen Augenblick sprichwörtlich vor den Hund. Sie verstand Svens Ärger.

Zur Angst um ihren Schützling schlich sich ein dumpfes Gefühl der Wut. Es war ja nicht das erste Mal, dass Harrass ihr Sorgen bereitete. Schon im Büro nutzte er die erstbeste Gelegenheit, sich bei Sven unbeliebt zu machen. Als wenn er daheim nichts hätte, das er beissen und zerfetzen konnte. Der Samichlaus genügte ihm offenbar nicht, es mussten auch noch Svens Veloschuhe sein.

Dank Bettinas geschickter Strategie konnte sie die Wogen damals mit einem gemeinsamen Mittagessen nochmals glätten. Jetzt aber war das Chaos perfekt! Sven würde mit ihr kaum noch ein Wort wechseln und ihr dazu eine fette Rechnung für die verursachten Schäden präsentieren.

Wie es dann bei der Arbeit weiter ging, daran mochte Bettina gar nicht denken. Immerhin hatte sie ja täglich mit Sven zu tun, das war unvermeidlich.

Die Gedanken an die Arbeit lähmten sie vollends. Nebst der höchst unangenehmen Geschichte mit Sven lag auch noch die Sache mit den erotischen Vorhängen in der Luft. Nicht auszumalen, wenn Frantisek Hrdina Ernst machen und den Auftrag tatsächlich Bettina und Sven übertragen sollte. Das schien ihr nun gänzlich unrealistisch.

Ausgerechnet jetzt, bei der dicken Luft zwischen ihr und Sven. Und mit dem Verhältnis zum Chef stand es auch nicht zum Besten.

Ein bisschen Schuld trug Harrass auch, da der für die Unordnung im Geschäft gesorgt hatte und ihr prompt ein Rüge des Chefs bescherte. In den Zürcher Vororten angekommen, waren Bettina all die Überlegungen leid.

Sie wollte nur noch nach Hause und sich ins Bett verkriechen. Der Montagmorgen stand ganz im Zeichen der Suche nach Harrass. Als Erstes plante sie, sich mit der Polizei in Guttannen oder mit einem Posten in der Nähe in Verbindung zu setzen. Möglicherweise hatte jemand den Hund bereits abgegeben oder gemeldet. Vielleicht wussten die Beamten sonst etwas über seinen Verbleib.

Für den nächsten Tag plante Bettina in der Courtena AG anzurufen und auszurichten, dass sie verhindert sei und erst am Dienstag wieder zur Arbeit erscheinen werde.

Auf Hrdinas Verständnis für ihre Situation hoffte sie vergebens. Seine Reaktion auf Harrass' Besuch in der Courtena AG war ihr ja noch in bester Erinnerung. Mit dem Fernbleiben am Montag liess sich auch das Zusammentreffen mit Sven noch ein wenig hinauszögern. Vielleicht war bei ihm der grösste Ärger bis zum Dienstag verraucht.

Als sie die Wohnungstür aufschloss, blieb alles ruhig. Weder stürmisches Bellen noch freudiges Wedeln erwartete sie. Bettina fühlte sich einsam und weinte leise. Irgendwo draussen in den dunklen Bergen des Berner Oberlands sass ihr Harrass.

Womöglich hatte er Hunger und ängstigte sich zu Tode, ganz allein in der unbekannten Gegend. Ein Schreckensbild nach dem anderen tauchte vor ihren Augen auf.

Einmal sass das kleine Hündchen schlotternd im Wald und jaulte jämmerlich. Ein andermal irrte das junge Tier ziellos im Dunkeln umher, geradewegs auf eine tiefe Schlucht zu, wo es hinabzustürzen drohte. Verzweifelt kroch Bettina ins Bett und versuchte zu schlafen, aber die Sorgen um Harrass beschäftigten sie die ganze Nacht.

Harrass hatte derweil ein anderes Problem. Der Rücksitz des noblen Autos war zwar bequem, trotzdem plagten ihn kleine Krämpfe in den Beinen. Wahrscheinlich lag es daran, dass er vor der Fahrt doch einige Kilometer den Pass hinuntergerannt war. Zur Lockerung streckte er sich nach allen Seiten und richtete sich auf, so dass er über die Vordersitzlehne durch die Windschutzscheibe sah.

Wie lange er geschlafen hatte, wusste er nicht. Es mussten Stunden gewesen sein. Harrass fühlte sich auf jeden Fall recht munter. Frantisek Hrdina fummelte gerade am Autoradio herum und bemerkte den Fahrgast im Wagenfond.

«Aha, bist du wieder wach! Jetzt nur nicht bellen und schön ruhig bleiben, wir sind gleich da», sagte er freundlich.

«Irgendwie doch ein lieber Mann», dachte Harrass und legte sich nochmals hin. Schon bald war er wieder zu Hause, bei Bettina und dem Samichlaus und natürlich bei seinem Fressnapf, wo es hoffentlich richtig zu Futtern gab.

Minuten später hielt der Wagen an und Hrdina öffnete die Tür. Harrass wollte auch gleich hinaushüpfen, der Mann hielt ihn aber zurück. Er sprach ruhig und streichelte ihm über den Kopf.

«Warte hier, ich komme gleich wieder», versicherte Hrdina und ging eilends hinüber zum Wohnblock, wo sich das «Lotus» befand.

Kein Mensch war zu sehen, weder auf dem Vorplatz noch im Treppenhaus. Hrdina war beruhigt. Er wollte an diesem Sonntag keine Unannehmlichkeiten mehr erleben.

Er klingelte an der Tür und vernahm sogleich die vertraute Begrüssungsrede, wie man sie im «Lotus» pflegte.
Vor ihm stand wieder eine spärlich gekleidete Frau und trug ihm die Palette der Dienstleistung vor. Er dankte höflich und unter-brach die Dame, noch bevor sie zu den Details kam.

«Entschuldigen Sie bitte, aber ich komme mit einem anderen Anliegen zu Ihnen. Ist es möglich, mit Frau Petra Schneider zu sprechen?»

Die Frau musterte ihn von oben bis unten, fragte nach dem Namen und ging dann in Frau Petras Büro. Kurz darauf erschien die Chefin im Korridor. Auch sie sah aus, als führe sie eher an den Südseestrand, als ginge sie in die Oper.

Hrdina schluckte leer und erklärte der «Lotus»-Chefin sein aussergewöhnliches Anliegen. Sie bat ihn ins Büro, wo er die vergangenen Stunden in wenigen Sätzen zusammenfasste, vom Warten auf den Automechaniker bis zum zufälligen Zusammentreffen mit dem schwarzen Hund.

«Ich dachte mir, es wäre einfacher, wenn Sie morgen den Vermissten bei der Polizei melden. Jetzt ist es schon zu spät. Und, zugegeben, ich möchte nicht noch einmal beim Polizeiposten vorsprechen, Sie verstehen doch ...»

Petra Schneider schaute ihn fragend an und wollte antworten, als Hrdina noch anfügte, der Hund sei im Übrigen ganz anständig und verfüge über eine gute Kinderstube. Jedenfalls habe er sich korrekt und ruhig verhalten auf der Fahrt hierher. Und zudem wolle er so schnell wie möglich nach Hause, wegen seiner Frau und überhaupt.

Petra Schneider willigte zögernd ein und bat Hrdina, den speziellen Gast zu holen. Allerdings müsse dieser noch eine Weile im «Lotus» verbringen, Feierabend sei auch am Sonntag nicht vor Mitternacht, gab sie zu bedenken.

Dies wiederum kümmerte Hrdina wenig. Hauptsache, er war den Vierbeiner los und konnte endlich nach Hause fahren. Als er sich dem Auto näherte, kam ihm die kaputte Fensterscheibe in den Sinn, und dass sich der Hund problemlos davonmachen konnte. «Dann hätte sich das Problem von selbst gelöst», dachte er sich und hoffte insgeheim sogar darauf.

Harrass sass aber wie befohlen auf dem Rücksitz. Einladend winkte Hrdina mit der Hand und Harrass sprang vom Sitz. Er schüttelte sich erst einmal am ganzen Körper und lief dann artig neben Hrdina zum Haus.

Harrass fiel sofort auf, dass sie sich nicht daheim befanden. Weder erkannte er den Hauseingang noch trat der leichte Geruch feuchter Seeluft in seine Nase. Da, wo er wohnte, gab es ganz viele Geruchsmomente, überall. Schliesslich war das Ufer des Zürichsees ein Paradies für Spaziergänger, Picknicker, Jogger und Hunde. Hier aber roch es nach nichts. Harrass wurde misstrauisch. Wer war der Mann mit dem Auto und wohin gingen sie? Wieso waren sie so lange im Wagen unterwegs und schliesslich doch nicht zu Hause? Und wo war Bettina? Mit diesen Fragen im Kopf betrat Harrass das Treppenhaus.

Ha, das kam ihm bekannt vor! Es erinnerte ihn an das Spiel! Klar, es war nicht dasselbe Treppenhaus wie daheim, das Prinzip war aber das gleiche. Jetzt ging es darum, wer zuerst vor der Tür der obersten Wohnung stand. Das Wettrennen konnte beginnen.

Laut bellend stürmte Harrass die Stufen hinauf. Hrdina hatte keine Chance gegen ihn. Seine nervösen Rufe hallten erfolglos die Etagen herauf, es gab sogar ein wenig Echo.

Harrass war nicht zu bremsen. Schon stand er im obersten Stockwerk und gab lautstark den Sieg im Treppenhausrennen bekannt.

Hrdina blieb nichts anderes übrig, als ebenfalls bis nach oben zu steigen und den Ausreisser zu holen. Keuchend bog er um die letzte Treppenserpentine, als sich die Wohnungstür öffnete, vor der Harrass noch immer eifrig kläffte.

Im Türrahmen stand eine Frau, fuchtelte mit einem Besen vor Harrass' Schnauze herum und schimpfte wütend.

«Hau ab, du blöder Hund. Geh weg! Was willst du, wo gehörst du hin?» Dann schaute sie zu Hrdina, der inzwischen auf der Etage eingetroffen war. Es war dieselbe Frau, mit der er schon mehrmals Bekanntschaft gemacht hatte. Einen Sauhund hatte sie ihn gestern genannt, heute kamen noch weitere Schimpfwörter dazu. Hrdina hörte gar nicht hin.

«Entschuldligen Sie», stammelte er ausser Atem und packte Harrass beim Halsband. Gerade zur rechten Zeit, denn dieser hatte bereits einen der selbstgestrickten Hüttenfinken ins Visier genommen. Nur zu gern hätte er dem fusseligen Socken mit Ledersohle den Garaus gemacht.

Schnell gingen sie die Treppen hinunter. Schwer schnaufend drückte Hrdina den Klingelknopf und die Tür ging auf. Die Chefin persönlich bat die beiden herein.

«Was ist denn los hier draussen, was ist denn das für ein Lärm», fragte sie etwas gereizt.

«Ach, der Hund ist erschrocken und weggerannt. Ich musste ihn zuoberst holen. Jetzt ist aber alles gut», sagte Hrdina und schaute vorsichtig auf Harrass.

Dem war es nicht besonders wohl in dem dunklen Korridor. Was ihn am meisten störte, war der penetrante süssliche Geruch. Ein bisschen konnte er davon ertragen. Daheim bei Bettina roch es manchmal ähnlich.

Hier übertrieben sie es aber definitiv, dachte Harrass und versteckte sich hinter Hrdinas Beinen. «Wie heisst er denn», fragte Petra Schneider, gab sich die Antwort aber gleich selber.

«Ach, Sie wissen es ja selbst nicht, er ist Ihnen ja zugelaufen.» Der Courtena-Chef nickte bedächtig. Harrass spürte, dass die Rede von ihm war und schaute von einer Person zur anderen.

In diesem Moment trat eine weitere Frau in den Korridor und klatschte erfreut in die Hände.

«Ja, wer bist denn du, mein Kleiner», rief sie laut, beugte sich vornüber und kraulte den neuen Gast wohlig hinter dem Ohr.

«Na, endlich», dachte sich Harrass und setzte sich sofort zu der Dame hin. Auf diesen Moment hatte er schon lange gewartet. Die Massage war erstklassig, das liess er sich nicht entgehen.

«Ok, Herr Hrdina, ich werde mich um den Hund kümmern. Morgen ist ja auch noch Zeit, um ihn bei der Polizei zu melden. Heute bleibt er bei mir. Und nächste Woche besprechen wir das Vorgehen wegen der Vorhänge», hörte Harrass Petra Schneider sagen, kurz darauf verliess Hrdina die Wohnung.

Beim Hinausgehen winkte er ihm nochmals, dann schloss sich Tür.

Die zwei Frauen winkten Harrass hinüber zur Küche. Sie legten ihm eine Decke auf den Boden und füllten frisches Wasser in eine Schüssel. Optimal, dachte sich Harrass, und schlabberte gleich alles weg. Schon stand die Schüssel frisch gefüllt wieder vor ihm. Harrass war es so richtig wohl, zu seinem Glück fehlte jetzt nur noch ein Happen zu essen. Und als ob die Damen seine

Gedanken hätten lesen können, winkte die Masseuse von vorhin mit etwas Länglichem in der Hand. Harrass roch, sah und begriff sofort: Eine Wurst! Ein ganzer Cervelat, nur für ihn!

Herzhaft verschlang er die Wurst ohne zu kauen. «Ich glaub, der hat richtig grossen Hunger», sagte Petra Schneider.

«Kein Problem», antwortet die Kollegin und hielt eine weitere Wurst in der Hand. Harrass fühlte sich wie im Paradies und stürzte sich auf den zweiten Gang. D iesen genoss er ein bisschen länger und legte sich dabei gemütlich auf seine Decke. Die Frauen lachten.

Eine Weile sassen sie alle in der Küche, bis es schliesslich an der Tür klingelte und die zwei Frauen im dunklen Korridor verschwanden. Harrass wollte mit ihnen gehen, die Küchentür schloss sich jedoch leise vor seiner Nase.

«Schön ruhig sein, Kleiner», sagte Petra Schneider und schaute ihn aufmunternd an. Harrass legte sich wieder auf die Decke und starrte über die hellen Steingutplatten hinüber zur Kühlschranktür.

Dahinter versteckten sich die Würste. Aber im Moment war er satt und legte den Kopf entspannt zwischen die Pfoten. Ein kleines Schläfchen nach dem Essen empfand er durchaus als angebracht.

Sanftes Kraulen weckte ihn aus dem Land der Träume. Vor ihm kniete wieder eine Frau, diesmal mit blonden Haaren. Zufrieden reckte und strecke er sich und genoss die Massage. In den Zimmern nebenan war es ruhig geworden, kein Geräusch drang mehr aus den Räumen.

Kurze Zeit später verliess die Frau die Küche wieder und Harrass drehte sich auf die andere Seite. Die Tür zum Korridor stand offen. Müde fühlte er sich nicht mehr und entschloss sich, eine kleine Erkundungstour durch die Wohnung zu unternehmen. Der Korridor war leer, ausser einem Schirmständer und einem Kommödchen gab es da nichts. Harrass hörte, wie kichernde Frauenstimmen aus einem Zimmer drangen.

Dieser Zugang war verschlossen, doch stand die Tür zu einem anderen Raum einen Fingerbreit offen. Harrass trat auf die Türschwelle und schnupperte mit der Schnauze durch den schmalen Spalt. Er fasste sich ein Herz und stiess die Tür auf. Im Zimmer war es fast ganz dunkel.

Im schalen Licht, das vom Korridor her schien, erkannte er ein Bett, wie es daheim bei Bettina im Schlafzimmer stand. In einer Ecke stand eine gläserne Kabine, aus der feuchte Luft strömte. Sonst befand sich nichts in der Kammer. Harrass schlich vorsichtig in die Mitte des Raums, vielleicht machte er ja noch eine interessante Entdeckung. Spezielle Gerüche gab es nicht - oder dann konnte er sie nicht wahrnehmen. Über allem lag der Parfümduft und liess anderen Noten keine Chance.

In diesem Augenblick traten die Frauen aus dem Zimmer auf den Korridor. «Wo ist denn der Hund», fragte eine erstaunt. Sie kamen näher und standen direkt vor der Tür, die in den Raum mit Harrass führte.

«Er muss hier sein», hörte er Petra Schneider noch sagen und schon wurde es hell um ihn. Und die Katastrophe nahm ihren Lauf.

Wie angewurzelt stand Harrass da und schaute erschreckt um sich. Er war umzingelt. Von allen Seiten starrten ihn schwarze Monster an, kaltblütig und gemein. Zum Davonrennen war es längst zu spät. Sie hatten ihn eingekesselt.

Harrass warf einen Blick nach oben und sogar da war eines der Monster. Schaute ihn an und zitterte - wahrscheinlich vor lauter

Kampfeslust. Er versuchte unter das Bett zu flüchten - vergeblich. Wie schafften es die Biester bloss, ihn überallhin zu verfolgen? Er war aus dem Auto gesprungen, über Wiesen und durch den Wald gerannt, fuhr kilometerweit - und trotzdem waren sie da.

Und dieses Mal standen sie ihm im ganzen Rudel gegenüber. Harrass sah nur einen Ausweg: die Flucht zu den Frauen. Diese standen verwundert in der Tür und schauten auf ihn. Offenbar hatten sie vor den Monstern weniger Angst als er.

Er nahm drei grosse Sätze und verkroch sich hinter ihren Beinen. Vorsichtig schaute er zwischen den schmalen Fussgelenken hindurch zurück ins Zimmer und war verblüfft. Jetzt konnte er nur noch ein Monster erkennen - und das versteckte sich ebenfalls hinter Frauenbeinen. Das konnte doch nicht wahr sein! Das Versteck hatte doch er gefunden. Woher kannte die schwarze Bestie bloss seine Gedanken?

Einen Augenblick lang passierte gar nichts. Harrass blieb auf der Türschwelle stehen, während dem die Frauen das Zimmer untersuchten. Doch da war nichts ausser dem Bett, der Dusche und den Spiegeln an den Wänden und an der Decke.

Petra Schneiders Kollegin legte ihre Hand auf Harrass' Kopf und kraulte ihn sanft. «Ja, was ist denn, mein Kleiner, hast du dich erschreckt? Hier ist doch nichts, kein Mensch weit und breit», sagte sie leise und ging in die Knie.

Harrass beruhigte sich ein bisschen und schaute sie an.

Bei den Frauen fühlte er sich einigermassen sicher. Wieder wagte er einen Blick in das Zimmer, eines der Monster war noch immer da. Seltsam, dass es sich anstatt auf einen Kampf vorzubereiten, von einer Frau massieren liess. Offensichtlich stand im Moment kein unmittelbarer Angriff bevor.

Die Frauen sprachen wild durcheinander, bis die Blondhaarige auf eine Idee kam: «Ich glaub, der hat sich vor seinem eigenen Spiegelbild erschreckt», sagte sie und deutete auf die gegenüberliegende Wand, wo sich alle vier wiedersahen.

«Komm, wir machen einen Versuch. Ich geh mit dem Hund bis vor den Spiegel und wieder zurück, vielleicht begreift er dann, dass er sich selber sieht», schlug ihre Kollegin vor. Sie nahm Harrass am Halsband und ging langsam durch den Raum.

Wusste er es doch! Die Monster waren alle noch da, sie hatten nur gewartet, bis er sich wieder ins Zimmer wagte. Trotzdem verspürte er weniger Angst vor den Bestien. Erstens war er ja nicht allein und zum Zweiten schien irgendetwas nicht zu stimmen mit den Kreaturen, die er immer wieder sah.

Es gab keinen Moment, wo sie ihn nicht eindringlich anstarrten, wenn er den Blick auf sie warf. Die Monster waren blitzschnell, da half kein verstohlener Blick von der Seite, kein diskretes Aufschauen zwischen den Pfoten und kein geheimes Beobachten vom sicheren Versteck aus. Trotzdem kam es bis jetzt noch nie zu einem Kampf.

Harrass und die Frau gingen langsam auf die Spiegelfront zu. Sein Herz klopfte, seine Schritte zögerten. Nur ein leichtes Ziehen am Halsband hinderte ihn daran, dass er die Flucht ergriff.

«Siehst du, Kleiner, jetzt schauen wir uns im Spiegel an», sagte seine Begleiterin einfühlsam und kniete neben Harrass auf den weichen Teppich. Beide schauten wortlos an die Wand - nichts passierte. Harrass musste zugeben, dass die Frau gegenüber seiner Begleiterin sehr ähnlich war. Dieselben dunklen, halblangen Haare, der rosa Bademantel und rote Flip-Flops.

Und neben ihr auch so ein Typ, schwarz, mit buschigen Ohren und zottigem Fell. Harrass spürte nun weniger Angst vor dem

Wesen, vielmehr war er erstaunt. Der Schwarze schaute ihn ununterbrochen an mit seinen grossen Augen, in welchen er nicht allzu viel Intelligenz erkennen konnte.

Zudem standen ihm die ungleich langen Ohren wie zwei kleine Hörnchen vom Kopf und ständig tropfte ihm Speichel zwischen den Zähnen hindurch.

Nun ging Harrass aufs Ganze. Er löste sich von der kraulenden Hand und ging langsam auf sein Gegenüber zu. Dieser tat gleichzeitig dasselbe, stand auf und kam ihm zielstrebig entgegen. Mut hat er! Kommt allein und lässt seine Beschützerin zurück. Aber was der kann, kann ich auch, sagte sich Harrass und blickte zurück. Dort kniete noch immer seine Begleiterin und er-munterte ihn, weiterzugehen.

Nun berührten sie sich schon beinahe - er und das sabbernde Wesen vor seiner Nase. Es fehlten nur noch wenige Zentimeter. In jedem Fall nahe genug, um ihn riechen zu können.

Aber da war nichts! So nahe er dem Wesen auch stand: Der Schwarze roch nicht. Nicht einmal die kleinste Duftnote ging von ihm aus. Das erstaunte Harrass schon sehr. Klar, die Überdosis Parfüm im Raum vermochte viel zu überdecken. Trotzdem - ein Hauch von Persönlichkeit hätte Harrass schon erwartet.

Er berührte den Kerl. Zuerst vorsichtig, dann intensiver. Interessanterweise konnte er immer nur die äusserste Nasenspitze berühren, und diese war ganz glatt und kalt. Sämtliche Versuche, sein Gegenüber von der Seite zu schnuppern, misslangen. Harrass bellte einige Male laut, doch dem Schwarzen fiel nichts Gescheiteres ein, als im gleichen Augenblick zu bellen wie er - und zu schweigen, wenn er es tat.

Auch auf diesem Weg konnte Harrass also nichts Neues in Erfahrung bringen. Der andere machte alles genau gleich wie er. Das war mehr als langweilig und schon gar nicht mehr zum Fürchten. Aber vor allem roch der geifernde Zottel nach nichts - und das störte Harrass am meisten.

Kein Charakter, kein Stil, keine Marke. Ein bisschen schämte er sich sogar, dass er sich so lange vor der «Bestie» gefürchtet und bei Bettina ein solches Durcheinander veranstaltet hatte.

Er schaute ihn noch ein letztes Mal an und wandte sich dann seiner Begleiterin zu. Zusammen gingen sie zur Tür, wo die Frauen noch immer standen und ihn beobachteten.

Harrass schaute während dem Gehen auf beide Seiten und sah, dass ein paar Meter entfernt zwei der Schwarzen in die gleiche Richtung gingen. Doch er wusste nun, dass sie ihm fernblieben, solange er nicht auf sie zuging.

Endlich hatte er also die Furcht vor diesen Monstern abgelegt. Denn: Was nicht riecht, kann keine echte Gefahr sein, dachte Harrass, während er sich nochmals ausgiebig kraulen liess. Jetzt war alles klar, Bettina konnte kommen und ihn mit nach Hause nehmen. Für heute hatte Harrass genug erlebt.

Die Frauen zogen sich um und löschten überall das Licht. Petra Schneider verliess als letzte die Wohnung und schloss das «Lotus» hinter sich zu.

Harrass verstand nicht, wohin sie nun schon wieder gingen. Aber er fühlte sich wohl mit seiner Begleiterin und folgte artig. Wieder hüpfte er auf den Rücksitz eines Autos, und nach kurzer Fahrt durfte er aussteigen. Noch immer waren sie nicht bei ihm zu Hause und von Bettina gab es keine Spur. Im Treppenhaus angekommen, verspürte Harrass für einmal keine Lust auf ein Wettrennen.

Ruhig ging er neben ihr her und trat schon bald in eine kleine, ordentliche Wohnung. Petra Schneider zog sich Hausschuhe an und verschwand in einem Zimmer. Mit einer weichen Decke kam sie zurück und rief Harrass zu sich in die Küche. Er verstand sofort: Hier durfte er sich hinlegen und endlich ein wenig schlafen.

Eine Weile noch las Petra Schneider in ihrer Bettlektüre, sie war jedoch unkonzentriert. Die Gedanken kreisten in ihrem Kopf. Nach wie vor war sie überzeugt von der Idee mit den Erotik-Duschvorhängen.

Ob die Courtena AG nun die richtige Firma war für die Produktion, da war sie sich nicht mehr so sicher. Die Qualität stimmte, da gab es keine Zweifel. Aber ob der spezielle Auftrag Frantisek Hrdina nicht ein wenig überforderte?

Petra Schneider beschloss, am nächsten Tag die Sache gleich mit Hrdina zu besprechen. Schliesslich öffnete das «Lotus» am Montag jeweils erst gegen Abend, so dass genug Zeit blieb am Morgen, sich mit dem Geschäft zu befassen.

Und die Sache mit dem Hund trieb ja auch nicht zu grosser Eile, ein Besuch bei der Polizei am frühen Nachmittag genügte vollends.

Kapitel 15

Eine aufgeregte Stimme riss Bettina aus dem Schlaf. Der Radiomoderator verkündete mit dramatischer Stimme die alltäglichen Staus auf den Strassen rund um Zürich. Bettina klatschte den Sprecher mit einem gezielten Schlag auf den Wecker weg.

Die Erinnerungen an das Wochenende kamen ihr alle auf einmal in den Sinn. Ganz zuvorderst der arme Harrass, irgendwo in den Bergen, hilflos und verloren.

Sie stand auf und schleppte sich müde und erschlagen in die Küche.

Während die Kaffeemaschine unter lautem Stöhnen und Ächzen eine starke, braune Sauce absonderte, griff Bettina zum Telefonhörer und wählte die Direktnummer von Frantisek Hrdina.

Sie erwartete gar nicht, dass der Chef schon im Büro war. Das nicht enden wollende Läuten bestätigte ihre Vermutung. Es war ja auch erst sieben Uhr morgens, normalerweise tauchte er nicht vor acht in der Firma auf.

Endlich meldete sich die nasale Stimme des Telefonbeantworters und forderte sie auf, eine Nachricht zu hinterlassen. Bettina erklärte ihr Fernbleiben kurz und bündig mit einer starken Migräne und entschuldigte sich gleich für den ganzen Tag. Sie sei heute auch telefonisch nicht erreichbar, versicherte aber, am nächsten Tag ordnungsgemäss zur Arbeit zu erscheinen.

Zum Frühstücken hatte sie keinen Appetit, lediglich Kaffee trank sie einen nach dem anderen. Selbstverständlich verspürte sie keineswegs eine Migräne, trotzdem bereitete ihr der Montagmorgen reichlich Kopfschmerzen.

Über den telefonischen Auskunftsdienst erfuhr sie die Telefonnummer des Polizeipostens in Innertkirchen, dem einzigen Polizeiposten am Fusse des Grimselpasses. Eine tiefe Stimme mit Berner Oberländer Dialekt meldete sich am anderen Ende der Leitung.

Bettina erklärte, um was es ging. Sie schilderte die Flucht ihres Hundes, liess die genauen Umstände des Unfalls aber weg.

Ein langwieriges Frage- und Antwortspiel konnte sie jetzt am wenigsten brauchen. Der Beamte hörte geduldig zu und bat sie einen Moment zu warten. Die kurze Zeit am stummen Telefon erschien ihr wie eine Ewigkeit.

«Sind sie noch hier, Frau ...»

«Breitenmoser», sagte Bettina hastig und wartete gespannt auf seine Antwort.

«Es tut mir leid, aber bei uns ist kein zugelaufener Hund gemeldet. Haben Sie noch ein wenig Geduld, vielleicht taucht ihr Vierbeiner ja noch auf im Verlauf des Tages. Geben Sie uns ihre Telefonnummer, für den Fall, dass wir ihn doch noch finden. Wie heisst er überhaupt?»

«Harrass», sagte Bettina mit trauriger Stimme und beschrieb den Flüchtling in groben Zügen.

Der Polizist machte sich Notizen und klebte den Zettel an den Rand des Computermonitors. «Schon seltsam, welche Namen diese Unterländer ihren Haustieren geben», brummte der Polizist, als er den Hörer auflegte.

Bettina erweiterte ihre Suche in den umliegenden Dörfern und fragte auch in den verschiedenen Restaurants auf dem Grimselpass nach, ob jemand Harrass gesehen oder gar aufgefunden hatte.

Die Bemühungen waren allesamt ohne Erfolg, der Hund blieb unauffindbar. Unter dem Küchentisch lag der fast zur Unkenntlichkeit malträtierte Samichlaus, daneben Harrass' leerer Fressnapf. Bettina wischte Tränen aus den Augen und setzte sich ins Wohnzimmer.

Dabei fiel ihr die Skizze mit dem «Schwund» in die Hände. Sven! Eigentlich sollte sie sich ja bei ihm melden, um sich nochmals zu entschuldigen und um die Formalitäten betreffend Schadenübernahme und Versicherung zu klären.

Sie fühlte sich aber nicht imstande, ihren Arbeitskollegen anzurufen, zu sehr fürchtete sie seine Reaktion. Sie blieb bei ihrem Plan, sich an diesem Montag zu Hause einzuigeln und unerreichbar zu bleiben. Einzig ein Telefonanruf aus dem Berner Oberland, mit der guten Nachricht über die Wiederkehr ihres Lieblings - den hätte sie mit Freuden entgegengenommen.

Kurz nach acht betrat Frantisek Hrdina mit den Skizzen von Petra Schneider unter dem Arm sein Büro. Geschlafen hatte er mehr schlecht als recht, obwohl es daheim ruhig war. Aussergewöhnlich ruhig, denn seine Frau war wie angekündigt, abgereist.

Hrdina wusste nur zu gut, dass das vergangene Wochenende viel Geschirr zerschlagen hatte in seiner Ehe. Und er hatte keine Ahnung, welchen Kitt er dazu brauchte, die vielen Scherben wieder zusammenzufügen.

Ein kleiner Zettel mit der Nachricht «Ich bin bei meiner Schwester» und ein knapper Gruss bewiesen ihm, dass ein kleiner Rest von Kommunikation zwischen seiner Frau und ihm noch existierte. Immerhin hätte sie ja auch absolut kommentarlos verschwinden können. So schien es ihm aber, als sei die Gemahlin zumindest für ein klärendes Gespräch noch zu haben.

Nachdem er den Computer gestartet und sich einen Überblick verschafft hatte über die verschiedenen Dossiers auf dem Bürotisch, lehnte er sich zurück. Einige wichtige Entscheidungen standen an. Der Auftrag mit den Erotik-Vorhängen drängte sich klar in den Vordergrund - hier musste er handeln.

Nach reiflicher Überlegung hatte er auf der Heimfahrt vom Berner Oberland nach Zürich den Entschluss gefasst, das Geschäft neu aufzugleisen.

Sein Besuch im Studio Lotus hatte ihm deutlich gezeigt, dass seine Mitarbeitenden zur dort herrschenden Atmosphäre und dem gewünschten Stil überhaupt nicht passten.

Da war Geschäftsführerin Petra Schneider viel kompetenter und brachte obendrein Berufserfahrung mit.

Hrdina dachte lange nach. Irgendwie musste er die Chefin überzeugen, dass sie das Geschäft in Form einer Art «Kleinunternehmen» - also nur er und sie - abwickeln sollten. Von diesem Geschäftsmodell war er überzeugt. Die Courtena AG geriet dadurch nicht in einen ungünstigen Zusammenhang mit der speziellen Branche, in der die Auftraggeberinnen tätig waren und zudem war das finanzielle Risiko kleiner.

Entwickelte sich der Geschäftsgang positiv, gab es viel Geld zu verdienen. Verlief der Deal in einer Sackgasse, konnte man ganz einfach die Hülle des Schweigens darüber stülpen und ihn so schnell wie möglich vergessen.

Unter diesem Aspekt standen lediglich noch zwei Dinge im Mittelpunkt: Wer zeichnet die Sujets und wo werden die Vorhänge produziert.

Details, wie die Suche nach weiterer Kundschaft oder das Marketing mit den Erotik-Vorhängen, schienen Hrdina im Moment weniger wichtig. Dafür gab es einschlägige Magazine und Verkaufskanäle auf dem Internet.

Er versuchte, die letzten Hürden auf dem Weg zum erfolgreichen Geschäftsabschluss aus dem Weg zu räumen. Nach reiflichen Überlegungen erachtete er selbst die Produktion als unproblematisch. Schliesslich verfügte er über beste Verbindungen ins benachbarte Ausland.

Hrdina rutschte auf seinem Bürostuhl hin und her und stützte die Arme auf den Tisch. Dabei fiel ihm das blinkende Licht auf der Telefonapparatur auf, es deutete auf eine eingegangene Nachricht hin. Er drückte auf die Abhörtaste und lauschte Bettinas Stimme.

«Ach, die Breitenmoser. Ja, ja, Migräne...», kommentierte er den Anruf lakonisch. Eigentlich kam ihm die Absenz der Sachbearbeiterin gerade recht, so gab es genug Zeit, sich konkrete Gedanken zu machen. Sie hatte wohl kaum etwas dagegen einzuwenden, dass er sich allein um den Spezialauftrag kümmerte.

Er stand auf und ging zum Fenster. Der Tag präsentierte sich ein bisschen trüb an diesem Morgen, die fahle Sonne kämpfte sich durch den Dunst.

Hrdina fand wieder Anschluss an die Gedanken von vorhin und baute weiter an seinem Geschäftsmodell. Nach all dem Abwägen galt es im Prinzip nur noch ein Problem zu lösen: Die Sujets. Sven Tirebeg konnte es nicht, der Chef der Courtena AG durfte es nicht tun.

Er schaute in den Spiegel hinter seinem Pult und sah sich an. Aber so schwer konnte es doch nicht sein, ein paar frivole Zeichnungen anzufertigen, sinnierte er wieder.

Schliesslich hatte er sich als junger Mann gelegentlich mit der Malerei beschäftigt. Zugegeben, auf seinen Bildern gab es hauptsächlich Häuser und Landschaften zu sehen, ausnahmsweise malte er ein Stillleben mit Blumenvasen und Früchten.

In Hrdinas Kopf begann sich aus dem Gedankenwirrwarr langsam eine konkrete Idee herauszukristallisieren. Als Chef der

Courtena AG stand es ihm nicht an, solche Zeichnungen herzustellen. Kamen die Vorlagen aber von einem «Künstler», zu welchem nur er Kontakt pflegte und der die Öffentlichkeit scheute, wie das Reh den Schützenstand - das wäre was anderes. Hrdina lächelte verschmitzt.

Eigentlich war die Gelegenheit doch günstig. Zu Hause hatte er seine Ruhe - seine Frau war bei ihrer Schwester und kam in den nächsten Tagen nicht zurück. Das Gespräch mit ihr stand zwar im Raum, doch gab es dazu ja noch genug Zeit.

Er schob das Thema Ehe blitzschnell auf die Seite und flüchtete wieder in seine neu geschaffene Welt als Kunstmaler. Daheim gab es doch diesen Hobbyraum im Keller und nur die Hrdinas hatten einen Schlüssel dazu. Farben, Pinsel und Staffelei waren schnell gekauft. Und er hatte ja die Vorlagen von Petra Schneider.

Ein bisschen die Perspektive verändern, ein wenig die Positionen verschieben, da und dort die Dimensionen anpassen - und schon waren seine eigenen Kreationen geboren.

Damit er beim Malen nicht zu viel Fantasie für die Szenen aufbringen musste, entschloss sich Hrdina, ein paar Herrenmagazine als Ideenlieferanten zu beschaffen. Gleich heute wollte er mit dem Malen beginnen. Wenn er sich wacker daran hielt und vielleicht sogar über Nacht weiterarbeitete, sollten in kurzer Zeit gut zehn Sujets fertig sein.

Hrdina rechnete sich aus, dass er die Vorlagen wahrscheinlich in ein bis zwei Wochen Petra Schneider präsentieren konnte.

Inzwischen war es halb zehn Uhr geworden. Hrdina setzte sich an seinen Tisch und nahm den Telefonhörer in die Hand.

«Hallo», sagte Petra Schneider und begrüsste den Courtena-Chef höflich.

«Guten Morgen Frau Schneider, ich störe doch hoffentlich

nicht. Wie, erst am Abend arbeiten ... ja, tatsächlich, Nachtschicht ...! He, he, he! Nein, kein Problem, die Heimreise, alles kein Problem. Jetzt wieder an der Arbeit, so ist das Leben, ja, ja. Und wie läufts mit dem Hundchen? Braver Junge! Ja, ein Spaziergang wird ihm sicher gut tun und bei der Polizei ist er ja dann noch früh genug, der Arme.

Frau Schneider, hören Sie, ich habe da einen Vorschlag wegen der Zeichnungen. Unser Hausdesigner ist momentan dermassen mit Arbeit eingedeckt, er kann ihre Sujets nicht malen. Ich habe aber einen hervorragenden Künstler an der Hand, welcher sich sofort um die Sache kümmern kann. Wie? Ja, ein Profi, selbstverständlich...

Sehr gut, dann lasse ich ihn gleich beginnen. So schnell, wie möglich, sagen Sie - fünfzehn Motive? O.k. Aha. Ja, wenn Sie meinen. Doch, doch, der Künstler arbeitet sehr schnell. Ich denke in zwei Wochen sollte er damit fertig ... Wie ..? Noch diese Woche? Ja, ich glaube nicht, dass es diese Woche noch ... Aha, verstehe, Besprechung mit dem Team, Auswahlverfahren, sehr wichtig fürs Geschäft.»

Hrdina hielt den Hörer ans andere Ohr und wischte sich die Schweissperlen vom Gesicht.

«Nein, ich zögere nicht wegen des Auftrags. Ich habe nur schnell eine Kalkulation gemacht wegen der fünfzehn Zeichnungen. Für den Maler ist das überhaupt kein Problem, der macht das mit links. Nein, nein, nicht zu brav. Ich ... äh ... er geht richtig zur Sache. Ganz bestimmt, ... ein Profi, wie gesagt.

Ja, selbstverständlich, bis zum Donnerstag, bei Ihnen im Büro, kurz nach Mittag. Auf Wiedersehen Frau Schneider, schönen Tag noch!»

Hrdina seufzte laut. Fünfzehn Zeichnungen! Jetzt hiess es aber Vollgas geben!

Schon wollte er sich auf einem Rundgang durch das Geschäft begeben, als das Telefon klingelte. Hrdina nahm den Hörer ab und hörte die heisere Stimme seiner Frau. Sie klang ganz anders als sonst. Auch der Tonfall hatte sich geändert. Sie sprach ganz sachlich ohne Emotionen.

Sie sei jetzt bei ihrer Schwester und habe sich ausführlich Gedanken gemacht über ihn und den Vorfall am Wochenende. Selbstverständlich könne sie sein Verhalten nicht akzeptieren, gebe ihm aber doch noch die Chance, sich zu erklären. Danach werde sie entscheiden, wohin ihr Weg führen sollte.

Hrdina schauderte. So deutliche Worte war er von seiner Frau nicht gewohnt. Offensichtlich meinte sie es ernst.

«Und übrigens: Meine Schwester hat mich nebenbei aufgeklärt, wie die Dinge mit meinem in unsere Ehe eingebrachten Vermögen genau stehen bei einer Scheidung. Doch davon will ich jetzt nicht reden. Ich bleibe bis Mittwoch bei der Schwester, am Donnerstag um zehn Uhr morgens besprechen wir die Sache zu Hause. Am besten, du nimmst an diesem Tag frei. O.k.?»

Hrdina hatte gar keine Zeit zum Antworten, seine Frau gab sich die Antwort gleich selber.

«Gut! Dann bis zum Donnerstag.»

Klack, und weg war sie. Hrdina fiel erschöpft in den Bürostuhl. Mit einem solch scharfen Votum hatte er nicht gerechnet. Jetzt hiess es, Fingerspitzengefühl zeigen und nichts anbrennen lassen.

Immerhin hatte er sich grundsätzlich nichts zu Schulden kommen lassen und schliesslich arbeitete er streng. Aber die Umstände am Wochenende und die Eifersucht seiner Frau spielten in dieser Situation gegen ihn.

Da gab es auf jeden Fall vieles zu erklären und richtig zu stellen. Eine heikle Aufgabe.

Obendrein brachte die Ehekrise auch seinen Plan durcheinander, am Donnerstag die Zeichnungen in Interlaken persönlich zu präsentieren. Das klappte nicht.

Hrdina traute sich nicht daran zu denken, an diesem Tag ins «Lotus» zu fahren, wo doch seine Frau das klärende Gespräch forderte. Ein Ding der Unmöglichkeit! Jemand musste die Sache für ihn erledigen, diskret und verschwiegen.

Wieder stand er auf, ging zum Fenster und schaute über die Stadt. Der Dunst hatte sich verzogen, unbeschwertes Sommerwetter lag über Zürich. Jetzt war es schwierig, die gute Laune von vorhin zu erhalten. Die Zeit drängte und auf Hrdina wartete eine besondere Herausforderung: Zeichnen, was das Zeug hielt! Er entschloss sich daher, sofort in die Stadt zu gehen, um die Malutensilien zu kaufen - und die Hefte.

Dann ging es los mit der Malerei, vielleicht war das Unmögliche doch noch zu schaffen.

Die Übergabe am Donnerstag würde er ganz einfach an Sven delegieren. Der Designer konnte durchaus einen halben Tag weg vom Zeichentisch und die Vorlagen Petra Schneider überreichen. Natürlich wäre eine persönliche Übergabe besser gewesen, auch für die weitere Zusammenarbeit zwischen ihm und Frau Schneider.

Allein die Umstände forderten spezielle Massnahmen, das war Hrdina klar, während er den Korridor entlang eilte zu Svens Büro.

Sven sass tatenlos an seinem Bürotisch. Der Schrecken des Wochenendes sass tief, die Enttäuschung war gross. So hatte er sich die Velotour nicht vorgestellt! Statt mit viel Motivation in die neue Woche zu starten, begann der Montag mit Schmerzen und schlechten Gefühlen.

Zudem stand das Gespräch mit Bettina noch bevor, wegen der

Versicherung. Billig würde das alles nicht. Das Velo war von bester Qualität und mit den feinsten Komponenten ausgestattet. Das kostet die Kollegin eine Stange Geld.

Die Beziehung zwischen Bettina und ihm war indes kein Thema mehr. Nach so einem Debakel lagen jegliche Gefühlsregungen weit hinten im Tiefkühlschrank.

Aus dem Büro nebenan drang kein Laut. Offensichtlich war Bettina noch gar nicht zur Arbeit erschienen. Gedankenverloren blätterte Sven in den Unterlagen für den aktuellen Auftrag für den Millionär von der Zürcher Goldküste.

Am Zeichenbrett hing die Skizze mit dem Tintenfisch und seinen Tentakeln. Diese Woche musste er das Werk vollenden, der Auftraggeber hatte schon mehrmals danach gefragt.

Ein energisches Klopfen an der Bürotür schreckte ihn auf. «Ja, herein», rief er und schon stand Hrdina vor ihm.

«Guten Morgen, Herr Tirebeg, wie läufts bei Ihnen?»

Sven missfiel Hrdinas salbungsvoller Ton.

«Alles klar, bin gerade am Überlegen wegen des Tintenfischs, welche Umgebung wohl am besten passt», antwortet Sven.

«Nun, am ehesten eine Landschaft mit Banknoten und Goldmünzen bei diesem Kunden», lachte Hrdina und klopfte Sven auf die Schulter. Das gefiel ihm gar nicht. Diese Kumpanei versprach nichts Gutes. Normalerweise führte Hrdina etwas im Schilde, wenn er so auf Kollege machte.

«Wie war das Wochenende bei Ihnen, Herr Tirebeg? Wieder mit dem Velo unterwegs?»

Darauf wollte Sven schon gar nicht eingehen und winkte ab.

«Eine kleine Fahrt rund ums Haus - und eine kleine Panne dazu. Der Pneu platzte beim Vorderrad.» Das erklärte auch, wieso er beim Gehen leicht hinkte.

«Ein bisschen das Knie aufgeschürft, eine Bagatelle», fügte er noch an.

«Und Sie, gut erholt?»

«Ja, wie immer, gemütlich zu Hause. Gut essen, ausspannen und so. Nichts Besonderes», log Hrdina.

Sven bereitete die Farben für seine Malerei vor und zog in feinen Linien den sechsten Tentakel nach.

Eine Weile lang schaute ihm Hrdina zu und knüpfte an das Gespräch an: «Ja, immer diese Spezialaufträge. Die Leute kommen aber auch auf sonderbare Ideen.»

Sven wusste: Jetzt kam sie, die Überraschung. Und sie kam, allerdings nicht so, wie er sie erwartet hatte.

«Übrigens, wegen dieses Auftrags mit diesen - ja, Sie wissen schon - mit diesen Erotik-Vorhängen. Ich hatte bereits persönlich Kontakt mit den Auftraggeberinnen. Ganz anständige Leute. Auf jeden Fall haben wir entschieden, die Vorlagen ausser Haus machen zu lassen. Glücklicherweise kenne ich da einen sehr begabten Zeichner, der sein Metier versteht. Auch werden die Vorhänge nicht von der Courtena AG produziert. So ein Auftrag passt einfach nicht zu unserem Image und ich will mit der Sache so wenig wie möglich zu tun haben.

Es bleibt einzig bei der Vermittlung der Sujets. Und bei der Produktion biete ich Hand, soweit ich das kann.»

Sven schaute hinüber zu Hrdina und musterte den Chef. Das konnte noch nicht alles sein. Irgendeine Rolle in diesem Theater war ihm bestimmt noch zugedacht.

«Ich denke, das ist für Sie auch angenehmer, oder? Ich meine, solche Szenen zu zeichnen macht ja auch keinen Spass und ist doch überhaupt nicht ihre Spezialität», fuhr Hrdina fort.

Sven bekam Zweifel. Sollte er aus der Sache raus sein und mit den vulgären Duschvorhängen nichts zu tun haben?

«Da haben Sie nicht unrecht», erwiderte er erleichtert.

«Ich hätte da nur eine Bitte», fing Hrdina von Neuem an.

Jetzt kommts, dachte Sven und legte den Pinsel weg.

«Ich bin diese Woche etwas unter Druck, muss viel erledigen und bin oft ausser Haus. Darum wäre ich froh, wenn Sie am Donnerstag die Vorlagen nach Interlaken bringen könnten. Ich schaffe es unmöglich an diesem Tag. Selbstverständlich stelle ich Ihnen meinen Wagen zur Verfügung.»

Sven dachte kurz nach und stimmte zu. Ob denn die Zeichnungen bereits erstellt seien, fragte er nach.

«Noch nicht ganz fertig, aber schon sehr weit fortgeschritten. Es fehlen noch die letzten Details. Ich nehme sie dann am Donnerstagmorgen mit, dann können Sie gleich losfahren. Der Termin mit der Auftraggeberin ist um 13 Uhr vereinbart, ich schreibe Ihnen Namen und Adresse auf.»

Dabei kam ihm in den Sinn, dass bei seinem Auto noch immer eine Scheibe kaputt war. Er verabschiedete sich bei Sven und ging zurück in sein Büro. Jetzt galt es keine Zeit zu verlieren. Er rief bei seiner Hausgarage an und meldete den Wagen zur Reparatur an.

Zum Glück lag eine Ersatzscheibe bereit, so dass er während der Reparatur alles Nötige einkaufen konnte. Soweit lief alles nach Plan. Noch vor dem Mittag meldet sich Hrdina beim Empfang ab, mit dem dringenden Appell, ihn nur in dringenden Fällen zu stören. Eilig verliess er die Courtena AG.

Bettina sass lustlos in ihrer Wohnung. Harrass fehlte ihr und das Schlimmste war, dass sie nichts unternehmen konnte.

Immer wieder starrte sie auf das schweigende Telefon. Bettinas Gedanken gingen hin und her. Morgen musste sie wieder zur Arbeit und würde unweigerlich auf Sven treffen.

Bettina nahm alle Schuld auf sich. Dass Harrass verschwunden war, interessierte den Arbeitskollegen wohl kaum. Sie entschied, den Fall so sachlich wie möglich zu besprechen und war auf eine happige Rechnung gefasst.

Unter dem Strich passierte am Sonntag einfach ein dummer Unfall, der zwar Schaden an einem Fahrzeug verursachte, jedoch niemanden ernsthaft verletzte. Abgesehen von den Schrammen an Svens Körper. Das kaputte Velo lies sich ersetzen, für die Unannehmlichkeiten konnte man sich entschuldigen. Mehr lag im Moment nicht drin.

Der Arbeitskollege hatte also bald ein neues Velo und die Verletzungen gingen auch vorbei. Aber wo war Harrass? Den konnte Bettina nicht einfach im nächstbesten Fachgeschäft kaufen. Das war tragisch.

Gute hundert Kilometer von Bettina entfernt schloss Petra Schneider die Wohnungstür hinter sich und verliess zusammen mit Harrass das Haus.

Notdürftig hatte sie eine Hundeleine gebastelt und das eine Ende an seinem Halsband verknotet. Der frühe Nachmittag stand ihnen zur freien Verfügung - genug Zeit, einen schönen Spaziergang zu machen. Etwas später plante Petra, zur Polizei zu gehen, um den Hund als zugelaufenen Flüchtling zu melden.

Der Tag präsentierte sich einmal mehr von der besten Seite. Im tiefblauen Himmel zeichnete sich die scharfe Kante des Jungfraumassivs ab, rundherum leuchtete das intensive Grün der Wiesen und Wälder.

Harrass fühlte sich gut, trotzdem beschäftigte es ihn, wieso Bettina nicht auftauchte. Immerhin hatten sie sich gestern doch sehr abrupt getrennt, als er vor den Monstern flüchtete. Er erinnerte sich an den Vorfall am gestrigen Abend in jenem Zimmer, zusammen mit den Frauen. Auch dort waren die Monster wieder - aber sie jagten ihm zum Schluss keine Furcht mehr ein. Offensichtlich hatten sie es gar nicht auf ihn abgesehen. Im Gegenteil: sie taten, was er tat. Schaute er hin, schauten sie zurück. Ging er auf eine der Kreaturen zu, machten sie dasselbe. Sie kopierten ihn immerzu.

So was ist kein richtiges Monster, überlegte Harrass. Und obendrein roch er nichts! Die schwarzen Typen hatten absolut keinen Geruch. Nichts, an das man sich erinnern konnte, keine Duftmarke. Keine Spur von Charakter!

Harrass fühlte sich noch besser und verwandelte sich in Gedanken vom kleinen, naiven Hündchen zum kräftigen, cleveren Hund, vor dem andere Respekt und sogar Angst hatten.

Locker trabte er neben Petra Schneider her. Die Leine störte ihn nicht. Es gab gleich neben der Strasse viele interessante Sachen zu entdecken, da musste er nicht weit weg gehen.

Petra genoss den Spaziergang ebenso. Der Montag war erfahrungsgemäss eher ruhig. Die Kundschaft erschien zum Wochenanfang eher spärlich im «Lotus», erst gegen Ende der Woche nahm die Frequenz jeweils zu.

Darum dauerte der Ausflug mit Hund etwas länger und führte hinaus aus Interlaken, vorbei an fetten Wiesen, wo sich Kühe gemächlich voll frassen.

Nach einer guten Stunde kamen sie an einem Picknickplatz vorbei. Ein wenig müde vom Schlendern entschloss sich Petra für eine kurze Rast.

Neben der Holzbank plätscherte ein Brunnen, Fliegen summten umher und von der nahen Weide drang das eintönige Bimmeln von Kuhglocken. Sie setzte sich und wickelte die Hundeleine locker um die Banklehne. Harrass kam die Pause eher ungelegen. Einfach so dasitzen war nicht so seine Sache, viel lieber erkundete er die Umgebung. Daraus wurde aber nichts, kaum bewegte er sich, spürte er das Zerren der Leine an seinem Hals, er konnte nicht weg. Also begnügte er sich mit dem kleinen Umfeld, das ihm blieb und schnupperte nach neuen Gerüchen. Immer wieder ging er im Halbkreis um die Bank herum, während sich Petra in der warmen Junisonne entspannte.

Ohne, dass Harrass er wollte, zeigte seine Unruhe Wirkung: Sein ewiges Hin- und Hergehen vermochte die von Petra fahrlässig festgezurrte Leine zu lösen. Noch einmal zog er an der Schnur, die Schlinge am anderen Ende löste sich und fiel zu Boden.

Petra bemerkte es nicht, zumal sich Harrass nur unwesentlich weiter weg von der Bank bewegte als zuvor. Noch immer gab es rund um den Picknickplatz interessante Dinge zu entdecken.

Nicht weit davon entfernt befand sich aber das Revier einiger Kühe. Das Vieh hatte sich über längere Zeit am saftigen Gras gütlich getan und legte sich standesgemäss zur Verdauung zur Ruhe. Alsbald war es mit dieser Ruhe aber vorbei und die Herde suchte innerhalb des Weidezauns einen noch unberührten Futterplatz.

Die Kühe trotten gemächlich dem elektrisch geladenen Draht entlang in Richtung Picknickplatz, wo sich Harrass - bereits etwas gelangweilt - die Zeit vertrieb.

Gespannt beobachtete er, wie die grossen Viecher mit ihren Hörnern auf ihn und Petra zukamen und schliesslich vor dem Picknickplatz stehen blieben. Hier gab es frisches Gras zum Fressen und die Kühe hätten durchaus zufrieden sein können. Allein der trennende Elektrozaun stand nun noch zwischen ihnen, und wie viele andere Lebewesen auf dieser Welt, vermuteten die Kühe das beste Gras auf der anderen Seite dieses Zauns.

Von früheren Erfahrungen wussten sie, dass es bei der Berührung der Drähte leicht zwickte auf den Lippen. So schlimm war das aber nicht, längst hatten sie sich daran gewöhnt.

Die Delikatessen auf dem Nachbargelände waren das Risiko auf jeden Fall wert.

Ganz anders standen die Dinge bei Harrass. Er wusste nichts von feinem Gras, elektrischen Zäunen und solchem Zeug. Für ihn war einfach klar: Kam ihm jemand zu nahe, hörte der Spass auf.

Er beäugte die behäbigen Tiere mit Argwohn und ging vor der Bank hin und her. Solange sie sich nicht zu nah an den Zaun heranwagten, sah Harrass keinen Grund einzuschreiten. Aber es gab Grenzen, alles liess er sich nicht bieten. Nicht zuletzt hatte er sich ja auch gegen die Monster durchgesetzt.

Harrass sah den Kühen in ihre grossen Augen. Noch war keine Gefahr im Anzug. Ein immer lauter werdendes Schnauben kündigte aber an, dass es mit der Ruhe vorbei war.

Von rechts her kommend galoppierte ein braungeflecktes Rind mit grossen Schritten auf die Stelle zu, wo Harrass stand - nicht weit weg vom Zaun. Wenige Meter vor dem Draht blieb es stehen und durchbohrte die Luft mit strengem Blick in Richtung Harrass. Um die Situation aus der Distanz besser beurteilen zu können, zog er sich hinter die Bank zurück und duckte sich auf den Boden.

Man hätte die Reaktion von Harrass auch als eine Flucht vor lauter Angst bezeichnen können. Für ihn bedeutete es aber einen «strategischen Schachzug zwecks Lagebeurteilung».

Die junge Kuh kniete nun dicht vor dem Draht auf die Knie, legte den Kopf zur Seite, schob ihr Maul unter dem Draht hindurch und verschlang das frische Gras. Dabei glotzte sie verkrampft nach vorne, von wo Harrass hinter der Bank hervorguckte.

Das Kuhmaul befand sich ganz klar auf seinem Territorium. Eine Reaktion lag zwingend auf der Hand.

Harrass raste los. Die zehn Meter bis zum Zaun überflog er beinahe, begleitet von lautem Kläffen und Heulen.

Petra erschrak wie vom Blitz getroffen, konnte den Hund aber nicht mehr zurückhalten. Die Kuh wich ein paar Zentimeter zurück, während Harrass auf das grosse Maul zu stürmte. Er machte sich klein und zwängte sich unter dem Draht hindurch.

Doch das reichte eben nicht. Zuerst fühlte er nur das Reiben des kalten Drahtes auf seinem Fell. Dann aber schlug ein brutaler Hammer auf ihn ein. Eine Kraft ungeahnten Ausmasses durchfloss ihn und streckte ihn nieder. Es war, als ob eine grosse Zange ihn umklammerte, ihn zusammenpresste und würgte.

Die glotzenden Augen vor ihm fingen an zu zittern, die Wiese zitterte, der Zaun, alles.

Oder war er es selber, der vor seinem letzten Atemzug die endgültigen Vibrationen seines sterbenden Körpers spürte?

Noch gab Harrass nicht auf. Er kroch rückwärts, drehte sich um und rannte weg, so schnell es ging. Petra versuchte ihn aufzuhalten, doch gegen die wilde Panik hatte sie keine Chance.

Harrass flüchtete erneut. Zuerst dem Weg entlang, dann nach rechts ins Gehölz. Er wusste selbst nicht, vor was er wegrannte. Die Gefleckte folgte ihm nicht und auch sonst war niemand hin-ter ihm her. Trotzdem stob er weiter zwischen den Bäumen hin-durch.

Und plötzlich war sie wieder da, die unsichtbare Kraft, die ihn eben so fürchterlich getroffen hatte. Aber dieses Mal schlug sie nicht, sondern riss den armen Harrass mit aller Gewalt am Halsband zurück.

Ein kleiner Hund hätte die Attacke wohl nicht überlebt. Er war aber stark genug und so riss anstatt Haut und Knochen das Halsband und blieb samt provisorischer Hundeleine baumelnd an einer Buche hängen. Harrass spürte die Erleichterung und steuerte auf den Weg zurück.

Von weitem hörte er Petra rufen und sah sie wild mit den Händen fuchtelnd auf ihn zukommen. «Ja, was ist denn los?», rief sie aufgeregt und wartete bis Harrass wieder bei ihr war.

Petra wollte den Hund an die Leine nehmen, doch diese war weg. Und dazu die Hundemarke und die «Identitätskarte» von Harrass.

Sie seufzte. Nicht genug, dass ihr der Hund zugelaufen war. Jetzt war er auch noch eine Art «Sans Papiers», ohne Kennzeichen, ohne Ausweis - und ohne Zuhause.

Petra fluchte leise vor sich hin und entschloss sich, trotzdem zur Polizei in Interlaken zu gehen. Vielleicht gab es eine Vermisstenmeldung, worauf die Beschreibung des Ausreissers passte.

Twerenbold sass hinter seinem Schreibtisch und wechselte den Telefonhörer von einem Ohr zum anderen. «Ja, gewiss. Ich bin sicher, dass ihr Wagen wieder zum Vorschein kommt. Wahrscheinlich wollte nur jemand eine Spritztour machen. Das scheint im Moment in Mode gekommen zu sein, am Wochenende hatten wir einen ganz ähnlichen Fall. Ja ..., melden uns ... sobald ... da ist. Adieu Frau ...»

Den Namen der Anruferin hatte er bereits wieder vergessen. Twerenbold schmiss den Hörer zurück in die Halterung und stand auf. «Was ist bloss los in diesem Land», seufzte er und stützte sich auf die Theke beim Empfang.

«Grüezi, Frau Schneider. Wie gehts?», rief er freudig, als Petra das Büro betrat.

«Haben Sie sich einen Hund zugelegt? Ist ja auch sicherer bei ihrer Kundschaft, gell!»

Petra Schneider unterbrach ihn. «Der Hund gehört nicht mir, Herr Twerenbold», sagte sie scharf, «und über meine Kundschaft machen Sie sich mal keine Sorgen!» Der Polizeichef wurde ein bisschen rot im Gesicht.

«Na, ein kleiner Scherz. Also, was haben Sie auf dem Herzen, Frau Schneider?»

Sie erzählte, was es mit dem schwarzen Vierbeiner auf sich hatte. «Ah, der Herr von gestern. Ja, das war eben auch so ein Fall von Autodiebstahl, der keinen Sinn macht. Klauen einen Wagen und lassen ihn irgendwo stehen. Lausbuben, sag ich Ihnen, Lausbuben.»

Twerenbold ging um die Theke herum und kniete vor Harrass nieder. «Na komm, kleiner Junge. Wo gehörst du denn hin», sagte er mit kindlicher Stimme.

«Tja, uns liegt keine Meldung vor, dass jemandem ein Hund fehlt. Und das Halsband verloren, sagen Sie. Nun, wenn der Hund oben in Guttannen so quasi ‹zugestiegen› ist, weiss die Polizei vor Ort vielleicht mehr. Möglicherweise ist dort eine Vermisstenmeldung eingegangen.»

Er griff erneut zum Hörer und wählte die Nummer des Beamten in Innertkirchen.

Es läutete und Twerenbold schaute hoffnungsvoll hinüber zu Petra Schneider. Ein leises Knacken in der Leitung verriet, dass der Anrufer umgeleitet wurde.

Sie schaute sich im Büro um. Die Wände waren mit Plakaten versehen. Einige mahnten zur Vorsicht gegenüber Dieben, andere warnten vor gesuchten Verbrechern.

«Guten Tag. Hier Twerenbold aus Interlaken. Den Kollegen in Innertkirchen bitte.»

«Tut mir leid, er ist nicht da», sagte die Sachberabeiterin am

Schreibtisch neben ihm in den Hörer. Die Telefonanrufe werden umgeleitet, nach Interlaken.»

Die Sachbearbeiterin und Twerenbold schauten sich verdutzt an - und legten beide die Hörer auf. Twerenbold war die Sache etwas peinlich. Hatte er doch tatsächlich mit seiner eigenen Sekretärin telefoniert - mit einem Umweg über Innertkirchen.

Er bat sie, im Dienstplan nachzuschauen, wann der Kollege wieder zur Arbeit erschien. «Der hat frei bis Ende der Woche, Chef. Überstunden.»

Twerenbold nickte und drehte sich zu Petra Schneider. «Der Kollege ist leider nicht am Arbeitsplatz. Das heisst, wir können im Augenblick keine weiteren Abklärungen tätigen.»

Petra Schneider schaute zuerst Twerenbold fragend an, danach Harrass. Er wedelte aufgeregt und schaute hinauf zu ihr.

«Frau Schneider, wir haben einen kleinen Zwinger unten im Keller. Wenn Sie wollen, sperren wir den Hund da rein und warten ein paar Tage. Vielleicht geht eine Meldung ein. Inzwischen versuchen wir, den Kollegen aus Innertkirchen zu erreichen.»

Die Worte «Zwinger» und «einsperren» kamen bei Petra schlecht an. Sie forderte den Polizeichef auf, etwas mehr Engagement in der Sache zu zeigen.

«Aber verstehen Sie doch! Wir können uns nicht um jeden Spezialwunsch kümmern. Es gibt da schlimmere Angelegenheiten als ein entlaufener Hund. Die gestohlenen Autos zum Beispiel.»

Petra Schneider hatte verstanden. Der Polizei waren teure Wagen wichtiger als ein verloren gegangener Hund.

«Nun, Sie wissen ja, wo Sie den Hund finden. Er wird solange bei mir bleiben», sagte sie scharf und verliess die Polizeistation. Harrass verstand natürlich nicht, um was es ging. Trotzdem fühlte er sich besser als noch ein paar Minuten zuvor.

Etwas später kaute er auf dem Küchenboden bei Petra zu Hause an einer Speckschwarte. Der Nachmittag war schon fortgeschritten, es ging gegen vier Uhr zu.

Petra Schneider trat in die Küche und hielt ein neues Halsband in den Händen. «Komm, mein Lieber, jetzt ziehen wir das an.»

Harrass sträubte sich dagegen. Aber gegen ihre starken Hände hatte er keine Chance. Minuten später klickte sie eine Hundeleine ins neue Halsband und führte ihn hinaus ins Treppenhaus.

Sie fuhren im Auto Richtung Lotus. Harrass erkannte den Ort sofort wieder. Dieser starke Geruch von süssem Parfüm!

Im Lotus war noch nicht viel los an diesem Montag, die Frauen sassen alle in der Küche und plauderten.

«Ja, sieh mal an, Petra, hast du den neuen Freund behalten?», lachten sie, als die beiden zur Tür hereinkamen. Die Chefin erklärte, dass der Hund jetzt für ein paar Tage bei ihnen wohnte.

Damit hatte keine der Damen ein Problem. Und Harrass freute sich. Hier waren ihm regelmässiges Massieren und Kraulen sicher und obendrein befand er sich in Sachen Wurst an der richtigen Adresse.

Zur selben Zeit, als Harrass sich wohlig auf seiner Decke zusammenrollte, rollte eine Kioskfrau eine Sammlung erotischer Magazine zusammen und spannte ein Gummiband darum.

Die anzügliche «Literatur» gehörte Frantisek Hrdina, der sich beim Kauf der Hefte ein bisschen unwohl fühlte. Aber er erstand sie ja nicht zum Vergnügen, sondern brauchte sie an der Arbeit - als Kunstmaler!

Sein Gemütszustand schwankte zwischen erwartungsvoller Euphorie und beklemmender Angst, sobald er an die Bilder und Duschvorhänge dachte. Immerhin bewegte er sich auf sehr dünnem Eis. Seine malerischen Gehversuche lagen Jahrzehnte zurück und auf dem Gebiet der Aktmalerei war er ein kompletter Anfänger.

Zudem hatte er nicht einmal drei Tage Zeit, um die fünfzehn Sujets zu malen. Auch wenn man diese noch nachträglich etwas ausarbeiten konnte - am Donnerstagmittag mussten die Bilder in Farbe vorliegen.

Hrdina eilte schnell zur Garage und nahm seinen Wagen in Empfang. Die Rechnung liess er zu Lasten der Courtena AG ausstellen, schliesslich ereignete sich der Schaden während der Arbeitszeit.

Zu Hause angekommen, trug er die Malutensilien schnurstracks hinunter in den Keller und breitete sie im Hobbyraum aus. Die Staffelei war schnell installiert, der Zeichnungsbogen auf den Rahmen gespannt und die Farben eingeordnet.

Als Vorlage diente das erste Heft, das er der Rolle entnahm. Sujets gab es da genug. Schon bald folgte der erste Pinselstrich.

Das Resultat der ersten Skizze konnte sich durchaus sehen lassen, fand Hrdina, und er malte motiviert weiter. Wenn es so weiter ging, gab es mit dem Liefertermin überhaupt keine Probleme.

Viel weniger rund lief es Sven bei der Arbeit. Die Tentakel des Seemonsters für das Finanzmonster vom rechten Zürichseeufer wollten ihm einfach nicht gelingen.

Er war nicht bei der Sache. Immer wieder dachte er an das verpatzte Wochenende. Begonnen hatte sein Unglück aber schon früher, mit dem unsäglichen «Schwund» und mit den ewigen Gedanken an seine Chancenlosigkeit bei der Arbeitskollegin. Und gerade sie war doch für seine Pechsträhne verantwortlich - oder zumindest daran beteiligt.

Sven sank erschöpft in seinem Bürostuhl zusammen. Er wusste, dass ihn all die Überlegungen aufs Abstellgleis führten und er erwischte sich dabei, wie er sich selbst bemitleidete. Auf der anderen Seite: Was hatte er denn falsch gemacht? Wo lagen denn seine Fehler?

Langsam erhob er sich aus dem Sessel und ging zur Tür. Alles schmerzte. Die blauen Flecken an Knien und Ellbogen, der verspannte Rücken. Auch im Geist war Sven müde.

Eine Feierabendvelotour mit den Kollegen hatte er bereits abgesagt, mit der Begründung, er müsse länger arbeiten. Von seinem Wochenend-Malheur erzählte er seinen Velofreunden nichts, sie hätten es sowieso nicht verstanden.

Daheim erledigte Bettina verschiedene Hausarbeiten, so richtig in Schwung kam sie aber nicht. Die trüben Gedanken über die Situation mit Sven hingen wie ein zäher Nebel über ihr, dazu kamen die Sorgen um Harrass - wenn er überhaupt noch lebte.

Plötzlich klingelte das Telefon. Sofort nahm sie den Hörer in die Hand und realisierte zu spät, dass ein Versicherungsbroker sein Unwesen trieb. Auf diesen Schwätzer konnte sie jetzt gut verzichten und gab dem hartnäckigen Verkäufer mit wüsten Worten den Laufpass. Vom Berner Oberland erreichte sie kein Anruf, den ganzen Nachmittag lang.

Bettina blieb nichts anderes übrig, als zu hoffen. Darauf, dass irgendjemand ihren Harrass fand und ihr zurückbrachte.

Kapitel 16

Dienstage sind etwas Besonderes, aber selten besonders schön. Die Woche hat erst begonnen und im Gegensatz zum Montag verblasst der Glanz des Wochenendes ein Tag später wieder. Aufregende Unternehmungen, interessante Begegnungen, erholsames Nichtstun – all das ist schon wieder weg.

Bis zu den nächsten freien Tagen dauert es aber noch lange. Eigentlich ist der Dienstag der durchschnittlichste Wochentag von allen. Mittendrin in der Arbeit, zugedeckt mit einem Haufen unspektakulären Aufgaben. Einzig die Dienstagabendkrimis im Fernsehen sorgen für Spannung.

Die Kommissare und Polizeibeamten sind auf vielen Sendern unterwegs, was eindeutig beweist, dass der Dienstag in allen Ländern gleich unspektakulär ist. Einzig in Österreich. Am Dienstag ein Inspektor? Gibts keinen! Da wird an einem anderen Abend ermittelt.

Für Sven und Bettina begann der Dienstag mit einem mulmigen Gefühl im Magen. Heute sahen sie sich wieder, das erste Mal nach dem Sonntagsmalheur. Es gab kein Entrinnen.

Bettinas Migräne, die keine war, liess sich nicht noch einmal vortäuschen und Sven hatte alle Hände voll zu tun mit den Tentakeln. Der Bonze von der Goldküste rief schon fast stündlich an und fragte, wann die Courtena AG den Vorhang denn endlich liefere.

Die Sonne stand schon hoch über dem Horizont, als Bettina ihr Auto in die Parkgarage zwängte. Nach wie vor machte es ihr Mühe, ihr Auto durch das Labyrinth von Betonstützen zu steuern. Heute kam dazu noch ein gehöriges Mass Nervosität.

Im Kofferraum lag Svens kaputtes Velo. Im Normalfall hätte es in ihrem kleinen Auto niemals Platz gehabt. Nach der unsachgemässen Behandlung vom Sonntag liess es sich aber problemlos verstauen, selbst der stabile Rahmen hatte sich so verformt, dass er gut und gern für ein Kinderfahrrad passte. Die Räder sahen aus, als hätte ein Künstler sie zu Skulpturen geformt.

Sven seinerseits reiste mit dem Zug an. Zwar schmerzten Bein und Hüfte weniger als gestern, trotzdem hatte er aufs Velofahren keine Lust.

Auch benutzte er den Lift, das Treppensteigen bereitete ihm noch zu viel Mühe. Ungeduldig drückte er auf den Liftknopf und las versonnen die Firmenschilder, die zeigten, wo sich welche Firma im Haus befand. Die Courtena AG belegte mit ihren Büros eine der obersten Etagen; Produktion und Lager befanden sich in einem anderen Teil der Stadt.

Ein Blinken des Liftknopfs kündigte das Nahen der Fahrstuhlkabine an. Die metallenen Türblätter schoben sich zur Seite und im Lift stand Bettina.

Sven erschrak. So früh hatte er sich das Wiedersehen mit der Arbeitskollegin nicht vorgestellt. «Äh, ..ten ..orgen ...rau ...tenmoser», stammelte er. Mehr brachte er nicht hervor. Einerseits verspürte er die Wut zurückkehren, die er oben am Grimsel verspürte, als er im Bach sass und sein Velo im Schnee steckte. Andererseits brachte ihn Bettina nach wie vor aus dem Konzept.

Das Dilemma bahnte sich an. «Guten Morgen Herr Tirebeg», antwortete Bettina forsch. Dann folgte eine unangenehme Pause, einzig die klackenden Relais im Liftschacht waren zu hören, während sie hinauffuhren.

Das Bimmeln beim Öffnen der Tür war für beide eine Erlösung. Sie traten hintereinander ins Empfangszimmer und begrüssten die Sekretärin mit aufgesetzter Fröhlichkeit.

«Ach, Herr Hrdina kommt heute nicht ins Geschäft. Ein wichtiges Meeting mit einem Künstler, sagt er. Sie sollen anrufen, wenn etwas sehr dringend ist, lässt er ausrichten», sagte die Sekretärin.

Sven und Bettina gingen weiter. Der Korridor war kein guter Ort, um eine Diskussion zu beginnen. Schliesslich zerfetzte Harrass ja hier vor noch nicht langer Zeit Svens Veloschuh.

Das waren der Erinnerungen zu viel für den Hausdesigner und auch Bettina quälten die Gedanken an Harrass - aus ganz anderen Gründen. Sie hatte noch immer Hoffnungen, dass er bald gefunden wurde. Allein ihr Verstand sagte ihr, dass bei grossen Erwartungen die Enttäuschung umso grösser war.

Sie gingen wortlos zu ihren Büros und verschwanden darin ohne Kommentar. Bettina setzte sich an den Schreibtisch und kramte verschiedene Dossiers hervor. Sie wusste genau: Der Augenblick lag unabwendbar bevor, wo sie sich mit Sven aussprechen musste.

Dann kam alles auf den Tisch, davor gab es kein Entrinnen. Die materiellen Aspekte beunruhigten sie nicht besonders. Viel mehr lag ihr daran, mit Sven wieder ein normales Verhältnis zu beginnen. Trotz all den Querelen erlosch ihr Interesse am Kollegen nicht. Allerdings war sich Bettina bewusst, dass nach all den Missgeschicken wohl kaum noch Hoffnung bestand, über mehr als einen oberflächlichen Kontakt während der Arbeit hinauszukommen.

Und schliesslich stand für sie das Drama um Harrass im Vordergrund und liess all die anderen Fragen klein und unbedeutend erscheinen.

Während sie sich durch eine Offerte kämpfte, starrte Sven in seinem Büro auf den Tintenfisch. Eigentlich konnte er zufrieden sein mit seinem Werk. Das Meeresungeheuer war wohlproportioniert und schillerte farbig. Das Sujet machte sich bestimmt gut auf dem riesigen Duschvorhang. Sven stellte sich vor, welche Dimensionen das Badezimmer des Industriellen wohl hatte.

Und was für ein Schweinegeld dieser für die Sonderanfertigung bezahlte. Beim Wort Schweinegeld verdüsterten sich seine Gedanken. Alles, was im Entferntesten mit Schwein oder Hund zu tun hatte, betrübte ihn augenblicklich.

Sven versuchte, sich zu zerstreuen, indem er die Tentakel mit kleinen Saugnäpfen versah. Eine eintönige Malerei, Fleissarbeit. Aber sie half, auf andere Gedanken zu kommen. Die grosse Aussprache stand unmittelbar bevor, da tat Ablenkung gut.

Ganz andere Sorgen plagten in der Zwischenzeit Frantisek Hrdina. Am späten Montagnachmittag hatte er sich im Hobbyraum eingerichtet, mit Staffelei, gespitzten Bleistiften, Pinselsortiment und einem gehörigen Schuss Enthusiasmus.

Seit langer Zeit fühlte er sich wieder einmal als der Draufgänger, der er einst war. Voller Tatendrang machte er sich an die erste Zeichnung, nachdem er in den Herrenmagazinen geblättert und sich eine Kombination zweier doch recht anzüglichen Positionen zurechtgelegt hatte.

Die ersten Striche machten sich gut auf der Leinwand, Hrdina war zuversichtlich. Die Zeit verging wie im Flug. Schon bald verschwand draussen die Sonne hinter dem Aargauer Mittelland und die Dämmerung brach herein.

Davon bekam der Maler aber nichts mit. Im provisorischen Atelier gab es nur ein kleines Fenster, direkt unter der Decke. Sonnenlicht brauchte Hrdina sowieso nicht, um die Schlafzimmerszenen zu zeichnen. Dafür umso mehr Fantasie.

Die Uhrzeiger standen knapp vor Mitternacht, als die erste Zeichnung endlich gediehen war. Noch nicht in allen Nuancen perfekt, und bei den Farben gabs noch Mankos. Dennoch trat Hrdina kurz nach zwölf zwei Schritte zurück und betrachtete sein Werk mit Genugtuung.

Natürlich gab es im Vergleich zu den Fotos im Heft gewisse Unterschiede. Die Frau auf seinem Bild schien reichlich korpulenter, als in Wirklichkeit. Und zugegeben: Ihr Partner machte einen recht verkrampften Eindruck.

Alles in Allem konnte man aber die Situation durchaus erkennen und ein gehöriger Schuss Erotik war dem Gemälde nicht abzusprechen.

Doch Hrdina musste sich sputen, wenn er bis zum Donnerstagmorgen alle fünfzehn Sujets beieinander haben wollte. An geregelten Schlaf war nicht zu denken, Nachtarbeit stand auf dem Programm. Darum gönnte er sich nur eine kleine Pause und spannte schon bald das nächste Papier auf den Rahmen.

Das Durchblättern der Magazine war bereits weit weniger interessant als noch zu Beginn. Wieder galt es, eine zeichnungswürdige Vorlage zu finden, um diese möglichst naturgetreu zu malen.

Der Courtena-Chef legte sich ins Zeug. Aus der Erfahrung des ersten Werks hatte er gelernt. Die Strichzeichnungen gingen ihm jetzt flüssig von der Hand, und schon nach kurzer Zeit ka-men die Farben zum Einsatz. Weiche Schattierungen da, harte Linien dort. Hrdina war im Element.

Mitten in der Nacht nahm er wieder Abstand von der Staffelei und betrachtete das zweite Bild aus der Distanz. Auch dieses war ihm gelungen, so befand er. Am schiefen Lächeln der Badenixe, die sich um den jungen Bademeister schlang, sollte sich niemand stören. Und dass beide Protagonisten des Liebesspiels reichlich kurze Beine hatten, fiel Hrdina nur am Rande auf. Schliesslich waren alle Menschen verschieden, beruhigte er sich und stellte das Bild neben das Erstlingswerk.

Das war um fünf Uhr morgens. Hrdina nahm sogleich das nächste Bild in Angriff, kapitulierte aber bei der Durchsicht der Hefte. Die Frauen und Männer erschienen ihm alles andere als scharf, die nackten Körper flimmerten unruhig vor seinen Augen.

Er wusch die Pinsel aus, legte die Farbpalette zur Seite und begab sich todmüde hinauf in die Wohnung. Im Badezimmer warf er einen Blick in den Spiegel und sah in ein übermüdetes Gesicht.

Einen Moment lang blieb Hrdina stehen und verlor sich in seinem Spiegelbild. War das wirklich er, der ihn da anschaute? Hrdina schauderte und verschwand schnell im Schlafzimmer. Manchmal wäre es besser, man würde sich nicht erkennen im Spiegel, sinnierte er vor sich hin, während er einschlief.

Wenige Stunden später riss ihn der Wecker aus dem Schlaf. Es war Dienstag und er hatte noch genau zwei volle Tage Zeit, um dreizehn Bilder zu malen. Hrdina würgte ein paar Scheiben Brot hinunter, leerte zwei Tassen Kaffee in einem Zug und stürzte gestresst in den Hobbyraum.

Die vollbrachten Bilder betrachtete er nur flüchtig. Heute schienen ihm die Beine noch kürzer, und die Frau auf dem ersten Bild hatte über Nacht offensichtlich noch zugenommen.

Doch für kritische Blicke reichte die Zeit nicht. Heute musste er mindestens sechs der Sujets fertig stellen, damit die Lieferung am Donnerstag klappte. Skizzen zeichnen, Farbe mischen und Malen erwiesen sich als eine Frage der Routine.

Viel schwerer fiel es Hrdina, immer neue Situationen zu erfinden. Die Magazine gaben schon bald nichts mehr her und er musste seine Fantasie immer mehr bemühen. Das wiederum war nicht seine Stärke.

Nach dem vierten Bild - kurz vor Mittag - sank er erschöpft in den alten Sessel, der hinter der Staffelei stand. So konnte es nicht weitergehen.

Hrdina brauchte Stoff! Material zur Verarbeitung. Szenen, Praktiken - all das, was auf die Erotikvorhänge passte. Es blieb ihm nichts anderes übrig, als nochmals zum Kiosk zu gehen, um weitere Magazine zu kaufen. Von der konzentrierten Arbeit und vom Kellerlicht gezeichnet stürmte Hrdina nach draussen.

«Herrje, Herr Hrdina, wie sehen sie denn aus?», fragte die Kioskfrau besorgt. «Geht es Ihnen nicht gut?»

Hrdina winkte ab: «Ach was, alles klar. Ich brauch einfach noch mehr von diesen Magazinen da.»

Er deutete hinüber zum Gestell in der Ecke. Die Kioskfrau schaute ihn mit einem Lächeln an und antwortete knapp:

«Ja, wenn Sie meinen. Welche wünschen Sie denn?» «Alle», sagte Hrdina mürrisch und kramte sein Portemonnaie hervor.

«Es sind zu viel zum Rollen», sagte die Frau erstaunt und fragte, ob er eine Tasche dazu wolle.

Hrdina hörte gar nicht richtig zu. Er packte den Stapel mit den Magazinen, murmelte etwas von Wiedersehen und Danke und ging so schnell wie möglich zurück.

Bevor er sich wieder an die Arbeit machte, verdrückte er zu Mittag schnell noch ein Sandwich. Für einen gepflegten Alltag gab es im Augenblick einfach keine Zeit.

In der Courtena AG vergingen die Stunden wie an einem gewöhnlichen Dienstag. Nichts Aussergewöhnliches passierte, höchstens die unübliche Stille in den Büros erstaunte.

Da aber der Chef nicht anwesend war und sich die Mitarbeitenden mit ihrem Tagesgeschäft befassten, war kaum ein Ton zu hören. Erst gegen Mittag kam ein bisschen Leben in die Bude.

Einige der Angestellten verabredeten sich wie immer zum Mittagessen beim Italiener nebenan. Sven hatte ebenfalls Hunger und überlegte, wie er sich verköstigen wollte.

Mit den Kolleginnen und Kollegen ins Restaurant gehen, konnte er nicht, dafür war er zu schlecht gelaunt. Er entschloss, einen Hotdog zu kaufen und die Pause draussen an der frischen Luft zu verbringen. Mit einem kurzen Blick aus dem Büro versicherte er sich, ob niemand durch den Korridor ging. Insbesondere Bettina wollte er jetzt nicht begegnen. Die Luft war rein. Schnell begab er sich zum Lift, fuhr hinunter und trat auf die Strasse.

Die frische Luft und ein wenig Bewegung taten gut. Zur Snackbar waren es ein paar Minuten zu Fuss. Sven sah schon von weitem, dass einige Leute vor der Imbissbude standen. Der Laden war im Quartier bekannt, die Snacks schmeckten gut und die Preise stimmten.

Sven wartete geduldig und bestellte dann einen Hamburger. Der Hunger wuchs ständig, ein Hotdog hätte da nicht gereicht. Schon bald brutzelte der Fleischfladen auf der Grillplatte. Der Koch setzte auf Qualität und schnitt stets frisches Gemüse auf.

Während Sven wartete, sammelten sich weitere Hungrige hinter ihm, es bildete sich eine Schlange. Die meisten kannten sich. Ein lockeres Durcheinander von Gesprächen prägte den kleinen Vorplatz beim Stand, es wurde gelacht und diskutiert.

Sven nahm gierig seinen Hamburger in Empfang, drehte sich um und wollte schon in Richtung Courtena AG zurückgehen, als er Bettina auf sich zukommen sah. Offensichtlich hatte sie das Gleiche vor wie er: ein kleiner Imbiss bei der Snackbar.

Sie sahen sich gleichzeitig an und wussten genau: Nun war der Zeitpunkt gekommen, die ganze Sache zu bereinigen.

Sven lehnte sich lässig an einen der Stehtische. Bettina kam auf ihn zu und fragte rhetorisch: «Sie auch hier, Herr Tirebeg ...»

«Ja, stellen Sie sich vor! Und wo ist Ihr schwarzer Störenfried?», antwortete er schnippisch, obwohl er wusste, dass Bettina ihren Hund an diesem Tag nicht dabei hatte.

In Bettinas Blick waren gleichzeitig Nervosität und Trauer zu erkennen. «Nur keine Angst, Harrass ist nicht hier. Leider.»

Sven konnte eine dumme Bemerkung gerade noch verhindern. Trotzdem spottete er: «Ach, das liebe Hündchen ist zu Hause. Ist sicher noch müde vom Wochenende, der Arme.»

Bettina holte sich ein Sandwich und stand kurz darauf wie-der bei Sven am Tisch. «Herr Tirebeg, ich will nicht lange debattie-ren. Ich entschuldige mich bei Ihnen für die ganzen Umstände. Das ist wirklich dumm gelaufen am Sonntag. Ihr Velo ist in mei-nem Auto, ich kann es Ihnen auch nach Hause bringen. Sagen Sie mir einfach, was der Schaden kostet, ich bezahle alles.»

Sie schaute an Sven vorbei und fixierte irgendeinen Punkt in der Ferne.

«Ja, sehr dumm gelaufen. Und es hätte noch schlimmer ausge-hen können», dramatisierte er den Vorfall.

«Das Velo war schon recht teuer, muss ich sagen.»

Bettina reagierte nicht.

«So ein Hund kann einen schon in gefährliche Situationen bringen. Vielleicht muss man da einfach besser aufpassen», lan-cierte Sven das Gespräch von neuem. «Wissen Sie denn, warum er aus dem Auto sprang wie von Furien getrieben?»

Bettina schaute ihn an und sprach mit leiser Stimme: «Ich hab keine Ahnung. Er hat sich wohl erschreckt. Und nun ist er weg.»

Sven wartete auf weitere Ausführungen. Aber es folgten keine, wieder war Pause. Beide assen ihre Snacks und schwiegen ein-ander an, bis Bettina sich die Hände abwischte mit der Papierser-viette und sich aufmachte, ins Büro zurückzukehren. Sie gingen zusammen zurück, ein Gespräch ergab sich aber keines mehr. Erst als sie im Lift standen, fand Sven wieder den Anschluss. «Also, wegen dem Velo. Sie können es mir nach der Arbeit geben, ich schau mir den Schaden mal an. Vielleicht ist es ja doch nicht so schlimm.» Bettina nickte.

Erst als sie sich kurz vor ihren Büros befanden, fragte Sven, wo sich denn der Hund jetzt befände. «Weg. Ist seit dem Unfall nicht mehr aufgetaucht. Niemand hat ihn gesehen», sagte sie mit weinerlicher Stimme und verschwand in ihrem Büro.

Sven blieb im Korridor stehen und schaute auf die Tür, die sich langsam schloss. Nachdenklich setzte er sich an seinen Schreibtisch. Einerseits war er froh, dass der schwarze Taugenichts verschwunden war und weder ihn noch andere belästigte mit seinem unflätigen Benehmen.

Andererseits tat ihm Bettina doch leid, weil sie offenbar sehr darunter litt, dass Harrass wie vom Erdboden verschluckt war.

Auf jeden Fall verlief das Gespräch recht geordnet, fand Sven. Ein bisschen war er sogar stolz auf sich selber, dass er weitgehend die Ruhe bewahrte. Schliesslich trug er ja den Schaden bei dem ganzen Schlamassel - ausser, dass Bettinas Hund weg war. Mehr oder weniger war die ganze Sache aber geklärt.

Trotzdem beschlich Sven ein Gefühl von Unzufriedenheit. Irgendwie schien doch viel verloren gegangen zu sein an diesem Wochenende.

Als er am Abend sein kaputtes Velo von Bettina in Empfang nahm, verzichtete er auf jegliche Bemerkungen bezüglich Harrass, zu traurig war die Arbeitskollegin über den Verlust des Hundes.

Er versuchte sie ein wenig aufzumuntern. «Seien Sie zuversichtlich. Er taucht sicher wieder auf, ihr Liebster. Vielleicht hat ihn ja bereits jemand gefunden und meldet sich bald bei Ihnen.»

Sven verabschiedete sich und wünschte ihr einen guten Abend. Bettina erwiderte den Wunsch und setzte sich ins Auto. «Ich hoffe, Sie haben recht. Bis morgen», sagte sie beim Wegfahren.

Sven schaute ihr nach und inspizierte dann sein Velo - oder was davon noch übrig war. Ihm war sofort klar: Dieser Patient war gestorben, da halfen keinerlei Wiederbelebungsversuche.

Kapitel 17

«Guten Tag Frau Breitenmoser. Vermissen Sie ihren Hund?»
Bettina war ganz aufgeregt und schrie förmlich ins Telefon: «Ja, ja, wo ist er?»

«Ha, ha, bei uns natürlich. Sitzt in der Werkstatt und frisst einen Schuh.» Bettina verstand nicht. «Ist dort nicht die Polizei. In Innerkirchen?»

«Velomanufaktur. Wir machen Velos. Von Hand. Alles aus Gold und Platin. Höchste Qualität, aber teuer, sag ich Ihnen, sehr teuer.»

Bettina verstand die Welt nicht mehr. «Hören Sie, ich komm den Hund sofort holen. Jetzt gleich!»

«Na, na, nicht so schnell! Der muss zuerst seine Strafe absitzen. Sobald kommt der hier nicht raus. Schauen Sie sich das an: Dieses Velo hat er total zerstört, komplett. Sehen Sie nur. Alles kaputt.»

Bettina stand mitten in der Fabrik. An den Wänden hingen überall defekte Fahrräder. Der Mechaniker fuchtelte mit einem unförmigen Gestänge vor ihren Augen herum und zeigte auf etwas Rundes, das wahrscheinlich einmal ein Rad war.

Der Mann im blauen Overall glich Frantisek Hrdina. An einer langen Leine zerrte er Harrass zu sich hin, dem ein kleiner Nikolaus zwischen den Zähnen klemmte und abwechselnd zu Hrdina und Bettina hinaufschaute.

«Hören Sie, Herr Hrdina, das ist nicht mein Hund. Meiner hat ein schwarzes Fell.»

«So, so», sagte Hrdina. Seine linke Hand umklammerte eine grosse Spraydose. Die andere reichte er Bettina zum Gruss.

«Selbstverständlich. Wir spritzen ihn gerne um für Sie, Frau

Breitenmoser! Schwarz. Kein Problem. Kommen Sie morgen wieder vorbei, dann ist die Sache geritzt.»

Dann ging er mit dem Hund an der Leine an Bettina vorbei, Harrass würdigte sie keines Blickes.

Sanftes Vogelgezwitscher mischte sich nun in die Fabrikatmosphäre. Und auf einen Schlag war Bettina hellwach und erkannte die Umrisse ihrer Schlafzimmermöbel. Sie setzte sich auf und rekapitulierte den schrecklichen Traum.

Ans Weiterschlafen war nicht zu denken, obwohl die Uhr erst kurz vor fünf Uhr zeigte. Bettina stand schlaftrunken auf und zog sich an. Verschwommen erkannte sie sich im grossen Spiegel auf der Kleiderschranktür.

Wie schnell sich doch das routinierte Leben verändern konnte, dachte sie sich. Sie sah eine junge Frau mit Sorgenfalten im Gesicht. War das wirklich sie, die sich da gegenüberstand? Bettina zog sich schnell an.

Die Kaffeemaschine nahm kurze Zeit später ihren Betrieb auf und gab eine Tasse nach der anderen von sich. Bettina war zwar wach, aber nicht ausgeschlafen.

Nach acht Uhr betrat sie die Empfangstheke der Courtena AG. «Guten Morgen Frau Breitenmoser. Bevor ich es vergesse: Herr Hrdina lässt sich nochmals entschuldigen. Er habe heute noch einmal viel zu tun, auswärts.»

Die Dame am Empfang schwieg und machte eine bedeutungsvolle Geste. «Übrigens, wenn Sie mich fragen ... auswärts... Also, für mich ist klar, was er damit meint ...» Sie lächelte verstohlen und schaute Bettina an.

«Tja, ich weiss es nicht. Hat sonst noch jemand angerufen?»

«Nein, nichts. Doch! Herr Tirebeg hat nach Ihnen gefragt.»-
Bettina klemmte ein paar an sie adressierte Couverts unter den

Arm und ging in ihr Büro. Heute war Mittwoch. Im Prinzip unterschied sich der heutige Tag in keiner Weise vom gestrigen.

Bettina hatte keine Pläne für ihre Freizeit am Abend, gearbeitet werden musste sowieso. Sie überlegte, was sie am Wochenende tun wollte. Ganz bestimmt ging sie wieder hinauf auf den Grimselpass und suchte Harrass.

Insgeheim hoffte sie, dass ihre Kollegin sie noch einmal begleitete. Heute Abend würden sie telefonieren und sich verabreden.

Bei den Gedanken ans Telefon kam Bettina der absurde Traum der vergangenen Nacht in den Sinn. Der weisse Harrass, Hrdina als Velomechaniker und Svens kaputtes Velo.

Und als ob Sven Bettinas Gedanken lesen konnte, klopfte er an ihre Tür und trat ins Büro. «Äh, guten Morgen Frau Breitenmoser. Also, ich habe die Schäden am Velo untersucht. Leider ist sogar der Rahmen verzogen. Und die Schaltung lässt sich wohl nicht mehr reparieren, wie auch bei den Rädern, die...»

«Sagen Sie einfach, wie viel alles zusammen kostet», unterbrach sie ihn höflich, aber bestimmt.

«Ich melde den Schaden der Versicherung. Allerdings werden die wohl nicht die ganzen Kosten übernehmen. Hundeangriffe sind von den üblichen Versicherungsleistungen vermutlich ausgeschlossen.»

Sven hob etwas ratlos die Schultern.

«Ja, aber einen Teil werden sie sicher bezahlen. Apropos Hund: Haben Sie schon etwas Neues gehört? Hat man ihn schon gefunden?»

Bettina schüttelte den Kopf. «Nein, nichts. Und jetzt sind schon über drei Tage vergangen. Womöglich hat er sich ernsthaft verletzt und ist irgendwo auf dem Pass geblieben.»

Sven wusste, was sie damit meinte und schwieg. Eigentlich

war er gekommen, um die Rechnung für sein kaputtes Velo zu präsentieren. Aber irgendwie passte das nicht zur momentanen Situation. Die Arbeitskollegin trauerte um ihren Hund und er wollte Geld.

Schon drehte er sich zur Tür und wollte sich verabschieden, da sprach ihn Bettina an: "Übrigens: Der Chef kommt heute wieder nicht. Wissen Sie, was los ist mit ihm?»

Sven schüttelte den Kopf. Genaues wisse er nicht, wohl aber die neusten Entwicklungen in der Erotikvorhang-Geschichte, er-klärte er knapp.

Er fasste in wenigen Sätzen zusammen, was ihm Hrdina am Montag berichtet hatte über das Geschäft. Das Wichtigste war ja, dass sowohl Sven als auch Bettina aus der Sache raus waren, abgesehen davon, dass Sven am kommenden Donnerstagmorgen nach Interlaken fahren musste, um die Sujets abzuliefern.

«Ach, so ist das. Darüber bin ich nicht unglücklich, muss ich gestehen», sagte Bettina erleichtert.

«Viel besser, wenn sich der Chef um die delikate Angelegenheit kümmert. Aber woher kommen denn die Bilder?»

Sven winkte ab: «Keine Ahnung. Er hat einen begnadeten Künstler an der Hand. Ein Spezialist. Nun, mir solls recht sein. Ich male lieber Meerestiere.»

Bettina schaute ihn an und nickte.

Sven ging hinaus auf den Korridor und schloss die Bürotür. Die Rechnung hielt er immer noch in der Hand. Konnte er da ein verstecktes, höhnisches Lächeln auf Bettinas Lippen feststellen? Natürlich! Meerestiere! Und sonst nichts! Nicht einmal einen Hund brachte er ordentlich aufs Papier.

Sven ärgerte sich über seine unüberlegten Äusserungen. Musste er denn immer wieder neue Angriffsflächen bieten? Sven konnte es nicht ändern. Bettina war für ihn zur Qual geworden.

Sie gefiel ihm, doch schien sie jede Gelegenheit zu ergreifen, ihm eins auszuwischen. Einmal stellte sie ihn bloss mit seinen beschränkten Zeichenfähigkeiten, ein andermal hetzte sie den Hund auf ihn.

Darum freute er sich insgeheim, dass die Rechnung für das kaputte Velo einen satten Betrag aufwies. Das war gewissermassen die Quittung für den Gesamtschaden, den Sven im Zusammenhang mit der Arbeitskollegin erlitten hatte.

Und schon bald würde er mit einem neuen Velo auf Tour gehen. Die Kollegen warteten schon, und von der deutschen Velogruppe vom Gotthardpass war auch bereits ein Einladung eingetroffen.

Alles halb so schlimm, befand Sven, als er in sein Büro trat. Selbst der Tintenfisch des Zürichsee-Bonzen schien ein Lächeln auf den Lippen zu haben. Das Bild stand vollendet vor ihm und Sven war zufrieden damit.

Abgemacht war, dass Frantisek Hrdina noch einen letzten Blick darauf werfen wollte, bevor es zur Produktion ging. Aber der Chef war ja nicht anwesend und der Auftrag pressierte.

Sven wählte Hrdinas Mobiltelefonnummer und wartete. «Ja, Hrdina hier. Was gibts?» Der Chef tönte gestresst.

«Der Goldküsten-Auftrag ist fertig und Sie wollten noch...», sagte Sven, doch Hrdina unterbrach ihn.

«Nein, keine Zeit. Ist gut, der Fisch, machen Sie vorwärts, Herr Tirebeg. Bringen Sie die Vorlage selber in die Produktion. Ich kann nicht, bin beschäftigt», keuchte Hrdina ins Telefon.

«Morgen früh um 9 treffen wir uns im Geschäft. Sie bekommen die Zeichnungen und ich erkläre Ihnen, wohin Sie diese bringen sollen. Einen schönen Tag noch.»

Ein kurzes Piepen und Hrdina war weg. Was war bloss los mit

dem Chef, dachte Sven, während er sorgsam die Zeichnung mit dem Tintenfisch zusammenrollte.

Zum Glück konnten die in der Produktion die Skizze problemlos vergrössern. Das Original hätte in Svens Büro niemals Platz gehabt.

Er meldete sich beim Empfang ab und verliess die Courtena AG mit einer Kartonröhre unter dem Arm. Wenn er das Velo dabei hatte, brachte er die Zeichnungen jeweils als privates «Velotaxi»in die Produktion.

Heute war er aber mit dem Tram und zu Fuss unterwegs. Unten auf der Strasse kam ihm nochmals Hrdina in den Sinn.

Es schien, als habe der Chef Probleme mit seinem «tollen» Künstlerkollegen, der die Erotiksujets zeichnete. Tja, solche Bilder zu malen schätzte Sven als anspruchsvoll ein. Keine leichte Aufgabe! Aber, das war ja zum Glück nicht mehr sein Problem.

Tatsächlich häuften sich die Probleme bei Frantisek Hrdina. Seit Montagnachmittag malte er fast ununterbrochen Bilder. Die Ersten gingen ihm noch recht locker von der Hand, aber je mehr erotische Sujets er entwerfen musste, desto weniger Ideen kamen ihm in den Sinn.

Die Magazine stapelten sich, allesamt hatte er sie schon mehrfach durchgeblättert. Zuweilen konnte er die Bilder kaum mehr anschauen. Ein derart intensiver Konsum der Hefte war definitiv kein Vergnügen. Das wirkte sich auch auf seine Malerei aus.

Zu Beginn gab er sich noch richtig Mühe, Personen und Situationen möglichst naturgetreu darzustellen. Spätestens nach dem achten Werk liess er es aber mit den Proportionen immer mehr gut sein - sehr zu Ungunsten der Darsteller.

Natürlich konnte man noch erkennen, was die armen Leute da auf den Bildern trieben. Doch waren einige derart unvorteilhaft gemalt, dass die Erotik jämmerlich auf der Strecke blieb. Hrdina hatte aber nur noch ein Ziel vor Augen: Am Donnerstagmorgen um neun mussten die fünfzehn Szenen fixfertig zur Abgabe bereit sein.

Er schaute auf die Uhr. Bereits war es Nachmittag und noch standen vier Bilder auf dem Programm. Hrdina geriet in Panik und rechnete. Die Zeit sollte reichen, inklusive einer kurzen Schlafpause zwischendurch. Seit Beginn der Malerei hatte er ausser ein paar Sandwiches nichts gegessen.

Wilde Bartstoppeln sprossen aus seinem Gesicht, die Haare sassen wirr auf dem Kopf. Im Hobbyraum sah es aus wie nach einem Erdbeben. Überall lagen Farbtuben herum, der Boden war übersät mit bunten Klecksen und Schlieren.

Zu Beginn hatte Hrdina noch darauf geachtet, dass er nicht aus Versehen in die frische Farbe trat, doch im Verlauf der Zeit verlor er auch diese Disziplin.

Seine Schuhe sahen aus, wie von einem verrückten Designer gestaltet - verziert mit unmöglichen Farbkombinationen. Farbige Fussabdrücke waren überall zu sehen, selbst im Treppenhaus, bis hinauf zu Hrdinas Wohnungstür. Zum Glück zog er die Schuhe da jeweils aus, sonst hätte sich das Debakel mit den Farben bis in die Wohnung ausgedehnt.

Aber der Courtena-Chef blieb unerbittlich. Pausenlos schwang er den Pinsel über die Leinwand und vergass die Zeit. Um Mitternacht vernahm er das Geläut der nahen Kirche.

Bild Nummer 14 stand kurz vor der Vollendung. Trotz allem ein gelungenes Werk, befand Hrdina. Noch genau neun Stunden blieben ihm, um das letzte Werk zu vollbringen. Aber Hrdina war todmüde.

Mit klammen Fingern nahm er Nummer 14 von der Staffelei

und setzte sich für einen Moment. In allen Gliedern spürte er die Tortur der vergangenen Tage.

Die Pinsel konnte er kaum noch in den Händen halten und seine Augen fielen beinahe von selbst zu. Das letzte Bild jetzt noch zu malen - das war schlicht unmöglich. Hrdina beschloss, sich ein paar Stunden Schlaf zu gönnen.

Den Zweistundentakt bei der Bildanfertigung konnte er weitgehend einhalten, was bedeutete, dass er spätestens um sechs Uhr morgens mit der Arbeit beginnen musste. Dann blieb ihm noch eine Stunde, um alles einzupacken und um neun Uhr im Geschäft zu sein.

Er schleppte sich hinauf in die Wohnung und fiel ins Bett. Gerade noch schaffte er es, den Wecker auf sechs Uhr zu stellen, dann schlief er ein.

Eine Minute später wachte Hrdina wieder auf. Das heisst: Er fühlte sich so, als hätte er eine Minute lang geschlafen. In Wirklichkeit waren es mehr. Viel mehr. Er drehte sich um und war augenblicklich hellwach. Der Wecker piepste vor sich hin und das schon seit einer Stunde. Es war punkt sieben Uhr.

Hrdina fluchte, während er das Hemd überstreifte und mit dem Kamm schnell durch die Haare fuhr. Sein Spiegelbild war etwas vom Grausigsten, was Hrdina jemals gesehen hatte. Doch für Gesichtspflege war es nun zu spät.

Einen Moment lang überlegte er, ob er nicht einfach Petra Schneider anrufen und sie um eine kleine Terminverschiebung bitten sollte. Schon schien Hrdina die Lösung des Problems gefunden zu haben, da kam ihm in den Sinn, dass seine Frau ja heute wieder zurückkam.

«Mist! Punkt zehn Uhr steht sie hier», sagte Hrdina zu sich selbst. Ob er sich danach weiterhin der Malerei widmen konnte, daran zweifelte er ernsthaft. Es gab keinen Ausweg. Das letzte

Bild musste aufs Tapet, die Lieferung pünktlich um neun in der Courtena AG sein.

Hrdina stürmte aus der Wohnung, flog die Treppe hinunter und stürzte sich auf Pinsel und Farbe. Zu allem Ärger fielen ihm die vielen Farbflecken auf, die auf fast jeder Treppenstufe zu sehen waren. Die Spur führte von der Wohnung direkt bis in den Hobbyraum.

Beim Sujet Nummer 15 fackelte er nicht lange. Er wiederholte eine der Szenerie, die er bereits auf einem anderen Bild verwendet hatte. Nur tauschte er die Rollen der Akteure.

Das Bild wurde dadurch noch bizarrer. Kurz vor halb neun war es vollbracht. Hrdina legte die Bilder einzeln in die passenden Kartons und klebte diese zu. Die Courtena AG verwendete seit Jahren ein Standardmass bei den Bildvorlagen. Bei der Produktion wurden die Sujets dann auf Kundengrösse angepasst.

Er packte den Stapel und eilte zum Auto. Im Kofferraum hatten die Schachteln alle Platz.

Nun blieben ihm noch fünf Minuten. Die Zeit reichte gerade noch, um andere Kleider anzuziehen, die Schuhe zu wechseln und noch ein letztes Mal den Kamm zu bemühen. Den Dreitagebart zu entfernen, schaffte er nicht mehr, wie auch die Farbflecken im Treppenhaus noch allesamt zu sehen waren. Hrdina setzte sich ins Auto und fuhr los.

Er biss auf die Lippen. Waren die Strassen einigermassen verkehrsfrei, konnte er rechtzeitig da sein. Er hatte Glück. Wenige Minuten nach neun parkte er den Wagen auf dem reservierten Platz in der Tiefgarage. Hrdina schlug mit Schwung die Autotür zu und ging erleichtert zum Lift. Auf den letzten Drücker hatte er es geschafft! Oben wurde er bereits erwartet. Die Empfangsdame empfing ihn entgeistert und brachte zuerst keinen Ton heraus.

Dann endlich: «Herr Hrdina, endlich sind Sie da. Aber was ist denn passiert? Waren Sie unterwegs? Oder sind Sie krank?»

Hrdinas Äusseres liess viel Raum für Spekulationen. Ungepflegt, abgemagert und mit stechendem Blick stand er am Empfangstresen und atmete schwer.

«Äh, ja, nein, ja, komplizierte Aufträge in letzter Zeit. Alles sehr hektisch.»

In diesem Augenblick realisierte er die Gunst der Stunde und fuhr fort: «Ja, und krank auch. Eine Erkältung wahrscheinlich.»

Die Sekretärin schaute ihn fragend an.

«Eine Erkältung, jetzt im Juni?»

Hrdina liess sich nicht beirren. «Ja, so was gibts. Ich fühl mich auch ganz schwach und bin nur schnell gekommen, um Herrn Tirebeg eine Sujet-Kollektion zu übergeben. Er wird die Sachen noch heute ausliefern. Ich geh dann sofort wieder nach Hause. Ist wohl besser so.»

Hrdina ging den Korridor entlang, wo ihm Sven bereits entgegen kam.

«Ah Herr Hrdina. Eben wollte ich anrufen, aber jetzt sind sie ja da. Findet die Übergabe nun heute statt?»

Hrdina streckte den Daumen nach oben, nickte und winkte Sven zu sich ins Büro. «Hier ist die genaue Adresse des Studio Lotus. Parkplätze gibt es direkt vor dem Haus, sie sind angeschrieben. Sie melden sich bei Petra Schneider, sie ist die Chefin des Clubs. Und keine Sorge, das sind alles nette Damen da, überhaupt kein Problem!»

Er gab Sven die Autoschlüssel und bat ihn, den Wagen vor-erst zu sich nach Hause zu nehmen und ihn später wieder ins Geschäft zu bringen.

«Ich bin ein bisschen angeschlagen. Wahrscheinlich der Stress der letzten Tage. Darum steig ich jetzt ins Tram und fahr gleich wieder heim. Tee trinken, Tabletten schlucken. Grüssen Sie Frau Schneider von mir und richten Sie aus, dass ich mich bei ihr melden werde.»

Sven verabschiedete sich von seinem Chef und ging nochmals schnell in sein Büro. Dann machte er sich auf die Fahrt nach Interlaken.

Hrdinas Laune besserte sich. Er war froh, dass die anstrengende Malerei endlich ein Ende hatte. Das intensive Abenteuer als Künstler hinterliess bei ihm einen zwiespältigen Eindruck.

Obwohl er mit den Bildern im Grossen und Ganzen zufrieden war, fasste er einen klaren Entschluss. Er schwor hoch und heilig, niemals mehr Bilder zu malen, die in irgendeiner Form mit Menschen oder gar Erotik zu tun hatten. Schuster, bleib bei deinen Leisten, sagte er sich. Geschäftsmann? Ja, gerne. Künstler? Nein, danke!

Erleichtert atmete er auf. Nun stand ihm die noch heikle Diskussion mit seiner Frau bevor. Der scharfe Ton bei ihrem letzten Telefongespräch verhiess nichts Gutes.

Die Empfangsdame wünschte ihm gute Besserung, als er beim Tresen vorbeiging. Hrdina wollte so schnell wie möglich nach Hause.

Aber wie es so ist im Leben, kommt ein Unglück selten allein. Kaum sass er im Tram, tönte eine Stimme aus dem Lautsprecher.

«Durchsage der Verkehrsleitstelle. Betriebsunterbruch auf den VBZ-Linien im Stadtzentrum wegen einer Fahrleitungsstörung. Beschränkter Trambetrieb, es werden Ersatzbusse eingesetzt. Wir bitten um Entschuldigung.»

Kaum schwieg die Stimme, blieb das Tram auch schon stehen. Der Tramführer bat, alle Passagiere auszusteigen und entschuldigte sich nochmals für die Unannehmlichkeiten. Hrdina fluchte leise. Musste ausgerechnet jetzt das Verkehrsnetz zusammenbrechen? Bereits war es nach halb zehn, jeden Moment kam seine Frau nach Hause und er war nicht da.

Verzweifelt hielt er nach einem Taxi Ausschau, aber keines war unterwegs in seiner Nähe. Hrdina blieb nichts anderes übrig, als auf den Bus zu warten.

Lange zwanzig Minuten stand er an der Haltestelle, bis der Ersatzbus endlich eintraf. Selbstverständlich hielt dieser an jeder Haltestelle, so dass Hrdina glattweg eine halbe Stunde zu spät zu Hause eintraf. Eilig lief er die Treppen hinauf.

Die Tür zur Woh-nung stand offen, seine Frau war aber nicht da. Hatte er vergessen die Tür zu schliessen am Morgen? Hrdina versuchte sich zu erinnern. Er war sich jedoch sicher, abgeschlossen zu haben.

In der Wohnung fand er vorerst nichts Aussergewöhnliches vor, bis er schliesslich die Handtasche seiner Frau entdeckte. Offensichtlich erschien sie pünktlich um zehn Uhr, doch wo war sie jetzt?

Hrdina schaute in allen Zimmern nach. Nichts. Auch ins Badezimmer warf er einen Blick, sah aber nur sich selber im Spiegel – noch immer in einem desolaten Zustand. Es war wohl besser, wenn er seiner Frau dieselbe Geschichte auftischte wie der Empfangsdame in der Firma. Stress, Erkältung, möglicherweise Grippe. Das alles war Grund genug für seine liederliche Erscheinung. Vielleicht hatte sie ja sogar etwas Mitleid. Das Problem war nur: Sie befand sich gar nicht in der Wohnung!

Nach ein paar Überlegungen kam Hrdina drauf: Der Hobbyraum! Der Gedanke durchfuhr ihn wie ein Blitz. Eine absolute Katastrophe! In der morgendlichen Hektik hatte er zwar die Wohnung abgeschlossen, jedoch nicht das provisorische Atelier.

Und die Farbflecken auf der Treppe sprachen deutliche Worte. Sie führten direkt hinunter in den Keller. Und mithin ins Verderben. Zum Aufräumen war Hrdina natürlich keine Zeit geblieben. Nicht einmal die Herrenmagazine hatte er entfernt.

Der ganze Stapel höchst anzüglicher Literatur lag noch neben der Staffelei, dazu einige Bogen Papier mit angefangenen Skizzen. Hrdina wurde heiss und kalt gleichzeitig. Jetzt war guter Rat teuer!

Die ganze Geschichte mit den erotischen Duschvorhängen und dem ganzen Drumherum liess sich zwar schon erklären. Aber es brauchte Zeit. Und Geduld. Ob seine Frau diese aufbringen mochte? Hrdina wagte keine Prognose, zu vertrackt war die ganze Angelegenheit. Er ging hinaus ins Treppenhaus und lauschte. Nichts war zu hören. Kein Laut, kein Geräusch. Was war wohl passiert, als Frau Hrdina den Hobbyraum betrat?

Er stand ein paar Sekunden regungslos vor der Wohnungstür, dann gab er sich einen Ruck. Komme, was wolle, dachte er und eilte die Treppen hinunter. Jetzt sollte seine Frau erfahren, welche Odyssee der Chef der Courtena AG in den vergangenen Tagen erlebt hatte.

Hrdina hatte richtig vermutet. Aus dem Hobbyraum schien gedämpftes Licht in den Kellerflur, jemand befand sich im Raum. Es war seine Frau. Sie sass auf dem alten Stubensessel, wo sich Hrdina noch vor wenigen Stunden jeweils erholte während der anstrengenden Malerei, und blätterte in einem der Magazine.

Sie bemerkte seine Anwesenheit sehr wohl, blieb aber stumm. Hrdina hielt es fast nicht aus. Schon wollte er etwas sagen, da kam sie ihm zuvor. «Ach, der Herr Hrdina.» Das war alles.

Was bedeutete diese lakonische Begrüssung, fragte er sich und trat näher. Wieder wollte er das Wort ergreifen, und wieder war sie es, die sprach. «Also, der Herr Hrdina. So eine Überraschung! Hat ganz viele solche Hefte unten im Keller! Und malt Bilder. Und was für Bilder! Wer hätte das gedacht. Nach so vielen Jahren.»

Sie nahm ein weiteres Magazin zur Hand und schlug eine Seite in der Mitte auf.

«Oho, höchst interessant, wirklich!»

Hrdina fand es unerträglich, auch dieses unpassende «Herr Hrdina». Seine Frau kostete die Situation richtiggehend aus und er stand da, wie ein Schulbub, der bei einem dummen Streich ertappt wurde.

Der süffisante Unterton in ihren Bemerkungen gefiel ihm ganz und gar nicht. Dahinter verbarg sich alles Mögliche. Jederzeit konnte das Donnerwetter losgehen. Oder sie verliess kommentarlos den Raum und aus wars - für immer.

Hrdina steckte ein Kloss im Hals. Wieder nahm sie ihm die Mühe ab, etwas zu erwidern. «Wie lange geht das denn schon? Und ich, einfältige Person, habe nie etwas mitbekommen. Traurig, traurig.»

Nun stand sie auf, ging hinüber zur Staffelei und nahm eine der Skizzen in die Hände.

«Ja, nicht schlecht, der Herr Hrdina. Nicht schlecht. Aber alles nur mit Bleistift. Wo sind denn die farbigen Bilder, bitte schön? Kannst du mir diese auch noch zeigen?»

Jetzt schaute sie ihn streng an und durchbohrte ihn mit den Augen. Hrdina wusste keine Antwort. Zu seinem Erstaunen hörte er aus der Frage aber gar nicht so viel Bestürzung. Vielmehr schien ihm, dass seine Frau tatsächlich interessiert war, was es mit der Malerei auf sich hatte.

Zudem sprach sie ihn endlich wieder mit du an und nicht mit dem läppischen «der Herr Hrdina».

«Äh, die Bilder sind schon weg. Alles geschäftlich, weisst du», sagte er verlegen. Endlich sah er die Gelegenheit gekommen, die Ereignisse von Anfang an zu erzählen. Wie alles begann mit dem Auftrag, wie er quasi inkognito nach Interlaken fuhr und warum aus dem Hobbyraum ein Malatelier wurde.

Keine der Episoden liess er aus, weder die peinlichen Momente vor dem Studio Lotus noch das Debakel mit dem gestohlenen Auto. Auch erzählte er die Geschichte mit dem Hund, welchen er vorübergehend chauffiert hatte. Zum Schluss erklärte Hrdina seine Verwandlung vom Chef des grössten Duschvorhangherstellers zur verkappten Malerexistenz.

Hrdina fühlte sich leichter, mit jedem Wort, das er los wurde. Seine Frau hörte aufmerksam zu. Bei der Episode mit der Frau im Treppenhaus beim Studio Lotus musste sie schmunzeln. Spätestens bei der Schilderung seines Kampfes mit den Proportionen und Stellungen für die Erotikvorhang-Sujets konnte sie ihr Lachen nicht mehr zurückhalten.

Hrdina war ganz baff. Mit dieser Reaktion hatte er am wenigsten gerechnet und freute sich über die glückliche Wende, die das lange Gespräch nahm.

Nach einer Weile dann die Erlösung: «Ach Frantisek, ich habe eine ganz andere Geschichte vermutet. Ich dachte, du vergnügst dich im Bordell und fährst dazu extra noch weit weg. So sieht die Sache natürlich anders aus.»

Hrdina fiel ein Stein vom Herzen, schwieg einen Moment lang und schlug dann erleichtert vor, zurück in die Wohnung zu gehen. Oder besser ins Restaurant. Er fühlte plötzlich ein grosses Loch im Bauch und spürte, dass er seit Tagen nur noch von mageren Sandwiches lebte.

Doch da hatte er die Rechnung ohne den Wirt - oder anders gesagt 0 ohne seine Frau gemacht. «Weisst Du, wenn ich es mir recht überlege, bin ich trotzdem ein bisschen enttäuscht», sagte sie mit anklagender Stimme.

Hrdinas Euphorie stürzte ab, wie ein geplatzter Luftballon. Was folgte jetzt? Gab es nun doch noch den grossen Krach? Spannung lag in der Luft. Einmal mehr half ihm seine Frau auf die Sprünge.

«Ich meine, wieso brauchst du zum Malen diese Magazine als Vorlage? Und warum bekommen wildfremde Frauen Bilder von meinem Mann und ich nicht?»

Im Hobbyraum war es plötzlich still wie in einer Kirche. Was konnte er bloss auf diesen Vorwurf erwidern. Sie sprach weiter.

«Ich mache dir einen Vorschlag. Wenn du schon so gut im Schuss bist, worauf warten wir noch? Zeig mir, was du kannst, Frantisek! Komm, wir machen ein neues Bild. Gleich hier und jetzt!», sagte sie mit einem verheissungsvollen Augenzwinkern, ging eilig zur Tür und schloss ab. Von innen.

Und bereits am frühen Nachmittag brach Frantisek Hrdina sein Gelübde, das er noch am selben Morgen geschworen hatte. Die Herrenmagazine brauchte er allerdings nicht mehr als Vorlage.

Kapitel 18

«Hören Sie nun das Gespräch in voller Länge. Regie Rosetta Bircher, am Mikrofon Heinz Kurz.» In Hrdinas Auto lief der erste Landessender. Sven schielte auf die fluoreszierende Frontabdeckung des Gerätes. Überall leuchtete es, doch wo man die Sender wählte, fand Sven nicht heraus.

Er befand sich auf der Autobahn Richtung Zentralschweiz. Das Verkehrsaufkommen hielt sich in Grenzen. Wenn es so weiterlief, erreichte er Interlaken noch vor Mittag. Da lag noch ein kleiner Lunch drin, auf Geschäftskosten selbstverständlich.

Sven hörte nur mit einem Ohr zu, seine Konzentration richtete sich auf die Strasse. «... haben wir Professor Rudger Hageenbuk, Dozent für Veterinärwesen, zu meiner rechten Tierpsychologin und Spezialistin für Verhaltensforschung, Frau Bernadette Gehner.

Unser heutiges Thema beinhaltet die Frage nach der individuellen Wahrnehmung des eigenen Ichs. Anhand von Fallbeispielen wollen ich und meine Gäste der Suche nach Persönlichkeit auf den Grund gehen.

Die Fragestellung, ob und wie sich sowohl beim Menschen als auch beim Tier das Wissen um die eigene Existenz definieren lässt, ist per se nicht neu. Ich bin aber überzeugt, dass wir bei unserem exklusiven und erstmals in dieser Konstellation stattfindenden Expertengespräch der Wahrheitsfindung einen grossen Schritt näher kommen werden.»

Moderator Heinz Kurz machte eine Pause.

«Herr Hageenbuk, Sie haben auf meine Einladung zur Diskussion sehr prompt reagiert. Liegt Ihnen das Thema der Selbsterkennung grundsätzlich am Herzen?»

Hageenbuk räusperte sich. «Nun, eines vorweg, Herr Kurz: Zum Zeitpunkt der Einladung haben Sie mir nicht mitgeteilt, wer an der Diskussion teilnimmt.

Nun stelle ich fest, dass mein Gegenüber eine Person ist, die sich als Wissenschaftlerin bezeichnet, von welcher ich aber überzeugt bin, dass sie ihr Wissen höchstwahrscheinlich aus der Lektüre einschlägiger Billigromane, im besten Fall von fragwürdigen Seiten aus dem Internet, bezieht.»

«Mein lieber Herr Hageenbuk. Ich bin als ausgewiesene Tierpsychologin und Spezialistin für Verhaltensforschung sehr wohl befugt, über diese Fragestellung zu befinden. Ich frage mich einfach, in welcher Sackgasse sich der Journalismus befinden muss, wenn bei der Einberufung einer solchen Diskussionsrunde nicht von Beginn weg mit offenen Karten gespielt wird», warf Bernadette Gehner energisch dazwischen.

Sven hatte ein Déjà-vu. Diese Stimmen kamen ihm bekannt vor. Zwar wusste er bis anhin nicht, wie sich Frau Gehner und Herr Hageenbuk in Wirklichkeit anhörten. Aber der Tonfall ihrer Argumentationen am Radio glich dem des Interviews im «Tierfreund» haargenau.

Gerne hätte Sven das Programm gewechselt, doch das futuristische Radiogerät brachte nach jeder Sendersuche immer nur den ersten Landessender hervor. Als Alternative blieb nur noch das Abschalten.

Moderator Kurz hatte sich den Gesprächsbeginn wohl anders vorgestellt. Er versuchte, wieder die Oberhand zu gewinnen.

«Ich für meinen Teil weiss sehr wohl, dass Seriosität und Glaubwürdigkeit die unerschütterlichen Standbeine bilden, die den grazilen und doch schwerwiegenden Körper der Medienvielfalt tragen.» Kurz holte tief Luft und genoss den Augenblick der Betroffenheit seiner Gäste nach diesem starken Votum.

«Das Geheimnis des investigativen Journalismus setzt sich aus fachlich dezidierten Ingredienzien zusammen. Dazu möchte ich mich nicht weiter äussern. Nur so viel: Allein die Technik des Spezialisten begründet ja quasi dessen Qualität, wenn Sie verstehen, was ich meine, ho, ho …

Und eines kann ich Ihnen verraten: Eine gute Diskussionssendung steht und fällt mit der Exklusivität, sowohl beim Thema als auch bei der Wahl der Gesprächsteilnehmer. Wer Neues an den Tag bringt, ist anderen stets eine Nasenlänge voraus.»

Kurz beendete diesen Satz prägnant und mit viel Pathos. Für einen Augenblick war es totenstill am Radio.

«Wie Sie meinen, Herr Kurz. Aber Herr Hageenbuk und ich haben das Thema schon einmal diskutiert», sagte Bernadette Gehner mit spöttischem Unterton.

Professor Rudger Hageenbuk nickte und bestätigte Gehners Aussage mit einem kurzen «genau».

Heinz Kurz kam ins Stottern.

«Nun, gewiss gibt es oft Momente in Ihrem Wirken als Wissenschaftler, wo grundsätzliche Fragen im Raum stehen. Natürlich tauscht man sich an den Universitäten und Hochschulen aus und debattiert in den Wandelhallen und Hörsälen. Aber diese Erkenntnisse bleiben doch meist in Gelehrtenkreisen gefangen und finden selten den Weg an die breite Öffentlichkeit.

Und man kann vom normalen Bürger ja nicht verlangen, dass er sich eine akademische Fachschrift zumutet. Zumal man sein Verständnis für eine solche Publikation mehr als in Frage stellen kann. Darum bin ich vom Bildungsauftrag einer Diskussion beim wichtigsten Medium, dem Radio, überzeugt.»

Kurz hatte wieder Fahrt aufgenommen und fuhr bedächtig fort: «Sie kennen sich also bereits. Bei welcher Gelegenheit, an welcher Fakultät, haben Sie über das Thema der Existenzfindung des Individuums bereits debattiert, wenn ich fragen darf?»

«Während eines Interviews im ‹Tierfreund›», sagten Hageenbuk und Gehner gleichzeitig und lachte laut ins Mikrofon.

Sven schaltete das Radio aus. Die Diskussion lief aus dem Ruder. Zudem erinnerte ihn das Gespräch an den Beginn des Wochenenddebakels, verbunden mit den Blähungen auf der Toilette auf dem Gotthardpass. Zum Glück hatte sich diese Angelegenheit beruhigt, der Schadenfall mit dem Velo war fast geregelt und das Einvernehmen mit Bettina war einigermassen erträglich. Obwohl diesbezüglich viel Porzellan zerschlagen wurde.

Sven hatte allen Grund dazu, auf Bettina böse zu sein, doch es gelang ihm nicht wirklich. Noch immer war er von der Arbeitskollegin fasziniert. Oft wunderte er sich über seine Reaktion und fragte sich ernsthaft, was denn noch alles passieren musste, damit er auch die letzten Sympathien für sie ablegen konnte. Oder gab es eine andere Variante? Sven grübelte nach während er den Blinker stellte.

«Brünigpass» stand auf dem Schild über der Autobahnausfahrt, die Fahrt nach Interlaken dauerte noch knapp eine Stunde.

Harrass genoss seine Ferien. Hier in Interlaken war es ganz ok, fast wie zu Hause. Es gab einen See samt Promenade, viele spannende Begegnungen mit Kollegen und Kolleginnen und es roch überall ganz aufregend. Anders, als in Zürich - aber nicht minder interessant. Nach der Spazierrunde gingen sie jeweils nach Hause und er bekam ein feines Mittagessen. Danach rollte sich Harrass immer für ein Mittagsschläfchen auf seiner Decke zusammen und döste vor sich hin, während dem seine Gastgeberin Allerlei erledigte.

Erst am späten Nachmittag fuhren sie dann hinüber zum anderen Zuhause, wo alles ganz rot war und übertrieben nach Parfüm roch. Harrass fühlte sich auch dort wohl, es fehlte ihm an nichts.

Die Frau in Interlaken war lieb und liess ihm viele Freiheiten. Und das Essen war vorzüglich. Selbst spät am Abend bekam er noch Delikatessen serviert. Zum Dessert stand meist eine ausgedehnte Massage auf dem Programm, die Frauen wechselten sich dabei ab.

Gegen Mitternacht fuhr man dann wieder heim und nochmals gabs ein kleines Häppchen. Harrass konnte sich gut vorstellen, noch eine Weile zu bleiben.

Trotzdem dachte er vor dem Einschlafen und vor allem morgens, wenn er sich streckte und gähnte wie ein Löwe, oft an Bettina und vermisste sie.

Was vor einigen Tagen passierte, die Monster in Bettinas Auto, seine Flucht - all das hatte er schon fast vergessen. Ein bisschen lachte er sogar über sich selbst, wie er damals Hals über Kopf aus dem Auto sprang vor lauter Furcht vor den schwarzen Teufeln.

Seit er in den Ferien war, fürchtete er sich nicht mehr vor den Kreaturen. Im Gegenteil, er hatte sich an sie gewöhnt. Täglich begegnete er ihnen, drüben in der roten Wohnung. Sie waren einfach immer da, wo er sich auch gerade befand.

Oft versuchte er, einen von der Seite oder gar von hinten zu überraschen, doch die Kerle waren zu schlau. Sie reagierten blitzschnell und taten genau das, was Harrass auch täte, würden sie ihn von hinten anschleichen.

Was sie aber so richtig uninteressant machte, war ihre absolute Geruchlosigkeit. Nie traf Harrass sonst ein Lebewesen, das nicht ein klein wenig roch. Von den «Schwarzen» aber drang absolut kein Duft in seine Nase. Dementsprechend nahm er sie auch nicht mehr ernst und ignorierte sie soweit es ging. Manchmal würdigte er sie keines Blickes. Selbst dann nicht, wenn sie dicht neben ihm durch den dunklen Korridor in der Wohnung gingen.

So verbrachte Harrass die Tage, bis heute. Die Gastgeberin war schon früh auf den Beinen und wirbelte in ihrer Wohnung herum. Fürs Mittagessen blieb ihm weniger Zeit als sonst. Schon um halb eins waren sie drüben. Noch war niemand da.

Noch läutete es nicht ständig an der Tür, was sonst am Nachmittag begann und sich erst gegen den späten Abend beruhigte.

Harrass setzte sich auf seine Decke in der Küche und spähte durch den Türspalt hinaus in den Gang. Wieder sass ganz hinten in einem Zimmer am Ende des Korridors einer der «Schwarzen» und schaute zu ihm hinüber.

Harrass gähnte nur faul und wandte sich lieber dem Kühlschrank zu, worin mit hundertprozentiger Sicherheit eine Wurst lagerte. Dumm war Harrass ja nicht. Schnell hatte er den Bogen raus, wie man die Frauen dazu brachte, dass sie eine der Köstlichkeiten aus dem Schrank nahmen und ihm vorlegten.

Der Trick mit den grossen Augen und den süss wackelnden Schlappohren funktionierte auch bei Bettina, damit er die Wurst bekam. Hier in der roten Wohnung klappte genauso gut, er musste nur eine der Damen lange genug anschauen.

Nicht so heute. Er war allein in der Küche und konnte so intensiv auf den Kühlschrank schielen, wie er wollte. So lange ihm niemand Gesellschaft leistete, gabs nichts. Zudem schloss Petra Schneider die Küchentür, was bedeutete, dass Harrass nicht alles mitbekommen durfte, was draussen passierte. Er beschloss, das Mittagschläfchen auszudehnen und legte sich hin. Irgendwann hörte er die Türglocke klingeln.

«Gehts schon los», dachte er sich und drehte sich auf die Seite. Das würde ein langer Tag.

«Äh, guten Tag. Ich komme von der Firma Courtena AG. Herr Hrdina schickt mich, Ihnen diese Sujets zu übergeben», sagte Sven etwas schüchtern zu Petra Schneider.

Er sah kaum über den Stapel Kartonschachteln hinaus, in welchen die Bilder lagerten. Darum bemerkte er Frau Schneiders sehr leichte Arbeitskleidung vorerst nicht. Erst als sie hinter ihm die Tür schloss, stockte ihm der Atem. An das aussergewöhnliche Ambiente im Lotus musste er sich erst noch gewöhnen.

Petra Schneider nahm ihm einen Teil der Schachteln ab und bat ihn, ihr zu folgen. Sie gingen an der Küchentür vorbei und traten in ihr Büro.

«Setzen Sie sich doch, Herr ...»

«Tirebeg, Sven Tirebeg. Designer der Courtena AG», reagierte Sven prompt und setzte sich in einen der Sessel. Die Schachteln stapelten sich auf dem Boden.

«Ein Kaffee für Sie, Herr Tirebeg?»

Sven bejahte und lehnte sich zurück. Im Gegensatz zum Korridor, welcher gänzlich mit rotem Plüsch ausstaffiert war, dominierte im Büro geschäftige Schlichtheit. Ein schnittiges Notebook auf dem Tisch, dezente Halogenbeleuchtung, ein paar wenige Zimmerpflanzen und alles sehr ordentlich.

Sven tippte vielmehr auf das Büro einer Sachbearbeiterin in der Versicherungsbranche, als auf das einer Clubbesitzerin. Der massive grosse Ledersessel zeigte aber klar, dass es sich um ein Chefbüro handelte. In diesem Fall ein Chefinnenbüro.

«Sie sind also der Courtena-Designer. Ich kenne hauptsächlich die Duschvorhänge mit den Meerlandschaften und den Fischen. Gefallen mir gut, sehr fein ins Detail gemalt und passend für jedes Badezimmer. Wir verwenden sie auch bei uns und selbst bei mir zu Hause hängt einer vor der Dusche. Mit Delfinen», begann Petra Schneider das Gespräch.

Sven dankte für das Kompliment und erklärte das Vorgehen und die Technik seiner Malerei. Dass er ausschliesslich nur Meerlandschaften und Fische malte, behielt er für sich.

«Ich bin sehr froh, dass wir bei der Courtena AG auf offene Ohren gestossen sind mit unserem Anliegen. Ich habe lange recherchiert und gesucht, aber solche Vorhänge, wie wir sie wollen, gibt es nirgends», fuhr Schneider fort.

Sven nickte und rührte in seiner Kaffeetasse. Er war selber gespannt, welche Kunstwerke die fünfzehn Schachteln beinhalteten. Hrdina stand am Morgen unter grossem Stress, so dass Sven keine Zeit hatte, die Bilder anzuschauen.

Er hörte, wie draussen im Korridor die Tür auf und zu ging und wie jemand den Raum nebenan betrat. Gleichzeitig vernahm er ein leises Knurren, auf das ein kurzes Gebell folgte. Dann war wieder Ruhe.

Petra Schneider reagierte nicht darauf und setzte das Gespräch fort. «Herr Hrdina hat mir mitgeteilt, dass Sie gerade an sehr vielen Aufträgen arbeiten und darum unsere Sujets von einem anderen Maler angefertigt wurden.»

Sven nickte beipflichtend. «Ja, es gibt im Moment eine Menge zu tun. Herr Hrdina kennt viele Leute. Spezialisten, aus jedem Metier. Ich weiss nicht, wer in diesem Fall den Auftrag ausgeführt hat.»

Wieder kam jemand zur Wohnungstür herein. Dieses Mal schienen gleich mehrere Personen das Studio zu betreten. Dem fröhlichen Kichern nach waren Arbeitskolleginnen von Petra Schneider. Die Chefin entschuldigte sich für einen Augenblick und verliess das Büro. Sven hörte, wie sie mit ihren Mitarbeiterinnen sprach, konnte aber nicht ausmachen, über was sie redeten. Nun gingen sie alle zusammen in den Nebenraum, von wo er zuvor das Gebell vernommen hatte. Und tatsächlich: Wieder bellte ein Hund, diesmal ganz aufgeregt und laut.

Verschiedene Stimmen mischten sich dazwischen, begleitet von aufgeregtem Gelächter. Plötzlich war es wieder still, nur noch gedämpftes Gemurmel drang durch die Zimmerwand.

Da kam auch schon Petra Schneider wieder zurück ins Büro. «So eine lustige Sache. Herr Hrdina hatte ja ein bisschen Pech bei seinem Besuch letzthin. Stellen Sie sich vor: Sein Auto wurde gestohlen. Hier, mitten in Interlaken. Wer hätte so was gedacht!»

Sven wunderte sich, dass der Chef nicht davon gesprochen hatte.

Sie erzählte weiter: «Ja, und dann musste er die Nacht auf dem Bahnhof verbringen, weil er am Nachmittag seine ganzen Unterlagen samt Portemonnaie und Mobiltelefon in meinem Büro liegen gelassen hatte. So ein Pech! Und ich war ausgerechnet an diesem Abend nicht hier.»

Sie trank einen Schluck Kaffee und setzte die Tasse ab.

«Aber das war noch nicht alles. Am nächsten Tag fuhr ich den armen Kerl hinauf nach Guttannen. Da hatte die Polizei seinen Wagen ausgemacht, ein paar hundert Meter oberhalb des Dorfes. Zum Glück ohne grosse Schäden, einzig eine Scheibe war kaputt.»

Am Grimsel! Ausgerechnet! Daran erinnerte sich Sven nur ungern. Nicht weit weg von Guttannen geschah ja das Missgeschick.

Er hörte ihr aufmerksam zu, von seinen Eskapaden am Grimselpass sagte er nichts.

«Ja, und dann fand Herr Hrdina also seinen Wagen wieder. Nur liess sich das Fahrzeug nicht bewegen und so musste er einen Mechaniker rufen, der die Sache wieder ins Rollen brachte. Bis die Hilfe endlich vor Ort war, dauerte es aber Stunden. Und während Herr Hrdina auf den Mechaniker wartete, unten im Dorf, kletterte ein verirrter Hund in seinen Wagen und machte es sich darin bequem.»

Petra Schneider lachte laut.

«Und stellen Sie sich vor: Hrdina hatte keine Ahnung davon! Endlich läuft die Karre wieder, Hrdina will abfahren, da erwacht plötzlich der Hund und erschreckt ihn. Er versucht, den blinden Passagier aus dem Auto zu jagen, es gelingt ihm aber nicht. Der Hund bleibt im Mercedes.»

Sven dachte sich nichts bei der Geschichte. Ein Diebstahl, ein defektes Auto, ein Hund, der aus dem Nichts auftauchte... Manchmal konnte das Schicksal schon erbarmungslos sein.

«Ja, Sachen gibts!», kommentierte er etwas unbeteiligt ihre Ausführungen. Trotzdem interessierte es ihn, wie die Sache schliesslich zu Ende ging.

«Nun, es war Sonntagabend und Herr Hrdina wollte so schnell als möglich nach Hause. Darum kam er nochmals bei uns vorbei und bat mich, den Hund am nächsten Tag bei der Polizei in Interlaken als vermisst zu melden.

Zuerst wollte ich nicht darauf eingehen, doch dann taten mir beide leid - der Hund und auch Herr Hrdina. Schliesslich sagte ich zu. Leider ist dann am Montagmorgen wieder etwas schief gelaufen. Der Hund - übrigens ein lieber Kerl, aber etwas unberechenbar und manchmal allzu spontan - büxte gleich beim ersten Spaziergang aus und rannte davon, wie von Geistern verfolgt. Ich weiss nicht warum. Auf jeden Fall kam er bald zurück - aber ohne Halsband. Und natürlich ohne Hundemarke.

Bei der Polizei wollten sie ihn in den Zwinger sperren, aber da habe ich interveniert. So ein armes Hündchen! Lieber nahm ich ihn zu mir, bis die Polizei den Besitzer oder die Besitzerin gefunden hat. Jetzt kommt er immer mit zur Arbeit. Meine Freundinnen haben gleich den Narren gefressen an dem schwarzen Taugenichts.»

Sven schaute Petra Schneider verklärt an. Spätestens bei der Szene, als der Hund an diesem besagten Montagmorgen offenbar wie ein Wahnsinniger auf und davon rannte, ging ihm ein Licht auf. Auch kamen ihm andere Charakterzüge bestens bekannt vor. Sich in einem fremden Auto aufs Ohr legen und dann den Fahrer erschrecken! Das passte haargenau zu diesem unberechenbaren Wesen, dass Bettina gehörte. Und zu guter Letzt nannte die Lotus-Chefin den Flegel einen «schwarzen Taugenichts».

Sven schluckte leer und nahm einen Schluck aus der leeren Tasse. Das durfte doch nicht wahr sein! Die schwarze Bestie war hier! Der Velozerstörer und Beziehungskiller befand sich mit ihm zusammen in derselben Wohnung! Und die Frauen hatten sogar noch Freude an ihm!

Sven konnte es kaum fassen. Gut nur, dass er im Büro von Frau Schneider war und nicht im Zimmer nebenan. Dort sassen die Frauen in einer lustigen Runde zusammen und plauderten lautstark. Dazwischen hörte man immer wieder leises Kläffen und das Scharren von Hundepfoten auf dem Steinboden.

Vermutlich befand sich in diesem Raum die Küche, darum hallte auch das Gelächter von den Wänden.

Sven hoffte, den Club so bald als möglich verlassen zu können. Doch so schnell ging es wohl nicht. Noch immer lagen ja die Bilder in den Kartons.

Zu konkreten Fluchtplänen kam Sven aber sowieso nicht, weil Petra Schneider bereits einen neuen Vorschlag hatte.

«Ich sehe, Sie haben nichts mehr zu trinken, Herr Tirebeg. Kommen Sie doch mit in die Küche, dann trinken wir noch einen Kaffee zusammen mit den Kolleginnen. Jetzt, so lange es noch ruhig ist im Geschäft. Und nehmen Sie die Bilder gleich mit, wir schauen sie alle miteinander an.» Sven blieb nichts anderes übrig, als der Chefin zu folgen.

Umständlich lud er die Kartons auf beide Arme, ging hinter ihr her und verfluchte den Moment, als er Hrdina zugesagt hatte, den Transport der Bilder zu übernehmen.

«Hallo Girls! Darf ich vorstellen: Herr Tirebeg von der Courtena AG. Er hat die Sujets für unsere Duschvorhänge dabei!», rief Petra in die Runde.

Sven konnte über den Rand der obersten Kartonschachtel drei Frauen erkennen, die erwartungsvoll zu ihm hinaufblickten. Sie alle schienen einem Katalog für Damenunterwäsche entsprungen zu sein und rückten auf der Eckbank in der Küche eiligst zur Seite.

Sven stand noch immer im Türrahmen und traute sich nicht recht, in den Raum zu treten. Er machte einen Schritt vorwärts und spürte gleichzeitig etwas Weiches unter der Fusssohle.

Im selben Augenblick heulte Harrass los wie am Spiess, drehte sich blitzartig um und flüchtete zwischen Svens Beinen hindurch. Dieser geriet aus dem Gleichgewicht und griff nach den Schachteln. Die machten sich selbstständig und klatschten mit lautem Getöse eine nach der anderen auf den Boden.

«Verfluchter Köter», entfuhr es ihm, dann landete auch er der Länge nach auf dem Küchenboden.

«Aber, aber, Herr Tirebeg, passen Sie auf, Sie tun sich noch weh!», riefen alle durcheinander.

Sven stützte sich auf die Knie und schaute die Frauen an.

«Sie müssen entschuldigen. Aber dieser ... dumme Hund! Er hat mich umgerannt!»

Petra Schneider half ihm auf die Beine und setzte ihn auf einen Stuhl. «Halb so schlimm. Die Bilder gehen ja nicht kaputt. Und dem Hund hat es auch nichts gemacht, gell Kleiner!» Sie ging in eines der Zimmer, wohin sich Harrass geflüchtet hatte.

«Komm, mein Lieber, der Mann macht dir nichts, hab keine Angst.» Sie führte ihn behutsam am Halsband in die Küche.

Harrass blieb stocksteif am Kücheneingang stehen und starrte auf Sven, der ihn mit eisigem Blick fesselte. Keiner bewegte sich. Die Frauen schauten einander verwundert an. Harrass wich langsam zur Seite, ohne Sven aus den Augen zu lassen.

Ängstlich drückte er sich an eine der Frauen auf der Bank und verkroch sich unter dem Tisch.

Endlich fing sich Petra Schneider wieder. «So was Seltsames. Der arme Hund scheint ja richtig Angst zu haben vor Ihnen, Herr Tirebeg.»

Sven japste nach Luft und keuchte: «Was hat er? Angst? Sie haben ja keine Ahnung, was für ein Monstrum Sie hier in ihrer Küche haben!»

Sven schluckte leer und lamentierte dann in einem fort. «Wenn jemand Angst haben muss, dann sind wir es. Alle zusammen! Das ist eine Bestie, ein ungezogener Köter, ein wildes Tier! Halten Sie mir den vom Leib!»

Petra Schneider musterte Sven mit kritischem Blick. In ihren Augen konnte man grosse Verwunderung erkennen. «Ja, was ist denn los, Herr Tirebeg? Fürchten Sie sich vor Hunden? Der hat Ihnen doch nichts gemacht», sagte sie erstaunt.

Das konnte Sven nicht unbeantwortet lassen. «Ach Sie, Sie haben doch keine Ahnung. Diesem blöden Hund verdanke ich eine ganze Reihe übelster Miseren - und... noch viel mehr...»

Er hielt inne und realisierte, welch kläglichen Eindruck er auf die Frauenrunde machte. Der Courtena-Designer sass da wie ein kleiner Junge, der ein Gespenst gesehen hatte, bezeichnete einen jungen Hund als Bestie und jammerte über sein Schicksal.

«Kommen Sie, Herr Tirebeg, nehmen Sie noch einen Kaffee und beruhigen Sie sich. Sie sind ja ganz durcheinander», sagte sie.

«Nun erzählen Sie mal, wie kommt es, dass Sie so böse sind auf den Hund.»

Sven hatte wenig Lust, sein Herz ausgerechnet hier im Studio Lotus in Interlaken auszuschütten. Doch ohne Erklärung für sein seltsames Tun kam er aus dieser Küche nicht heraus, das wusste er. Also erzählte er alles, vom unrühmlichen Versuch, einen Hund zu zeichnen über den Kampf mit Harrass um den Veloschuh im Geschäft bis zum katastrophalen Höhepunkt vom letzten Sonntag auf dem Grimselpass.

Svens Schilderung der Ereignisse glich einem Abenteuerroman, in dem stets der gleiche Akteur eins auf den Deckel bekam. Dabei übertrieb er nicht einmal. Es war mehr die Art und Weise, wie er die Unglücksfälle aneinander reihte - nahtlos, klagend und gänzlich ohne Humor.

Die Frauen hörten zu, ohne ihn zu unterbrechen. Einzelne Blicke tauschten sie aber schon aus untereinander.

Sven bemerkte dies nicht. «Ja, und dann bin ich mit dem Zug nach Hause gefahren. So ein übles Wochenende! Und dazu ein kaputtes Velo ...», schloss er seine dramatische Rückblende.

«Jä, u jetze? Wiä geits jetzt wiiter?», fragte eine der Frauen in breitem Berndeutsch.

«Frau Breitenmoser bezahlt mir natürlich den Schaden und sie hat sich auch mehrmals entschuldigt. Am schlimmsten getroffen hatte sie aber, dass der Hund verschwunden war. Sie machte sich solche Vorwürfe. Aber der Rabauke ist ja jetzt wieder aufgetaucht.»

Sven machte eine abschätzige Geste in Richtung Harrass. Dieser sass noch immer unter dem Tisch und drückte sich an die Beine der Bernerin. Für einen Augenblick war es ruhig in der

Küche, bis Petra Schneider eine interessante Frage stellte: «Ja, Herr Tirebeg, eine stürmische Woche haben Sie da hinter sich, tatsächlich. Aber jetzt beruhigt sich ja alles wieder.

Übrigens: haben Sie sich schon überlegt, wie der Hund - wie sagen Sie, heisst er? Harrass? Seltsamer Name... Wie also Harrass wieder zurück zu Ihrer Arbeitskollegin kommt?»

Sie schaute ihn erwartungsvoll an, ihre Kolleginnen schmunzelten.

«Keine Ahnung», rief Sven aufgeregt.

«Mit diesem Plaggeist will ich nichts zu tun haben, nie mehr!» Wieder war Pause in der Küche.

«Nun, dann muss ihn wohl jemand von uns nach Zürich in die Courtena AG bringen und ihrer Kollegin übergeben. Klar, schon etwas befremdend, wenn sie ihren Hund ausgerechnet von den Leuten zurückbekommt, an die Sie, Herr Tirebeg, einen Tag zuvor die bestellten Sujets ausgeliefert haben. Ich meine, das können wir ihrer Kollegin ja nicht verheimlichen.»

Sie nahm einen Schluck Kaffee und stellte die Tasse behutsam auf den Tisch.

«Aber Ihre Mitarbeiterin wird sicher Verständnis haben für die komplizierte Rückführung des Ausreissers. Schliesslich war er ja selber Schuld für sein Malheur.»

Die Ironie in ihren Worten war unüberhörbar. Sven fühlte sich plötzlich höchst unwohl unter den Frauen. Es war schon verflixt: Petra hatte natürlich Recht. Würde er ohne Harrass nach Zürich fahren, wüsste Bettina, dass er ihr Sorgenkind bewusst nicht mitgenommen hatte. Und auch wenn zwischen ihr und ihm alles Geschirr zerschlagen war - so weit wollte Sven dann doch nicht gehen.

Also gab er sich staatsmännisch und wiegelte ab. «Selbstverständlich kann ich das Tier mitnehmen, um es seiner Besitzerin auszuhändigen. Das macht ja wohl auch Sinn. Ich möchte nur betonen, dass ich so wenig wie möglich in Kontakt treten will mit dem Hund.»

«Das müssen Sie ja auch gar nicht, Herr Tirebeg. Aber vielleicht kommen Sie durch ihn der ‹Besitzerin› ein bisschen näher», sagte die Bernerin und alle lachten.

Sven verstand nicht. Woher wussten diese undurchschaubaren Wesen, dass er sich im Grunde genommen für Bettina interessierte? Wo er doch während seiner Schilderung der Dinge mit Schuldzuweisungen nicht gegeizt hatte. Auf jeden Fall kam jetzt Bewegung in die Gesellschaft. Bereits war es Nachmittag und jeden Moment konnte Kundschaft eintreffen. Zeit zum Aufbruch zurück nach Zürich.

Sven stellte sich zu Beginn etwas ungeschickt an mit Harrass an der Leine. Er führte sich aber zum Glück artig auf und folgte Sven auf Schritt und Tritt.

Petra Schneider dankte nochmals für die prompte Zustellung der Skizzen-Vorlagen. «Wegen Ihrer spannenden Geschichte haben wir die Bilder gar nicht angeschaut. Wir holen es sogleich nach. Überbringen Sie Herrn Hrdina einen herzlichen Gruss von mir, ich melde mich sobald als möglich bei ihm. Ihnen eine gute Heimreise und viel Glück. Besuchen Sie uns wieder einmal - und bringen Sie unbedingt Harrass mit!»

Petra betonte den letzten Satz speziell, begleitet von einem Augenzwinkern. Erst als Sven im Auto sass und in Richtung Autobahneinfahrt fuhr, begriff er, was die Lotus-Chefin mit dieser Bemerkung andeutete. Er schaltete das Radio ein und suchte einen Sender, der Musik spielte. In seinem Kopf kreisten die Gedanken.

Wie sollte er das bloss anstellen? Den Hund einfach so abgeben... ? Vielleicht lagen die Frauen im «Lotus» ja tatsächlich richtig und mit Harrass bekam er die Chance, die Wogen zwischen ihm und Bettina endgültig zu glätten. Möglicherweise lag sogar noch mehr drin.

Auf dem Rücksitz legte sich Harrass für ein kurzes Nickerchen hin. Ein bisschen schade war es schon, dass die Ferien bei den lustigen Frauen schon wieder vorbei waren. Doch auf Reisen begab er sich im Prinzip auch gerne - und diese Reise war irgendwie besonders. Harrass fühlte, dass schon bald wieder ganz viel los sein werde. Darum konnte ein erholsamer Schlaf nur gut tun.

Kapitel 19

Allmählich machte sich bei Bettina Ernüchterung breit. Donnerstagnachmittag und keine Spur von Harrass. Draussen schien die Sonne, aber in ihr drin sah es düster aus.

Noch bis gestern hatte sie gehofft, dass sich die Berner Oberländer Polizei endlich melde. Doch das Telefon blieb stumm. Bettina erledigte ihre Arbeit routinemässig, Dienst nach Vorschrift. Immer wieder schweiften ihre Gedanken ab, suchten Halt in den Erinnerungen an das vergangene Wochenende und weiter zurück, als sie und Harrass unbeschwert am Zürichsee spazieren gingen.

Nie hätte sie gedacht, dass ihr der kleine Schlingel so ans Herz wachsen würde. Zu Beginn ihres Zusammenseins nahm sie den Hund mehr als unterhaltsame Beschäftigung in ihrer Freizeit wahr. Nach einigen Monaten freute sie sich aber schon während der Arbeit, am Abend mit Harrass herumzutollen. Das tägliche Wettrennen im Treppenhaus oder das Versteckspiel in der Wohnung - mit einem Schlag war es nun wieder ruhig zu Hause. Natürlich konnte sie sich wieder einen Hund zulegen. Aber nicht einen solchen wie Harrass.

Zum Glück war in der Courtena AG dieser Tage nicht viel los. Der Chef hatte sich krankgemeldet und Sven war unterwegs, Bilder ausliefern.

Sowieso galten die Sommermonate als die ruhigste Zeit im Duschvorhanggeschäft. Die Leute hielten sich hauptsächlich im Freien auf. Mit Beginn des Herbsts stieg dann die Nachfrage nach Duschvorhängen automatisch und artete nicht selten in einen Kaufrausch aus bis Ende des Jahres. Warum ausgerechnet ein Duschvorhang unter dem Weihnachtsbaum liegen sollte, konnte Bettina nicht nachvollziehen.

Gelangweilt schaute sie ihre Dossiers durch. Keines pressierte, die meisten Offerten und Lieferverträge hatten Zeit bis nächste Woche. Bettina legte die Mappen zurück auf den Tisch, stand auf und gönnte sich eine Pause an der frischen Luft.

Von der Terrasse konnte man den Zürichsee sehen. Am Horizont schimmerten die Silhouetten der Glarner Alpen, Kondensstreifen durchkreuzten das tiefe Blau des Himmels mit chaotischer Regelmässigkeit. Noch dauerte der Arbeitstag etwas mehr als eine Stunde und Bettina ging zurück ins Büro.

Als sie beim Empfang vorbeiging, winkte ihr die Kollegin hinter dem Tresen zu. «Da war ein Anruf für dich. Sven. Er ruft gleich nochmals an.»

Bettina gab ein Zeichen zurück und verschwand in ihrem Büro. Der Kollege wollte bestimmt die Rechnung für das kaputte Velo präsentieren. Bettina verdrehte die Augen. Selbstverständlich war sie bereit, den Schaden zu übernehmen. Sie hatte es Sven versprochen. Trotzdem war ihr die Angelegenheit unangenehm und peinlich.

Sie wusste, dass er zwar ihr Geld annahm, jedoch nicht ihre Entschuldigung. Noch keine Woche war es her, dass sie sich auf gutem Weg wähnte, Sven näherzukommen. Doch ging ihr Plan gründlich daneben. Eigentlich hatte sie Harrass ja eine Art Vermittlerrolle zugedacht, quasi als Brückenbauer zwischen ihr und Sven. Stattdessen führte sich der Hund auf, wie ein Elefant im Porzellanladen. Fast hätte man meinen können, er wolle partout nichts von einem Mann an ihrer Seite wissen.

Aber warum musste Sven auch so schüchtern und kompliziert sein? Sie sprachen sich nicht einmal mit dem Vornamen an und siezten sich noch immer. Sven bestehe diesbezüglich auf gewissen Prinzipien, hatte er ihr kürzlich erklärt. Ein netter Kerl, aber keiner, der in Liebesdingen die Initiative ergriff. Und eine Portion Humor stünde ihm gut, fand Bettina, während sie auf seinen Anruf wartete.

Endlich klingelte das Telefon. «Hallo Frau Breitenmoser, wie gehts?» Bettina war ein bisschen verblüfft über die Frage. Normalerweise kam Sven in Geschäftsdingen gleich zur Sache.

«Geht so. Am Arbeiten. Von Harrass hab ich leider nichts mehr gehört.»,

Sven äusserte sein Bedauern und wechselte das Thema.

«Schauen Sie, Frau Breitenmoser, ich habe die Posten der kaputten Veloteile nochmals zusammengerechnet. Nun gibt es aber noch ein paar offene Fragen wegen der Versicherung.»

Bettina spielte nervös mit dem Bleistift.

«Hören Sie mich noch? Ich bin auf dem Rückweg von Interlaken und der Mobiltelefon-Empfang ist nicht der Beste. Also, wir sollten die Liste der defekten Teile schnell gemeinsam durchgehen, damit bei der Schadensmeldung alles seine Richtigkeit hat.»

Jetzt macht ers wieder kompliziert, dachte Bettina und gab dennoch ihr Einverständnis für das Treffen. «Wo sind Sie denn jetzt, Herr Tirebeg? Ich bin noch eine halbe Stunde im Büro.»

«Nein, das schaffe ich nicht. Zudem muss ich vorher unbedingt noch schnell nach Hause. Können wir die Besprechung auf später verschieben, vielleicht gegen Abend?»

Sven pokerte hoch und wusste im Voraus, welche Antwort er bekommen würde. «Und morgen? Reicht die Zeit denn morgen nicht dazu?», fragte Bettina - wie Sven es er-wartet hatte.

«Ich weiss noch nicht, ob ich morgen ins Büro komme. Es gibt da offensichtlich Probleme in der Produktion mit dem Riesentintenfisch», log Sven. «Ich wäre schon sehr froh, wenn wir die

Sache heute noch erledigen könnten«, sagte er mit entschlossener Stimme.

Bettina machte einen Vorschlag. «Wir können uns in einem Café treffen, wenn sie wollen. Wann sind Sie in Zürich?»

Sven war noch nicht an seinem Ziel, aber schon nahe davor. "Je nachdem, wie der Verkehr läuft. So gegen sieben sollte ich es schaffen, aber genau kann ich es nicht sagen. Allenfalls müssen Sie halt warten im Café.»

Jetzt kam es drauf an. Sven wollte mit Bettina weder im Büro noch in einem Restaurant abmachen. Das Treffen musste bei ihr zu Hause stattfinden, in jedem Fall. Schliesslich hatte er ja eine Überraschung dabei - und was für eine!

«Also, Herr Tirebeg, wenn die Versicherungsangelegenheit so ungeheuer wichtig ist, kommen Sie besser zu mir nach Hause. Ich habe keine Lust, stundenlang in einem Café zu sitzen und zu warten.»

Volltreffer, dachte Sven und stiess einen stillen Jauchzer aus.

«Ja, gut, das geht auch», sagte er abgeklärt und bat um die Adresse. «Vielen Dank und bis zum Abend.» Sven steckte das Telefon ein und trommelte nervös mit den Fingern aufs Steuerrad. «Da wird die Kollegin aber Augen machen», sagte er zu sich.

Hrdinas Auto konnte er übers Wochenende behalten. Die Empfangsdame hatte ihm beim vorgängigen Gespräch mitgeteilt, dass der Chef erst am Montag wieder zur Arbeit erscheine und bis dahin seinen Wagen nicht brauche. Offenbar hatte es ihn ganz ordentlich erwischt.

Mit Harrass gab es keine Probleme während der Fahrt. Er sass ruhig auf dem Rücksitz und schaute zum Fenster hinaus. Das Geschaukel der Autofahrt machte ihn wie immer schläfrig und faul. Er hoffte bloss, dass die Reise bald einmal eine Ende hatte, damit er sich ein bisschen bewegen konnte. Am liebsten wäre er an einem Seeufer hin und her gerannt, so wie früher bei den Spaziergängen mit Bettina oder auch mit der Frau in den Ferien.

Hunger verspürte er zum Glück keinen. In der roten Wohnung hatte er vor der Abreise noch zwei dicke Schweinswürste verschlungen, es war eine wahre Freude.

Sven war so guter Laune, wie schon lange nicht mehr. Zunächst empfand er es noch als ungerecht, als die Damen ihm Ratschläge erteilten. Ihn hatte der Hund doch zu Fall gebracht, niemand anders.

Als er den Brünigpass überquert hatte, änderte sich seine Stimmung allmählich. Die Frauen lagen eigentlich schon richtig. Manchmal war er einfach zu trocken und pedantisch. Vielleicht kam er mit Humor und Leichtigkeit seinem Ziel tatsächlich näher als mit ständigem Wehklagen und Jammern. Wieso nahm er das Ganze nicht auf die leichte Schulter und lachte auch einmal über sich selbst?

Je näher er Richtung Luzern kam, war er von seinem Plan überzeugt. Und auch bei diesem spielte Harrass wieder die Hauptrolle, aber dieses Mal führte Sven Regie.

Gegen sechs Uhr abends stellte Sven das Auto des Chefs auf den Besucherparkplatz vor seinem Wohnblock. Locker hätte es ihm gereicht, bereits um halb sieben irgendwo in Zürich in einem Café zu sitzen.

Es wäre auch ein Leichtes gewesen, den Hund am nächsten Morgen mit ins Geschäft zu nehmen, damit alles seinen geordneten Lauf genommen hätte. Doch Sven hatte tatsächlich nicht vor, am folgenden Tag im Büro zu hocken. Der Chef war sowieso nicht da, neue Aufträge kamen erst in der nächsten Woche auf ihn zu und zu guter Letzt wollte Sven ein langes Wochenende geniessen.

Meldung betreffend der Erotik-Duschvorhänge konnte er auch nicht erstatten - der Freitag bot sich also als freier Tag geradezu an. Eine geschlagene Stunde lang sass er in seiner Wohnung und wartete, bis die Zeit reif war, um zu Bettina zu fahren.

Harrass inspizierte derweil die drei Zimmer samt Küche. Er entdeckte nichts Aussergewöhnliches, im Gegenteil. Im Vergleich zu den Wohnungen, die er kannte, war die von Sven höchst unspektakulär.

Eine kleine Ausnahme bildete das «Monster», das ihm in einem der Räume wieder gegenüberstand. Im Gegensatz zu früher hatte Harrass aber nur noch ein müdes Gähnen dafür übrig. Eigentlich sahen die Monster lächerlich aus mit ihren Wackelohren und dem schwarzen Fell, dass einem Haufen kleiner Wollknäuel glich.

Endlich hörte Harrass seinen Namen rufen, Sven winkte energisch. Die Reise ging also weiter.

Sven kämpfte sich durch den späten Feierabendverkehr. Einmal mehr bestätigte sich das ungeschriebene Gesetz, dass man nur mit dem Auto ins Zürcher Zentrum fuhr, wenn es wirklich nicht anders ging. Freiwillig taten das nur Stadtneulinge, Ignoranten oder Profilierungssüchtige, die aufgeplustert vor den Strassencafés kreuzten und PS mit Potenz verwechselten.

Im Grunde genommen hätte auch Sven mit Zug und Tram fahren können. Allein wegen seiner vierbeinigen Begleitung - notabene dem Kernstück seiner Strategie - wollte er auf Nummer sicher gehen. Zu gut wusste Sven, dass der Schlingel mit einer kurzen Aktion die ganzen Pläne zunichte machen konnte.

Im Seefeld angekommen stand ein weiteres Problem an: Die Parkplatzsuche. Mehrmals kurvte Sven durch die Quartiertrassen, bis er den grossen Mercedes schliesslich in eine kleine Parklücke zwängte. Bis zu Bettinas Wohnung war es von hier nicht weit, die Aktion konnte beginnen.

Er liess eine der hinteren Fensterscheiben einen kleinen Spalt offen, damit Harrass genug Luft bekam. Der stand schon ganz erwartungsvoll auf dem Rücksitz und wedelte mit dem Schwanz. Ein Spaziergang stand kurz bevor - dachte er. Stattdessen winkte ihm Sven zu und ging ohne ihn über die Strasse.

Harrass bellte heftig, aber es nützte nichts. Schmollend legte er sich auf das Polster und starrte an die Vordersitzlehne.

Sven ging derweil eilig der Strasse entlang. Selbstverständlich kam Harrass noch ins Freie heute. Sein Einsatz im aktuellen Theater stand aber im 2. Akt bevor - und im Moment hatte ja erst gerade die Ouvertüre begonnen.

Bettinas Wohnung war gar nicht so einfach zu finden. Zurückversetzt zur Strasse entdeckte er den Hauseingang, den schmalen Weg dahin flankierten parkierte Autos, darunter auch Bettinas Wagen.

Sven trat vor die Eingangstür und suchte ihr Namensschild bei den Türglocken. Breitenmoser stand zuoberst. Er drückte und wartete. Lange Zeit tat sich nichts, weder meldete sich eine Stimme an der Gegensprechanlage, noch vernahm er das Summen des Türöffners.

Sven drückte noch einmal, trat unter dem kleinen Vordach beim Eingang hervor und schaute nach oben zu Bettinas Wohnung. Dann endlich klickte es im Türschloss. Sven ging eilig die drei Treppen hoch. Im Türrahmen stand Bettina und bat ihn herein.

«Guten Abend, Herr Tirebeg. Haben Sie es gut gefunden?»

Sven nickte und reichte Bettina die Hand. Unter seinem Arm klemmte eine dicke Dokumentenmappe.

«Bitte nehmen Sie doch Platz, Herr Tirebeg. Kaffee?» Sven bejahte und schaute ihr nach, wie sie in die Küche ging.

Ihre Stimme klang recht freundlich, was Sven erstaunte. Alles in allem hatte er einen kühleren Empfang erwartet. Die vorliegende Situation passte also bestens in seinen Plan.

«Haben Sie alle Sachen beisammen», fragte Bettina, während sie den Kaffee servierte. Sven dankte Bettina, dass sie sich Zeit genommen hatte.

«Ist doch selbstverständlich! Ich bin froh, wenn wir die Angelegenheit regeln können. Das Geschehene lässt sich ja nicht rückgängig machen», fuhr sie fort.

Sven räusperte sich: «Ja, da hast du Recht», sagte er und schaute Bettina erschrocken an.

«Entschuldigen Sie, ich hab Sie eben geduzt. Aber, äh... ja, also, ich bin Sven. Ich meine, wir hätten doch schon lange ...»

Er vollendete den Satz nicht und war selbst überrascht über seinen Mut, bereute den Versprecher aber keineswegs. Sven hatte sich heute auf der Rückfahrt einiges vorgenommen - ohne Rücksicht auf Verluste. Der Wechsel vom Sie zum Du gehörte dazu.

«Ja, endlich!», wollte Bettina schon rufen, sie hielt sich aber zurück.

«Natürlich, Sven, mir ist das auch recht. Das macht es auch bei der Arbeit einfacher.»

Sie plauderten zuerst über ein paar unbedeutende Themen. Dabei versuchten beide, die Querelen der vergangenen Tage auf der Seite zu lassen.

Dann kam Sven schliesslich zur Sache: «Nun, wie du siehst, habe ich hier eine Liste der kaputten Veloteile. Insgesamt kommt da dieser Gesamtbetrag zusammen.»

Sven wies auf eine unterstrichene Zahl hin, die am Schluss

einer langen Liste stand. Bettina setzte sich zu Sven aufs Sofa, damit sie die Auflistung im Detail betrachten konnte. Sie staunte. Für diesen Betrag konnte man einen Kleinwagen kaufen. Nie hätte sie gedacht, dass Leute so viel Geld für ein Velo ausgaben.

«Ja, o.k ... Ein rechter Betrag. Da wird sich die Versicherung wundern. Haben Sie dafür Kaufquittungen und Belege? Ich bin nicht so sicher, ob die Sachbearbeiter nachvollziehen können, warum ein Paar Pedalen fast tausend Franken kosten sollen.»

Sven stimmte ihr zu. «Deshalb wollte ich die Schadensliste mit Ihnen - äh ..., mit dir - durchgehen.»

Das Du fiel ihm noch immer schwer. Er durchsuchte seine Mappe nach den Kaufquittungen. Wo waren denn die Zettel, er hatte sie doch extra bereitgelegt?

Sven kramte umständlich in der Mappe herum. Dabei wusste er ja genau, dass die Papiere nicht vorhanden waren, das Theater spielte ja noch immer im 1. Akt und näherte sich dem ersten Vorhang.

«Zu dumm. Ich glaub, die Belege befinden sich noch im Auto. Ich habe sie wohl vergessen, einzupacken.» Bettina sah nochmals die Schadensliste durch. Die einzelnen Posten waren teilweise riesig.

«Ja, weisst du, ich denke, wir brauchen die Belege schon für die Versicherung. Ich kenne die Beamten. Bei solchen Beträgen wollen die Fakten sehen. Steht dein Auto weit weg?» Bettina schaute Sven fragend an.

«Im Prinzip nicht. Wenn du willst, kannst du schnell mit mir kommen, ich kann dir die Dokumente geben.»

Bettina war einverstanden. Sie besprachen noch einmal das Vorgehen bei der Versicherung, wenn dann die Belege vorhanden waren und gingen gemeinsam aus dem Haus, dem parkierten Auto entgegen.

Der Abend war noch jung. Die angenehm warmen Temperaturen lockten Hunderte Spaziergänger auf die Strassen, sämtliche Gartenrestaurants waren bis auf den letzten Platz besetzt und vom nahen See hörte man die Musik eines Strassenorchesters.

Sven begann den 1. Aufzug im 2. Akt gleich selber. «Schön wohnst du hier, Bettina. Und so nahe beim See.»

Sie schwieg einen Augenblick. Während des vorgängigen Gesprächs in der Wohnung dachte sie kein einziges Mal an Harrass. Jetzt aber, wo sie den belebten Strassen entlang gingen, kamen ihr die vergangenen, schönen Momente mit ihrem Hund in den Sinn. Die gemeinsamen Ufergänge, die Wettrennen im Treppenhaus... Die Erinnerungen stimmten sie nachdenklich.

«Weisst du, Harrass fehlt mir schon sehr. Klar, dir gegenüber hat er sich schlecht benommen. Aber lustig war es trotzdem immer mit ihm. Leider habe ich nur noch wenig Hoffnung, dass er jemals zurückkehrt.»

«Ja, traurig, traurig. Aber manchmal passieren die unmöglichsten Dinge», gab Sven abgeklärt zurück.

Das Lachen auf den Stockzähnen unterdrückte er, im Innern war er bis aufs Äusserste gespannt. Noch fehlten bis zu Hrdinas Mercedes ein paar Meter. Doch für einen Hund wie Harrass war das keine Distanz. Kaum bogen Sven und Bettina um die Ecke, stieg ihm sofort ein vertrauter Geruch in die Nase.

Er sprang auf, klemmte sich zwischen Hutablage und Heckscheibe und bellte wie am Spiess. Tatsächlich, da kam Bettina auf ihn zu! Durch den Spalt des offenen Fensters drang das stürmische Gebell nach draussen und erreichte die beiden Fussgänger. Sven sagte nichts.

Es schien, als hätte Harrass Svens Drehbuch aufmerksam gelesen. Genau zum richtigen Zeitpunkt setzte er sich in Szene - und wie! Seine Schnauze klebte ganz nah an der Scheibe, die vor lauter Hecheln feucht anlief. Trotzdem konnte man Harrass sofort erkennen.

Endlich realisierte Bettina den Hundelärm. Sie blieb stehen und starrte auf den Mercedes vor ihr. Ungläubig sah sie Sven an und stotterte: «Du, der schaut aus wie Harrass! Das ist unmöglich!»

Sven konnte sich nicht mehr zurückhalten und lachte laut heraus. «Meinst du, Bettina? Einer, der ein solches Theater macht – das kann doch nur Harrass sein! Nun, schauen wir mal.»

Er ging auf den Wagen zu, öffnete die Tür und liess den schwarzen Wirbelwind herausspringen. Harrass warf sich mit einem Riesensatz auf Bettina, die sich kaum mehr auf den Beinen halten konnte. Sie ging in die Knie, nahm den Ausreisser in die Arme und drückte ihn fest an sich.

«Ja, wo warst du denn die ganze Zeit. Was hast du denn getrieben?»

Sie beruhigten sich kaum, während Sven zufrieden daneben stand. Es war eine Freude zu sehen, wie Bettina und Harrass im Glück schwelgten.

Plötzlich stand Bettina auf und umarmte auch Sven. Sie bedankte sich immer und immer wieder.

«Ich kann es nicht glauben. Du hast die ganze Zeit gewusst, wo sich Harrass befand. Und hast mir nichts gesagt!»

In ihrer Stimme vernahm Sven gespielte Entrüstung, doch die grosse Erleichterung überwog bei Weitem. Sven winkte ab.

«Bis heute Nachmittag hatte ich von Harrass' Aufenthaltsort überhaupt keine Ahnung», versicherte er ihr. Und nach einer Pause fügte er an: «Und von vielen anderen Dingen auch nicht...»

Er ging zurück zum Wagen und schloss die Tür.

«Sven, das musst du mir aber genau erklären. Wie kommt es dazu, dass du Harrass in Hrdinas Auto vor meine Haustür lieferst? Und wie gut er aussieht! Es scheint ihm blendend zu gehen, keine Spur von Flucht und Hunger!»

Sie klinkte die Hundeleine, die ihr Sven zuvor gegeben hatte, in Harrass' Halsband. Es fiel ihr auf, dass es sich dabei nicht um jenes Band handelte, welches sie ihm vor Monaten übergestreift hatte.

«Seltsam, das Halsband ist neu», sagte sie verwundert. Sven nickte und schaute zufrieden zum Seeufer hinüber, wo die Leute flanierten und den lauen Sommerabend genossen.

«Das muss gefeiert werden. Und du schuldest mir ganz viele Erklärungen!» Sie überquerten die Strasse und steuerten auf die Seepromenade zu.

Harrass zog die beiden zum Ufer hin. Da waren ja auch die vielen Gerüche wieder! Und auf allen Seiten gab es unglaublich viel zu entdecken. Ein spannender Sommer, dachte Harrass und schaute hinauf zu Bettina. Doch die war in ein intensives Gespräch vertieft mit Sven.

Harrass begriff, dass er heute wohl oder übel auf die Rolle des Hauptdarstellers verzichten musste.

Am Freitagmorgen kam die Empfangsdame der Courtena AG aus dem Staunen nicht mehr heraus. Dass der Chef heute fehlte, wusste sie bereits. Aber auch Herr Tirebeg und Frau Breitenmoser erschienen nicht am Arbeitsplatz, obwohl es schon auf Mittag zuging.

Epilog

Eigenartiges ereignete sich an diesem Donnerstag im Studio Lotus. Am späten Nachmittag klingelte ein Kunde an der Tür und klingelte. Normalerweise öffneten die Frauen sofort und die Männer verschwanden blitzartig im dunklen Korridor. Heute nicht. Niemand bat den Herrn herein.

Nach ein paar Minuten zog der Gast wieder ab, setzte sich ins Auto und brauste davon. Auch der nächste Gast hatte kein Erfolg. Ungeduldig klingelte er lange - nichts passierte.

Erst seinem Nachfolger war mehr Glück beschieden, allerdings nur bedingt. Er bekam wenigstens eine der Frauen zu Gesicht, ein Abenteuer wurde dennoch nicht daraus. Denn die Dame, die vor ihm stand, war offensichtlich sehr aufgewühlt.

Die Schminke lief ihr über die Wangen, die Frisur war ganz durcheinander und Tränen standen ihr in den Augen. Der Herr stutzte. Stotternd gab die Frau Auskunft und rang nach Worten. Nur mit Mühe konnte er verstehen, was sie sagte. Heute gäbe es keinen Service.

Wieder griff sie zum Taschentuch und wischte sich Tränen vom Gesicht. Er müsse entschuldigen, aber niemand sei im Moment in der Lage, sich ums Geschäft zu kümmern.

Dann brach sie in schallendes Gelächter aus, verabschiedete sich mit heiserer Stimme und schloss eiligst die Tür. Der Mann blieb einige Sekunden ungläubig vor dem Eingang stehen und ging dann langsam die Treppe hinunter.

Aus dem Studio hörte er eine Frau rufen: «Lass jetzt die Kunden. Komm schnell zurück! Das musst du gesehen haben!»

In der Küche kniete Petra Schneider auf dem Boden, hielt sich den Bauch und verzerrte das Gesicht. Sie bekam kaum noch

Luft. Die anderen schrien hysterisch durcheinander. «Nein, nicht noch eines. Bitte nicht! Ich halte es nicht mehr aus», flehte sie wiehernd und fuchtelte wie wild mit den Armen. Doch sie konnte es nicht verhindern. Mit zittrigen Fingern öffnete ihre Kollegin Schachtel Nummer fünf, nahm das Bild darin heraus und hielt es in die Luft.

Ein kurzer Blick und es dauerte mehr als fünf Minuten, bis eine der Frauen vor lauter Lachen wieder einen ganzen Satz hervorbrachte. Die Bilder waren einfach zu komisch.

Ungewollt sorgte Frantisek Hrdina so für den amüsantesten Tag, den das Studio Lotus bisher erlebt hatte.